L'UOMO DEL LABIRINTO

Donato Carrisi

迷宮

多那托・卡瑞西——著　吳宗璘——譯

獻給安東尼歐，
吾兒，我最美好的故事。

1

對於世界上大多數人來說，二月二十三號的這個早晨並沒有什麼不一樣。不過，對莎曼珊・安德列提來說，這很可能是她青春歲月之中最重要的一天。

東尼・巴瑞塔要在今天和她好好聊一聊。

莎曼珊整晚在床上輾轉難眠，宛若恐怖片裡被鬼纏身的主角一樣，想不透為什麼全校最帥的男生——也許是全世界的第一號帥哥——偏偏不挑別人，就是特地要找她講話。

不過，一切其實要從昨天說起。首先，他的方式很迂迴，並不是當面問她。當然，率先主動的是那個有意思的男生，但接下來還有一整套繁複的程序，東尼請他的朋友麥克幫忙傳話，但對象是提娜，也就是坐在小莎隔壁的同學。然後，提娜告訴小莎，簡單、直白的一句話。不過在這神秘的中學世界裡，這種話卻代表了各種可能性。

「東尼・巴瑞塔想要找妳講話。」在上體育課的時候，提娜悄悄對她咬耳朵，而且還興奮得蹦蹦跳跳，目光與聲音都好燦亮——這是真心好友的雀躍反應，閨蜜遇到喜事，簡直就像是發生在自己身上一樣開心。

小莎立刻問道：「誰告訴妳的？」

「麥克・列文。我剛從廁所回來的時候，被他攔下來。」

如果是麥克轉告了提娜，那就表示事屬機密，不能讓其他人知道。「但他到底是怎麼說的？」

莎曼珊繼續追問，想要確定提娜真正明白對方的意思——學校裡的每一個人都忘不了吉娜・達布拉奇歐，也就是「寡婦」的悲慘故事，有個男孩問她是否有人要帶她去參加學校舞會，她誤以為他在邀請她，但對方其實純粹出於好奇罷了，最後，她身穿粉桃色長洋裝，眼淚汪汪，連個鬼影子都沒等到。

提娜不斷重複表演那男孩的語氣，「他告訴我：轉告莎曼珊，東尼想要找她講話。」

當然，在這樣的過程中，莎曼珊不斷逼提娜一再重複那些字句，她要百分百確定好友並沒有誤解對方的意思，甚至在擔心是不是有某個外星人複製了她同學的分身、純粹要戲弄她。

沒有人知道東尼到底要在什麼時候或是什麼地方找她講話，讓小莎更是心情煩躁，她猜應該是實驗室或圖書館吧。或者，體育館樓梯後面也有可能，東尼・巴瑞塔在那裡與籃球隊一起練球，而莎曼珊也會在同一地點參加排球隊集訓。學校大門當然不可能，也不會是餐廳或走廊，畢竟有太多耳目在窺伺。在沒有其他線索的狀況下、百般琢磨，的確是煎熬，但這也是它的美好之處。小莎只能以腦內啡與沮喪感不斷交替的詭譎反應、形容自己聽到那句簡短要求之後的心情，他們對話的主題可能是驚喜，也可能是失望，但她對於自己即將體驗的一切——依然很感激——對，心存感恩。

真的，即將降臨在她的頭上——莎曼珊・安德列提——不是別人！

她母親曾經說過，等到妳長大後回首過往，就會發現某些十三歲時的初體驗，應該要晚一點經歷比較好。不過，對小莎來說，她對於當下的幸福充滿了歡欣，這世界上沒有任何一個人能夠明瞭或體會她的心情，所以她覺得自己超幸運……或者，也許她是個可憐的小傻瓜，將要面對可怕的真相：畢竟東尼．巴瑞塔是出了名的花心男。

其實，小莎從來沒有想過對象是東尼，更沒想到可能會與他有「那種」互動。大自然已經讓她的身體發生變化，她開始習慣那個每個月按時報到、而且將要跟隨她大半輩子的小麻煩。不過，她先前一直沒有機會好好領會這種「蛻變」所帶來的正面效應。莎曼珊一直沒發現自己長得漂亮——或者，也許她心裡有數吧，但不重要。其實，她含苞待放的青春身體早就引來男孩的興趣，她也終於有了自覺。

東尼是不是也發現了？這是不是他的目的？把雙手伸入她的胸罩裡面，或是——老天，別鬧我了——繼續探索其他的地方？

所以，二月二十三號的早晨——終於到來！因為失眠而累得要命的小莎，看著破曉的燦光在臥房天花板緩緩橫移而過的時候，她告訴自己，東尼．巴瑞塔的那些話不是真的，純粹就是幻覺罷了。不然，就是她心繫懸念過了頭，陷在每一個青少女都有的激情幻想的各種起伏轉折之間，原本的期盼也變得模糊難辨。只有一個辦法才能確定她是不是在自我欺瞞，就是讓疲憊的身軀離開汗濕的床鋪，準備就緒，前往學校。

所以，面對母親斥責她早餐吃得不夠多，她也置之不理——拜託，她根本無法呼吸了，怎麼可能吃得下去——小莎把背包揹上肩，擺出無所畏懼但略顯無奈的姿態，立刻出門，迎向自己的命運。

七點五十五分，安德列提住家附近的街道空無一人。得上班的人早就已經出發，而失業者還在忙著應付自己的宿醉，老人家正在等待天氣變得更暖和、才敢探頭出門，學生們則是要拖拖拉拉到最後一刻才出門。小莎平常也是這樣，但現在非比尋常。她想要先去提娜家，這是她平常的習慣。不過，她覺得自己的好友應該還沒準備好，而她可沒那個耐心等人。

今天沒那個心情。

她走過灰色地磚人行道，唯一與她交錯而過的人是某個正在找地址的快遞。她根本沒看到那個人，而那男人也沒有多加注意這個從他身邊走過去的安靜小女生——就算看到她的模樣，也根本沒有人會猜到她內心波濤難平。小莎經過麥金斯基家的綠屋，他們的醜陋黑色惡犬正蹲在樹籬裡，每次都把她嚇得半死，接下來是原屬於羅賓森太太的小別墅，現在已經被完全拆毀，因為她的親戚們對於遺產該如何處理一直無法達成共識。她避開了救主慈悲敬禮教堂後面的足球場，那裡也有座花園，還有迷你遊樂園，裡頭有鞦韆、溜滑梯，還有一棵高大的椴樹，愛德華神父總是會把堂區的活動宣傳海報釘在那裡。雖然四周一片寂靜，但要是望向荒僻街道的另一頭，已經可以看到幹道車水馬龍，溢滿了準備前往市中心的車流。

不過，小莎卻沒有注意到這一切。

她眼前的景象，就像是一幅投射了東尼．巴瑞塔笑臉的巨大螢幕。她繼續往前走，靠的只不過是走過數百回熟悉步履之後、留存的下意識記憶。

距離學校還剩下一半路程的時候，小莎突然擔心自己的衣裝是否適合今天的會面。她穿的是自己最喜歡的牛仔褲——屁股口袋有假鑽，膝蓋有一些細小的裂口——外罩比自己身材大了兩號的黑色飛行員夾克，裡面是她父親最近出差時為她購買的白色套頭上衣。不過，真正的問題是失眠引起的黑眼圈。她已經塗抹了母親的遮瑕膏，但不確定成效如何——大人還不准她化妝，所以她不知道該如何正確使用。

她放慢腳步，望著停在街邊的那些車輛。銀灰色的道奇、米黃色的富豪，立刻被她判定出局，因為實在太髒了，無法滿足她的需求。最後，她終於看到了自己要找的目標。馬路對面停放了一輛白色的小型廂型車，車窗可以當成映鏡。她過了馬路，端詳自己的面容。不過，確定臉上的遮瑕膏的確遮蓋了黑眼圈之後，她並沒有繼續前行，反而還是盯著自己的映影，被棕色長髮貼住的臉龐——她好愛自己的頭髮。她不知道自己的姿色是否配得上東尼，開始想像他眼中看到的自己到底是什麼模樣？正當她在凝神細想的時候，目光飄向映影的上方，停留了一會兒。

她心想，不可能吧，又湊近看個仔細。

車窗玻璃另一頭的幽暗之處，有一隻巨兔，動也不動，正死盯著她不放。莎曼珊大可以立刻逃跑——她心中有股聲音在呼喊，跑啊，越快越好——但她卻沒有任何動作。她愣在那裡，彷彿被來自幽暗深處的目光催眠了一樣。不可能，她心想，這種事怎麼可能會發生在我身上？她不斷重複這句話，某些受害人不可置信的典型反應，不是趕緊逃命，反而莫名深陷其中動彈不得。

女孩與兔子對望，漫漫無盡，宛若彼此之間有種病態的交互吸引力。

然後，小型廂型車的門突然打開，莎曼珊的鏡像也隨之消失。就在她的映影消失之前，她注意到自己的眼眸裡沒有恐懼，如果說真有什麼變化，也就只有一閃而逝的驚訝而已。

當兔子把小莎拖入牠洞穴之中的時候，她萬萬沒想到能再次看到自己的模樣，將會是許久、許久之後的事了。

2

在一片漆黑之中，首先浮現的是聲響，宛若在音樂會開始前的樂團調音一樣。也許混亂，也可能井然有序，但都十分輕柔。電子儀器發出的規律聲響、輪床來回推動、玻璃碰撞、電話鈴響的微音、急促但輕盈的腳步聲。而且，還混雜了遙遠、模糊難辨，但絕對可聽出是人語的聲響——她聽到這一切，到底有多久了？她可以聽見自己的呼吸，規律，但悶悶的，宛若在洞穴裡一樣。不對，因為有東西蓋住了她的臉。

她辨認出的第二個細節是氣味。一般的消毒水，還有藥物。對，她覺得是各種藥物的氣味。

她想知道自己在哪裡，她對自己的身體無感，只知道自己躺在某個地方。她閉著雙眼，因為覺得眼皮好重，從來沒有這麼沉重的感覺。不過，她還是勉力睜開，動作要快，不然等一下出了事，她就會不知所措。

控制危險，這是唯一的方法。

她的內心深處剛剛傳出了這句話，那不是因為記憶，而是源自本能，歷經時間與磨練所累積成形的心得。她必須學會生存，所以，雖然她全身僵麻，但依然努力時時保持警戒。

睜開眼睛——靠，趕快睜開啊！看清楚！

她的視角出現了一道狹窄破口，淚水從虹膜氾湧而出，但那並不是情緒反應——如果還有的話，最多也只是氣惱罷了——現在的她幾乎不太會哭，不想讓那惡魔稱心如意。在那一瞬間，她本來害怕迎面而來的是一片漆黑，不過，最後卻發現四周盈滿藍光。

彷彿身處在海洋深底，舒坦，寧和。

不過，這很可能是某種卑鄙花招，她十分清楚這種伎倆，輕言相信會有多麼危險，她早已深受其害。當她的雙眼開始適應新光線之後，眼珠子開始到處亂轉，探索周遭環境。

原來她躺在床上，藍光來自天花板的日光燈管。這房間很大，四面都是白牆，沒有窗戶。不過，在左邊的底端，有一面巨大的鏡牆。

他不喜歡鏡子，內心的那股聲音又開口，怎麼可能呢？

而且，還有微開的房門，外頭是燈光明亮的走廊，聲響就是從那裡傳進來。

不是真的，太不合理了，我在哪裡？

門外站了一個人，背對著她，身穿深色制服——透過門縫，她看得一清二楚。而且那人身體側邊還掛了槍套。這是不是在開玩笑？到底是怎麼回事？

她一直到這時候才注意到靠近自己床邊的那張小桌，附有麥克風與錄音機，旁邊還有張鐵椅，沒人坐，但椅背上掛了某個男人的西裝外套。她心想，這人就在附近，等一下會回來，一陣宛若潮浪的恐懼立刻將她吞沒。

她鼓勵自己，不，不要怕，恐懼是真正的敵人，我要想辦法逃走。

不容易，她覺得自己氣力不夠。她想要移動雙臂，抬起手肘、壓住床墊，用力撐起身體，棕色長髮滑落在臉龐，四肢好沉重。軀幹稍稍挺立了一下，但卻又立刻癱倒回去。有個東西緊扣她的臉：是氧氣面罩，連接到牆上的某個瓣膜出口。而且，她的手臂還插著點滴。她扯掉注射管，把針頭從靜脈中取出來。不過，她卻發現少了輔助的氧氣之後，呼吸變得困難，不斷咳嗽，她雖然想要吸入周遭的空氣，但卻比先前吸入的新鮮氣體濃重許多，她的眼前冒出了許多活蹦亂跳的黑點。

黑暗佔了上風，但是她不願放棄。

她把蓋到腰部的床被往下拉，透過那些模糊視線的黑影仔細觀看，發現下體接了根細管，末端是透明塑膠袋，裡面累積了黃色液體。

她雖然還躺在床上，但開始移動右側大腿，打算下床，但左側卻被東西壓住了，好沉的重量。她猝不及防，失去平衡，驚覺自己馬上就要摔下去了，果然撞到了冰冷堅硬的表面，整張臉貼上去。最後滑落在地的是左腳，砰的一聲，宛若石頭落地。

吵鬧聲響引來了注意，她聽到有人開門，又關上了門。然後，她看到一團幽影朝她衝過來：而且身側還發出了哐啷聲響——某個掛滿鑰匙的環扣。那個人把冒著熱煙的咖啡放在地上，抓住她兩側腋下。「別擔心，」有個男人在為她打氣，拉她起身，「別擔心，」對方又重複了一次，溫柔扶住她幾乎奄奄一息的身體，「不要緊。」

她快要喘不過氣，接近昏厥邊緣，所以就任由自己躺在那男人的懷裡。她聞到了古龍水的氣味，還發覺那人繫了領帶，她覺得真是邪惡又荒謬。

惡魔不會繫領帶。

那男人撐住她的背、扶她回到床上，撥開她臉上的髮絲，又將氧氣面罩蓋住她的嘴。氧氣盈滿肺部，讓她瞬間釋然。把她安頓好之後，他拿了枕頭、擱在她左大腿下方，那隻腳從膝蓋到腳踝都包了石膏，「這樣會讓妳比較舒服一點。」他的語氣滿是呵護。最後，他拿起先前被她拔開的注射管，又將針頭插入她的手臂裡，她一臉驚愕，望著他逐一完成各項步驟。

在她的成長過程中，別人的體貼一直讓她很彆扭，最重要的是，只要有人出現，就會讓她渾身不自在。

她開始努力研究這個人。她認識他嗎？她覺得以前從來沒見過這個人。他貌似六十歲左右，身材健壯，戴著深色圓框眼鏡，一頭亂髮。他的身上除了纏在皮帶的那一大串鑰匙之外，深藍色襯衫口袋扣有識別證，襯衫袖口摺捲在手肘附近。

那男人搞定一切之後，拿起剛才擱在地板上的那杯熱騰騰咖啡，將它放在床邊桌，桌上也放了一具黃色電話。

電話？不可能！

他開口問道：「妳感覺如何？」

她沒回答。

「有沒有辦法講話？」

她不發一語，只是死盯著他，雙眼睜得好大，隨時準備朝他撲過去。

他又靠近了一點，「聽得懂我在說什麼嗎？」

「這是遊戲？」她開口了，聲音刺耳，卻很低沉，因為氧氣面罩悶住了她的嘴。

「抱歉？」

她清了清喉嚨，又重複了一次：「這是遊戲？」

「對不起，我不知道妳在說什麼，」他再次道歉，又補了一句，「我是葛林醫生。」

她根本不認識什麼葛林醫生。

「妳在聖加大肋納，這是醫院，沒事了。」

她拚命想要弄懂他那些話，但卻一陣茫然。聖加大肋納，醫院——這樣的線索超過了她的理解範圍。

不對，問題很嚴重。你到底是誰？究竟想要對我做什麼？

「我知道這一切讓妳十分困惑，」他說道，「正常反應，現在講這些都太早了。」他默默望著她好一會兒，目光充滿同情。

沒有人會這樣看我。

「妳在兩天前被送進來，」他繼續說道，「小莎，妳昏睡了將近四十八小時，但妳現在終於醒了。」

小莎？誰是小莎？她提問了第三次，「這是遊戲？」

現在，葛林醫生面露憂色，也許是因為看到她的困惑神情，「妳知道妳是誰吧？」

她想了一會兒，不敢作答。

他勉強擠出微笑，「好，一個一個慢慢來……妳覺得自己在什麼地方？」

「迷宮。」

葛林醫生瞄了一下鏡子，然後又望著她，「我剛才告訴妳這裡是醫院，妳不相信我嗎？」

「我不知道。」

「好，目前這樣已經很不錯了，」他坐在鐵椅上，身體前傾，手肘擱在膝頭，十指夾纏在一起，擺出隨興姿態，「妳為什麼覺得自己在迷宮裡面？」

她四處張望，「這裡沒有窗戶。」

「沒錯，的確很奇怪，不過妳也看得出來，這是特殊病房：我們在燒燙傷中心。他們把妳轉到這裡，是因為妳的眼睛已經無法適應正常光線，可能會造成危險，就像是燙傷一樣，而這也正是病房內使用紫外線的原因。」

他們都抬頭，望向天花板的藍色日光燈管。

他面向鏡牆，「醫生們、還有妳的親戚，可以透過那面鏡子觀察病人，並不會對病患造成感染風險……」他努力裝出輕鬆語氣，「我知道，這聽起來像是警方的偵訊室，就像妳在電影或電視裡看到的一樣，其實我第一個聯想到的也是這個。」

她脫口而出，「他不喜歡鏡子。」

葛林醫生面色又轉趨嚴肅，「他？」

「不可以有鏡子。」現在，她開始盡量避免面向左邊的那道牆。

「誰不允許有鏡子？」

她不發一語，心想自己的沉默就足以說明一切。他又投以憐憫眼光，十分溫善，宛若在輕柔撫觸。但她卻有些惱火，現在的她根本不知道這是什麼狀況。

我才不會被騙。

「好，那我們從另一個角度來理解好了，」葛林醫生沒等到她回答，又繼續說下去，「要是不可以有鏡子，但這裡卻出現了鏡牆，這就表示也許妳並不在迷宮裡吧，對不對？」

這種論點的確天衣無縫，不過，被耍了這麼多次——歷經這麼多場遊戲之後——就連努力相信別人也覺得好累。

「妳記得自己最後是怎麼走出迷宮嗎？」

不，她不記得了。她只記得自己意識到某個「外在」世界，因為她一直待在裡面。

「小莎，」他又講出了那個名字，「現在我們得要釐清幾件事，很遺憾，因為我們時間有限。」

他這是什麼意思？

「雖然我們在醫院，但我並不是真正的醫生。我的職責並不是治療——要照顧妳的健康，這裡有許多人比我更能勝任這項職務。我的工作是要找出壞人，比方說，綁架妳、把妳一直囚禁在迷宮裡的那個人。」

綁架？他在說什麼？

她陷入天旋地轉，不知道是否該繼續聽下去。

「這很痛苦，我知道，但我們必須如此，這是唯一能夠阻止他繼續犯案的方法。」

「阻止他繼續犯案」？他這句話是什麼意思？她不知道該不該配合。「我怎麼會出現在這裡？」

「應該說是成功脫逃吧。兩天前的那個晚上，有輛警車在沼澤附近某個無人地帶的馬路邊發現了妳，妳斷了腿，身上沒有任何衣物。從妳的擦傷狀況看來，應該是自己逃走。」

她盯著自己的雙臂，佈滿了細小傷口。

「妳能夠成功脫逃，真是奇蹟。」

她什麼都不記得。

「妳處於驚嚇狀態。警員把妳送入這間醫院，通知警務總部。他們比對失蹤人口報案紀錄，認出了妳……莎曼珊・安德列提。」

他把手伸入掛在椅背的外套口袋裡，拿出一張紙，交給了她。

她仔細端詳，是一張傳單，上面有張微笑女孩的照片，棕色的頭髮與眼眸，下方有鮮紅色大字：

失蹤。

她的腹部一陣抽痛，將那張傳單還回去，「那不是我。」

「妳會這麼說，也是人之常情，」葛林說道，「但不要擔心，自從他們找到妳之後，妳已經有了很大的進步。綁架犯讓妳服用精神病藥物，讓妳百依百順，聽從他的控制，他們在妳的血液裡發現高劑量用藥。」他指了一下她手臂的點滴，「他們現在給妳施打某種解毒劑，的確有效，因為妳恢復了意識，過沒多久之後，妳也可以重拾記憶。」

她想要相信這種說法——天，她衷心盼望。

「小莎，妳安全了。」

聽到這句話，一股詭異的寧和感立刻襲上心頭。「安全了。」她自言自語，發覺眼角出現了一小滴淚水。她希望它乖乖留在那裡，不要亂跑，現在的她萬萬不能卸下心防。

「很遺憾，我們不能等到妳完全康復後才開始，這就是我為什麼會出現在這裡的原因，」他緊盯著她不放，「妳必須要幫我。」

「我？」她好驚訝，「我要怎麼幫你？」

「盡可能回想一切，就算是微不足道的細節也一樣。」他再次指著那面雙面鏡牆，「我們在講話的時候，警察會站在鏡面後頭，只要是他們認定與案情有關的細節，他們就會通報外頭那些忙著追緝綁匪的警探。」

「我不知道我能不能幫上忙。」她既疲倦又害怕，現在一心只想休息。

「小莎，聽我說：這個男人對妳做出這種事，妳當然希望他付出代價，對不對？而且，最重要的是，妳一定也不希望他危害別人……」

這一次，那顆淚珠從臉頰滑落而下，停留在氧氣面罩的邊緣。

「妳可能已經在猜測我的身分，我不是警察，」他繼續說道，「我不帶槍，不在外頭追捕犯人，也不會遭到槍擊。老實說，我根本沒那麼勇敢。」他自顧自笑了，為自己的笑話捧場，「不過，有一點我倒是可以向妳保證：我和妳，我們一定會聯手抓到他。他自己不知道，但有個地方他無所遁逃，我們能夠在那裡將他繩之以法；不在外面，而是在妳的心底。」

葛林醫生的最後一句話讓她忍不住為之顫慄。雖然她不願承認，但她一直很清楚，他早就鑽入了她的心中——就像是某種寄生蟲。

「妳覺得呢——願意信任我嗎？」

過了一會兒之後，她伸出了自己的手。

葛林點點頭，讚許她的決定，又把那張傳單給了她，「很好，我的勇敢女孩。」她努力讓自己熟悉照片裡的那張臉，而他則面向小桌，開啟麥克風與錄音機，「小莎，妳幾歲？」

她仔細端詳照片，「我不確定……十三？還是十四歲？」

「妳知道自己在迷宮裡待了多久嗎？」

她搖頭。不，我不知道。

葛林醫生寫下筆記，「完全不認得照片裡的自己？」

她看得更仔細，「我的頭髮，」她伸手撫摸髮絲，「我好愛自己的頭髮。」

待在迷宮裡的時候，我最喜歡在沒事的時候玩頭髮。

這段記憶來得突然，宛若不知從哪冒出來的快閃畫面。

我以手指梳理頭髮殺時間，等待新遊戲。

「沒有別的了嗎？」

我想要鏡子，但是他一直不肯給我。她突然起疑，怯生生問道：「我……我長得好看嗎？」

「對，妳很漂亮，」他溫柔回道，「不過，我必須要告訴妳實情……我知道他為什麼不給妳鏡子。」

她突然焦慮攻心。

「我希望妳現在轉向左邊的牆，好好看一下自己……」

接下來是一陣沉默，她只知道自己呼吸變得急促——拚命尋找氧氣支援的恐慌。她盯著葛林醫生的雙眼，想判斷自己是否面露恐懼，但他完全不動聲色。她明白這是測試，而且她無法逃避。所以她在枕上把頭轉過去，感覺到氧氣面罩鬆緊帶貼住臉頰的繃撐力道。

她心想：等一下我不會看到傳單裡的那個女孩，我認不出自己。不過，真相卻比這還糟了一千倍。

她看到自己的映影，過了好一會兒之後，她才終於看清楚投射回來的影像。

葛林說道：「某個二月早晨，妳在上學途中被人綁架。」

鏡中那個已成年的棕髮女孩，開始大哭。

「抱歉，」葛林醫生說道，「那已經是十五年前的事了。」

3

「……十五年前，沒有消息，沒有線索，全然無望。長達十五年的沉寂。永無止境的惡夢，但卻出現了意外的幸福結局，因為，就在兩天之前，根本還沒有人猜到莎曼珊・安德列提依然活在人世……」

電視台記者站在聖加大肋納醫院門口滔滔不絕，布魯諾・真柯想要聽個清楚，但卻被老昆比拿著掃把敲打酒吧冷氣機的聲音頻頻打斷，冷氣機跟老闆一樣，都有一大把歲數了。

「天，昆比，你就不能住手嗎？」開口的是葛梅茲，酒吧的老顧客之一，他坐在另一頭的某個包廂區大吼大叫，「你拿棍子亂敲冷氣機，難道它是會自動恢復正常嗎？」

酒吧老闆回嗆，甚是惱怒，「你懂個屁啊？」

「我只知道你應該要掏錢出來，確保客人可以吹到涼爽冷氣。」滿身大汗的胖男，舉起了放在面前雜物堆裡的半滿啤酒杯。

「當然，要是這裡的每個客人都乖乖付帳的話，我當然可以掏錢修理。」

只要是昆酒吧的常客，對於昆比與客人間的唇槍舌戰自然是再熟悉不過。而且，要激怒老闆也不是什麼難事。不過，此時此刻，除了葛梅茲之外，現場的唯一觀眾只有布魯諾・真柯，在這個不一樣的午後，他沒有心情和大家攪和。

真柯坐在吧檯的高腳椅，緊握龍舌蘭酒杯，緊盯放在上方櫃架的電視機。頭頂上方的扇葉不斷送出潮濕暖風，還夾雜著香菸濁氣。他的酒無法滌淨半小時之前在後巷裡大嘔特嘔、在口腔裡殘留的膽汁味。他不想去酒吧的廁所，因為他不希望被任何人發現他生病了。

即便如此，他還是氣色很糟，而且嘔意隨時可能會再次偷襲，因為他突然想起亞麻外套右側口袋裡的那個東西。

護身符。

真柯把它拋諸腦後，一口飲盡了剩下的酒。他告訴自己，都是熱氣在作祟罷了，只要鼓起勇氣就是了，那段往事也會慢慢褪去，沒有人會知道的。所以他沒有理會眾人爭吵、掃把敲打、問題冷氣的嘈雜噪音，想要凝神傾聽電視上到底在講什麼。

在過去四十八小時當中，莎曼莎·安德列提的新聞一直佔據地方與全國新聞台的主要時段，甚至還排擠了罕見熱浪的大新聞，現在氣溫高於正常均值，而且高濕度也創下空前紀錄，讓本區大受影響。

「……根據非正式消息來源，目前已經有專家提供二十八歲的莎曼莎·安德列提心理支援，希望她可以盡快提供有用線索，幫助警方抓到綁架她、囚禁她多年的惡魔……某些人士表示，不久之後應該就會有重大進展……」

「亂來……這些記者知道個屁。」昆比大手一揮，嗤之以鼻的對象不只是螢幕裡的那個女記者，也包括了整個新聞業，「你要是轉到其他頻道，也都是相同的老套內容。我今天早上已經聽了五、六次一模一樣的話：大家都一直在說『馬上會有重大進展』，因為他們也生不出其他的話。」

真柯接口，「不過，我敢說警方一定有人迫不及待向媒體透露消息。」

「警政總長已經下達封口令，不准對媒體吐露任何辦案細節，以免造成他們要逮捕的那個王八蛋搶得先機……要是他們抓不到，那麼一定會有人讓警務總部付出慘痛代價，因為他們怠忽職守，居然沒發現莎曼珊還一直活著，這真的讓警方很難看。」昆比突然住口，驚覺女孩的處境而全身打顫，「我的天，十五年……真是想都不敢想。」

「的確……」真柯也同意，還搖了搖自己的空杯。

昆比接下那個已經見底的龍舌蘭酒杯，又給了他另一瓶甜美的解藥，「問題是她怎麼能撐這麼久……」

布魯諾．真柯知道答案，但不能告訴他，話說回來，也許昆比也不想聽。他應該就跟大多數正常人一樣，只願意相信勇敢女英雄的童話版本，她奮力抵抗，最後終於在毫髮無傷的狀況下、成功逃離惡人魔掌。其實，她之所以能夠逃跑，一定是囚禁者的主動安排。當然，他當初留她活口，更重要的是，還餵她吃東西，確保她不生病。

換言之，他一直在照顧她。

日復一日，他對她展露出病態的愛憐。真柯把龍舌蘭送到嘴邊，心想，就像是豢養動物的人類一樣。雖然對那些生物展現出無比的仁慈，但我們心中其實十分清楚，牠們的生命價值當然無法與我們相比，而莎曼珊．安德列提正是這種極度偽善心態的受害人。她是被囚禁在籠子裡的動物，被疼愛的生靈。擁有對她的生殺大權，是那個殘忍綁匪的真正獎賞。每天，他都會做一次是否要留她性命的決定，想必這讓他覺得自己很尊貴，甚至是慈愛。也許他是對的，畢竟他忍了下來、以免她被他的魔掌所毒害。

不過，昆比與一般人卻不明白這個道理，他們不曾造訪過真柯以前冒險探究的地獄。他覺得這些人可憐，所以通常就乾脆讓他們講個痛快。因為在那種閒話家常的過程中，很可能隱含了寶貴訊息，那種可能會成為辦案關鍵的線索。

大家都覺得布魯諾．真柯是私家偵探。其實，他真正的工作是聆聽。

昆酒吧是蒐集謠言、大嘴巴洩露的消息以及單純線報的完美場所。大約在二十年前，警督昆比在某次例行搜索時腹部中彈，提早退休，警界生涯劃下句點，但以保險金買下了這間酒吧，自此之後，這裡就成了執法人員的交流熱點，而且，只要是警察有任何慶祝活動——有人退休、家裡新添了寶寶、拿到證書或各種週年紀念——也都會選在昆酒吧聚會。

雖然真柯不是正式警察，但卻經常在這間酒吧鬼混，而且也已經被視為這個大家庭裡的一分子。當然，他必須忍受眾人奚落還有傷人的笑話，但他早有心理準備，如果他必須要蒐集有用的工作情資，這是他必須忍受的代價。昆比是他的主要線人。所有的警察，包括退休警察，都知道永遠不能相信私家偵探。而這個老頭之所以願意這麼做，並非是因為能夠拿到什麼好處，而是因為虛榮。與一般人分享秘密線報，也許會讓他覺得自己仍然是警界的一員。當然，真柯從來不會向昆比逼話，要是有人向這位退休警察直接提問，他絕對不會吐露半個字。所以，真柯就只是泡在酒吧裡，連續窩個幾小時，等待對方自己打開話匣子。

那天，也一樣。

不過，那天的狀況有所不同，所剩時間不多了。

他趁等待的時候，把手伸入亞麻外套的口袋裡、取出手帕，擦拭後頸。他的手指碰到了那一團皺巴巴的紙——他把它稱之為「護身符」，因為它總是永不離身。他的胃部又湧起一陣嘔意，很擔心自己又會吐出來。

昆比突然冒出一句：「昨晚鮑爾和德拉夸準備去加班之前，曾經來過酒吧。」

真柯忍住那股噁心感，也忘了口袋裡的紙，因為酒吧老闆所提到的那兩個條子，正好是警方正式指派偵辦莎曼珊·安德列提案件的警探。他心想，終於來了，他等了好幾個小時，就是為了這一刻，現在總算得到了回報。

昆比提到鮑爾和德拉夸之後，又主動為真柯加了龍舌蘭，顯示他想要聊天。然後，他整個人靠在櫃檯。「他們告訴我，有個專家在詢問那女孩的新聞是真的，看來是行事大膽的側繪專家：他們不知從哪裡延請而來、專門追查連續殺人犯的高手，使用的是非正統的辦案方法……」

真柯很清楚，能夠逃過變態犯虐殺，就統計數字來說幾乎是不可能的事。所以，只要是一出現，當然是警方的寶貴證人，甚至可能靠此一方法破解罪犯複雜人格的詭譎肌理，包括了幻念的多層次面貌密網、無法抑制的衝動、天性，還有猥褻邪行，也難怪他們必須召集專家研究莎曼珊·安德列提的心理狀態。

真柯發現昆比提到她的時候，也似乎一直把她當成了十三歲，抱持這種心態的人並不是只有他。許多人，甚至電視新聞亦然，都會稱她為「女孩」。這也難免，因為在她失蹤後所發布的最後一張照片依然深深烙印在人們的心中。不過，雖然媒體還沒有辦法讓大眾看到莎曼珊的近照，但她現在已經是成年女子了。

「那女孩還在驚嚇狀態，」昆比壓低聲音，神秘兮兮，「但警務總部很樂觀。」

真柯不想要表現得太過好奇，但他很有把握，昆比一定知道了什麼。「你說的樂觀是什麼意思？」

「你也知道德拉夸的個性，話不多，而且總是輕輕帶過……但鮑爾卻深信他們一定會抓到那惡魔……」

「鮑爾這個人就是浮誇。」真柯接話之後，佯裝不感興趣，目光又飄向電視螢幕。

昆比繼續講下去，「對，但顯然他們有線索……」

線索？難道莎曼珊已經提供了重要細節？

「我聽說他們正在找她被綁匪囚禁的地點，」真柯假裝隨口問問，其實是為了炒熱氣氛，「警方已經封鎖了南部某個無人居住的區域，就在沼澤後面，他們不就是在那裡遇到莎曼珊的嗎？」

「沒錯，他們已經在某個地方拉出封鎖線，不准任何人進去，不希望有人在旁邊圍觀。」

「他們不可能找得到那個地方，」真柯擺出一臉懷疑的模樣，如此一來就會激到對方、拚命講話反駁，「這十五年來，他們根本找不到，所以一定是隱藏得很好。」

昆比發現真柯起疑，似乎很不高興，「莎曼珊・安德列提斷了腿，徒步逃了出來，所以也不可能走太遠，對不對？」

真柯決定要好好撫慰一下這位退休警察受傷的自尊心，「我想她是一切的關鍵：如果她願意合作，就有機會抓住這個惡魔。」

「她一定會合作的。」昆比的語氣充滿信心，「不過，他們還找到了其他的線索……」

所以他們並不是靠女孩找到這條線索，那麼，又是從哪裡來的？真柯不發一語，開始啜飲自己的酒。這種策略性的停頓，可以讓酒吧老闆有時間決定是否要把其他的部分說出來。

「警方雖然說出了自己如何發現那女孩的經過，其實那並非是全部的實情，」昆比滔滔不絕，「警察開車經過路邊、正好看到這個沒穿衣服的斷腿女孩，並不是什麼機緣巧合。」

真柯立刻開始推想這條情報所隱含的意義。他們為什麼要對找到她的這段過程撒謊？這不是應該要讓大眾知道嗎？「警方是接獲線報，」昆比猶豫不決，「有人報案，看到了莎曼珊。」

昆比只說到這裡，點點頭。

「真是個好心人。」

昆比糾正他，「是不肯透露姓名的神秘客。」

4

真柯走出昆酒吧，外頭的那股悶熱立刻襲來，瞬間鎖扣他的喉嚨與胸口。這種熱流是一隻生猛的隱形野獸，絕對不會給你任何的活命機會。真柯雖然呼吸困難，但還是想辦法把香菸含入嘴中，點燃，等待尼古丁進入體內。

畢竟，它對他也產生不了任何殺傷力了吧？

他四處張望，下午三點鐘，市中心的街道一片荒涼。大白天這種時候，又是在這個地區，而且還是平常的上班日，如此景象實屬異常。店家與公司都沒有營業，看不到行人，死寂無聲，只有交通號誌荒謬堅持管制毫無車流的大馬路。

當局因為高溫之故、決定採取強硬的特殊手段保障居民健康。他們建議民眾白天睡覺，等到晚上再出門。為了要讓這種改變能夠運作得更加順暢，警察、消防隊、醫護人員的工作時間也跟著調整。政府機關的辦公時間是從傍晚到黎明，就連法院也都是到了晚上才開始執行各項業務。公司行號也恪守規定：大約在晚上八點鐘左右，街頭擠滿了勞工與上班族、準備前往辦公室，簡直就像是平常的通勤尖峰時段一樣。完全聽不到反彈民怨，商店與百貨公司的業績反而創下新高，因為每個人都迫不及待想要出門。一等到天黑，大家就像是老鼠一樣，立刻傾巢而出。

夕陽成為一日之始，這種生活已經持續了將近一個禮拜。

真柯心想，氣候變得十分異常。一年前，羅馬出現了一場暴風雨，讓整座城市一片狼藉，除了大停電，還有可怕洪汛。這是空氣污染、全球暖化、地球被狠狠糟蹋的後果。有誰知道該死的人類在渾然不覺的狀況下自我滅絕，還需要多久的時間？這種下場實在令人遺憾。不過，他想起自己口袋的那個護身符，覺得這反正已經事不關己了。

所以，他決定不管那麼多，而且還繼續火上加油：他抽了兩口菸之後，把菸屁股丟到發燙的人行道，以鞋底猛力踩熄。然後，走向轉角的停車地點。

不肯透露姓名的神秘客。

真柯開著自己的老舊紳寶進入空荒的馬路，一直在思索方才從昆比那裡聽來的情報。車內的空調多年前就壞了，所以他一直開著車窗。突如其來的熱燙強風朝他撲來、逼得他往後退，彷彿在熊熊烈火中涉險前進。真柯需要找個避難所，不是因為暑氣，而是因為那個念頭，不要再想了，那不需要你操心。不過，疑念卻讓他飽受煎熬。是誰打了那通電話？為什麼？既然都願意通風報信，為什麼不自己出手援救莎曼珊？為什麼不肯透露自己的細節？這個陌生人本有機會成為這一連串事件裡的英雄，但卻選擇繼續隱身暗處。他在怕什麼？或者，他想要隱匿什麼事？真柯知道自己現在腦袋不夠清楚，無法思考。都是因為喝下太多的龍舌蘭，不然就是因為口袋裡他媽的那張紙。他一個禮拜之前曾經預訂了某間飯店的房間，也許可以窩在那裡，等到剛才在昆酒吧的醉意退了之後，沉沉入睡，希望永遠不要再醒來。

老頭，哪可能如此輕鬆，還是認命吧。

他決定最好還是不要一個人獨自面對。而在這種狀況下，只有一個人願意陪在他身邊。

一看到琳達開門時的那個表情，真柯就知道自己氣色糟到不行。

「天，在這種大熱天出門，你是瘋了嗎？」她大聲斥責，趕緊把他拉入屋內，她露出憎惡苦笑，「而且你還喝酒！」琳達以為他那蒼白臉色與黑眼圈的元兇是高溫與烈酒。

真柯沒打算反駁她，只是開口問道：「我可以進來嗎？」

「白痴，你不早就進來了？」

「好，那可不可以讓我待一下？還是妳正在忙？」他的衣服已經汗濕，而且頭暈目眩。

「再過一個小時，有個客戶要過來。」她開始調整裹住金銅色肌膚的深藍色絲袍。

「我只需要躺個幾分鐘而已。」他進入公寓，馬上開始找沙發。這裡跟昆酒吧不一樣，冷氣很正常，而且因為有百葉窗遮蔽，營造出略微昏暗的光線色調。

「你知道你渾身酒氣，應該要洗澡才是。」

「我不想給妳添麻煩。」

「你要是把我的公寓弄得臭兮兮，那才是給我添麻煩。」

真柯坐在白色沙發裡，這是客廳裡的重點擺飾，與地毯成色搭配，而四周都是黑色漆器家具與獨角獸。牠們可說是無所不在，而且各種型態都有——海報、小型雕像、玩偶，甚至還有好幾個被困在圓形雪球裡面。牠們是琳達的摯愛。

「我是獨角獸。」她曾經這麼說過，「一種美麗的傳奇生物：沒有任何一個正常人會承認自己相信有獨角獸，然而人類卻不斷堅持尋找牠們的下落，期望牠們真的存在於世。」

她倒是有一點說對了，她長得真的很美，難怪男人對她充滿渴望，樂意付出高價，只為換得與她在一起溫存的榮寵。

「過來，我幫你。」琳達發現他連外套都沒辦法脫掉，趕緊過去處理。她先脫去他的軟皮平底鞋，讓他的雙腿平貼沙發，又拿了個靠墊，拍鬆之後，置於他的後腦勺下方。她輕輕撫摸他的額頭，「喂，你發燒了。」

「只是因為天氣熱罷了。」

「我等一下拿冰水給你。這麼熱的天氣，很容易就脫水……尤其你又在下午的時候喝龍舌蘭。好，我先把這噁心東西丟進烘衣機，」她拿起他的亞麻外套，「應該是可以去除一點臭味。」說完之後，她進入走廊，整個人不見人影。

真柯深呼吸。他頭痛欲裂，全身僵麻。他其實很害怕，只是不願承認罷了。他已經連續好幾個禮拜都睡不好，壓力造成他精疲力竭，一旦身體到達承受焦慮的臨界點，他就會癱軟入睡。那不是休眠，而是一種繳械投降。失去知覺的狀態最多持續半小時，然後，現實感馬上再次喚起他，提醒他的命運馬上要被貼上封條。

他可以把這件事告訴琳達，讓自己多少可以減輕一點心頭重擔，甚至可說是紓解。畢竟，他也不能否認這是自己之所以會過來這裡的動機之一。她不只是好友，雖然他們之間一直有條從來不曾逾越的界線，但琳達幾乎等於是他的妻子了。

六年前，她聲淚俱下打電話向他求助，她早已從娼多年，但那時的名字還是麥可。蛻變過程還沒有大功告成，這個美麗女子依然被禁錮在某個男體之中，明明是高顴骨、豐唇、藍色雙眸的天使臉孔，但每天都會長出鬍碴。麥可找真柯幫忙，是因為他想要逃離某個客戶的魔掌。當時的他，就算是價碼不高也願意賣身，來者不拒。所以他就遇到了這樣的一個人，一開始與麥可打砲，後來把他打得半死，這傢伙還指責麥可逼他做出違反自然的行為。不過，他一直回頭向麥可求情復合，總是滿心懊悔。所以，這樣的故事不斷上演，而且結局都如出一轍。

麥可不知道自己還能撐多久。他曾經想要躲開這個一直對他施暴的人，但卻沒有成功，後來，被痛毆留下的瘀傷已經越來越難遮掩，他嚇死了。

真柯自己在煉獄討生活，當然猜得出最後的結局。跨性別是暴怒壓抑型犯罪者偏好的攻擊對象。所以，當他凝望麥可的雙眼，他立刻就知道狀況危急，而且不會有警察幫忙。要是他不出手的話，這個脆弱驚恐的天使一定必死無疑。

恐嚇甚或是暴力相向，也無法勸退這個施暴者，因為，對於肉體痛楚的執戀根本無法被根除，這種做法簡直就像是要以勸說技巧滅火一樣。想要阻止這個男人，最保險的方法就是取他性命。但是真柯不殺人，所以他想出了別的方法。由於這傢伙在某間著名投資銀行擔任經紀人，真柯花錢找駭客侵入那間公司的電腦系統，將許多投資人的鉅額款項轉到這傢伙的私人帳戶。接下來，他只需要等待有人發現這起竊案就行了。後來那傢伙因為詐欺與貪污罪被判刑十年，入獄之後，他可以盡情發洩天性，不然也可以當其他同好的獵物。終於，麥可自由了。

「這什麼意思？」

琳達的聲音微微顫抖，真柯根本不需要看她的臉，也知道她在生氣。他微微側頭，看到她依然站在門口，手臂上掛著他的亞麻外套，手裡拿了一張紙。突然之間，他明白了一切：她把外套放入烘乾機之前，先清空了口袋，以免有任何重要東西受損。

「到底是什麼東西？」她又問了一次，這次近乎暴怒。

真柯起身，他心想，終於來了。他一直沒有告訴任何人，因為他擔心一說出來就會真的實現了：要是那些字句依然被禁錮在紙面，那麼也許還有可以遁逃的一線希望。

不，沒望了。

「那是護身符。」

他的答案反而讓琳達一臉迷惑。

「妳知道什麼是護身符嗎？我們認為具有護身神力的物件，有點像是妳的那些獨角獸。」

「真柯，你到底在講什麼鬼啊？」她怒氣沖沖，「上面寫的是你快死了。」

他知道剛才出了什麼事。她一發現那是診斷書，立刻開始掃視文件內容，但她完全看不下去，因為她急切找尋別的線索，終於，她發現到最後一行，某個可怕問題的答案，只有幾個字而已。

診斷結果：致命疾病。

真柯自己第一次死盯著這份文件的時候，也是相同狀況。最後一行之前的內容都不重要，其實，前面要寫什麼都可以，反正，還有什麼差別嗎？那些字句都是過往歷史，結束了，而昨日之種種已經再也沒有任何價值，這個簡單字詞成了分水嶺，一切都變了樣。

「怎麼了？」她心生恐懼，「為什麼會這樣？」

真柯起身，走到她的面前，因為她現在根本無法移動腳步。他拿走她手中的診斷書，把她帶回到沙發前、與他一起坐下來。「好，我盡量解釋給妳聽，但妳要聽我說好嗎？」

她點點頭，但其實已經快要淚崩了。

「我感染了某種細菌，」他指了指自己的胸膛，「它侵入了心包膜，我不知道怎麼會罹病，醫生們也搞不清楚。」某種異形怪獸正在啃食他的心臟，「他們說無藥可醫，因為發現病灶時已經太遲了。」

琳達好困惑，「你應該待在醫院才是。他們至少要想想辦法做些什麼吧……我不能袖手旁觀就這麼讓你死去。」她的聲音變得越來越緊繃，近乎歇斯底里。

真柯緊捏她的雙手，搖頭。他沒有勇氣告訴她，當初他詢問醫生可有治療方法的時候，他得到的建議是入住安養中心，但真柯不想把自己關在那種純粹等死的地方。

「好處是它會突如其來，所以我真的不會察覺異狀。胸膛裡面一陣輕微爆裂，幾秒之內我就掛了，就像是中槍一樣。」一顆隱形子彈，直穿心臟——他比較喜歡這樣的意象。

「還有多久……」她開不了口，「我的意思是，還有多久就——」

「兩個月。」

「只剩兩個月？」她面色哀戚，「你多久以前知道的？」

他幾乎是不假思索，立刻說出答案：「兩個月前。」

這句話讓琳達驚駭得說不出話。

「今天就是大限日。」真柯哈哈大笑，但卻有顆充滿恐懼與酸楚的小石墜入他的胃部。「奇怪，在昨天之前，我還有個終點線，我只需要靜靜等待倒數結束就是了。可是今天……今天怎麼了？」他低頭，兩眼空茫盯著地毯，「我覺得自己像是在排隊的死刑犯，但等不到行刑通知。」

他再次大笑，這次是真誠朗笑，「我昨天盯著時鐘，以為半夜十二點一到就會出師。嗯，就像是灰姑娘的情節一樣，我真是白痴……」他是真的生氣了：他花了整整六十天在等待關鍵的一刻，而現在卻毫無章法可循，一切都交由某個沉默的暴亂分子所主宰。「所以我說那張紙是護身符，」他小心翼翼，再次把它摺好，「它讓我不會心緒混亂，因為，等死也會讓人瘋狂。」

不過，琳達卻沒辦法這麼理性，「你一直拖到現在才告訴我？」

「就連我自己也不願承認事實……要是我透露給任何人知道的話，那就會成真了：我死期將至。」他修正自己的時態，「其實，是現在就要死了。或者，也可以說我已經死了，就看每個人怎麼認定吧。」這是很有意思的哲學性難題，我們到底什麼時候開始步入死亡階段？是罹患致死疾病的時候？還是發現病情的那一刻？

琳達從沙發起身，「我去打幾通電話，取消預約，馬上就回來。」她的語氣充滿了全新的決絕意志，「今天你哪裡也不准去。」

真柯溫柔握住她的手，「雖然我可能立刻斷氣，但我不是來這裡等死的。」他拚命想要緩解緊張氣氛，也希望消解自己的罪惡感。

她對他大發雷霆，「那不然你來幹什麼？向我訣別？」

他靠過去，吻了一下她的前額。「我明白妳擔心我會飲彈自盡，不願再繼續等下去立刻結束生命。老實說，我動過這樣的念頭，要是繼續這樣沒完沒了，我也不排除這種可能。不過，妳把我留在這裡，也無法阻止最壞的狀況降臨，因為那張紙早就註明一切了。」

「我是不可能會放棄的，你明白嗎？」

他很清楚這一點，因為她好愛他。「妳有沒有看新聞？有個被囚禁了十五年之久的女子，就在四十八小時之前拚命逃了出來？」

「有，但這與你有什麼關係？」

「我在想，要是十三歲的小女孩能夠對抗恐懼長達這麼久的時間，那麼，一切都不無可能……就算是奇蹟也有機會發生。」

她一臉迷惑望著他。

「別誤會，我覺得自己不可能康復，」他不能讓這個話題引發錯覺，「不過，也許這些事湊在一起並非巧合。」他想起了那個報警的神秘客，但昆比透露給他的那個線報，千萬不能讓琳達知道。

「答應我，千萬不要自殺。」

「我沒辦法答應妳。不過，現在我可以向妳保證，我絕對沒有這個念頭。」他轉換話題，「我需要妳幫忙，」他繼續說道，「一個禮拜前，我在安布魯斯飯店訂了房間，那是一間靠近鐵路通橋的小飯店。」他從皮夾裡取出某張名片，「一一五號房，接下來的那七天，我也付了房錢。」其實，他不覺得自己會多活那麼久。他之所以會搬到那裡，是因為他擔心自己死在家中的話，不會有人發現他的屍體。一想到自己沒有親友關心，死在地上之後就只能任由屍身慢慢腐爛，不禁讓他好生恐懼。如果死在飯店，狀況就單純多了，某個早上，清潔女工進入房間，發現僵硬冰冷的他已經斷氣。不過，他並沒有把這個部分告訴琳達。「房間裡有個保險箱，密碼是一一〇七。」

她驚呼，「那是我的生日！」

「我知道，所以我才把它當作密碼。現在，仔細聽我說：等到你聽到……」他說不出那個字，「好，反正，等到該發生的那件事到來的時候，妳趕快去那裡打開保險箱，會看到某個封好的信封。」

「裡面是什麼？」

「不用管裡面是什麼，而且那也不關妳的事，」他語帶警告，「妳絕對不可以打開，盡快丟掉就是了，知道嗎？不能隨便亂丟，必須徹底銷毀，確保裡頭什麼都不剩。」

琳達不明白為什麼要這麼大費周章，「你為什麼不自己處理？」

他迴避問題，「我已經告訴了櫃檯人員，他會讓妳進去。」

琳達未置可否，但真柯知道她一定會做到。他站起來，穿上亞麻外套，看了一下時間，下午四點鐘——他真的得走了。

她那雙宛若幼鹿的大眼緊盯著他，「你等一下會打電話給我吧？」

真柯靠過去，輕撫她的臉頰。「萬一我忘記的話，妳可能會以為我掛了……」

「反正不要忘記你還活著，」她握住他的手、把它湊到唇邊，親了一下，「千萬記得，只要還有一口氣，一切就還沒有結束。」

他喜歡她這句話所蘊涵的概念，雖然簡單，但依然很勵志：只要還有一口氣，他絕對不會忘了自己還活著。「別擔心，我必須在不可違抗之事發生之前、完成某項任務。」他說完之後，直接走向大門口。

琳達腦袋一陣空白，「你要去哪裡？」

真柯轉頭過去，微笑說道：「地獄。」

5

「雜物之家」是位於這座城市邊郊某一工業區的倉庫。某人接收了先前的倉儲區之後，將其改建為私人倉庫。只要花一點點年費，就可以租到一個儲物間，把再也用不到的東西全部塞進去——大部分是老舊的家具或各式各樣的垃圾。

真柯到達大門口，在車內彎身、找尋儀表板置物箱裡的電動柵欄機鑰匙。摸了半天，終於找到了，他把它塞入一旁小柱的鎖孔裡，希望還能正常使用。

柵欄緩緩升起。

他開車經過了好幾條矩狀排列的儲物間通道，這才發現這地方已經不再只是雜物的家，因為有好些鐵捲門呈半開狀態，可以清楚看到裡面有人活動，某些租客把儲物間變成了臨時的家。真柯覺得也沒什麼好意外的，這種現象他很熟悉。「雜物之家」的使用者多半是男性，沒有家人，因為經濟危機而失業，不然就是因為要支付贍養費而陷入困境，或者，兩種狀況兼而有之。不要說是公寓了，就連一個小房間也租不起，成了處境艱難的貧窮人口，變得憤世嫉俗。真柯覺得他們投射過來的目光充滿了羞愧與憎惡——躲在自己小巢穴的暗處，充滿疑色、盯著他的紳寶從面前駛過。但最主要的情緒還是害怕，因為，要是沒了這個地方，他們就只能流落街頭。

他終於到達了自己多年前租下的那個儲物間。

真柯下車，彎腰打開沉重的鐵捲門。太久沒使用了，他把它拉到頭頂位置，發出了巨大的哐唧聲響。刺目的日光正好停駐在這個狹小空間的入口邊緣，彷彿欠缺入內一探的勇氣。噪音與灰塵慢慢消褪，真柯也趁此時將沾了油漬的雙手在亞麻外套兩側抹了幾下，讓雙眼逐漸適應裡面的昏暗光線。

好幾個高達天花板的櫃子，漸漸清晰映入眼簾。其中某一櫃的層板上放了五個灰色的紙箱，每一個都貼有標籤，註記了年分、代號，以及儲放的物件項目。

他不喜歡來這個地方。他把自己少數失敗案例的丟臉證據全丟在這裡。其實，他人生中的某一部分也都閉鎖在這些箱子之中。裡面有他再也無法彌補的錯誤、白白浪費的大好機會，還有任何人都無法也絕對不會原諒他的那些罪行。

他告訴自己，不過，也許還是可以有些作為，因為他已經下定決心要留下一點人生印記。

他找到其中一個箱子，第三格的那一個，從那一排整齊的箱列中抽了出來，打開箱蓋，開始翻找文件，終於找到了自己要的那份東西。

薄薄的文件夾，裡面只有一張紙，就那麼一張而已。

不過，雖然只有這個東西，但正如同他先前告訴琳達的一樣，這張紙很可能是開啟地獄之門的鑰匙。

6

手。那雙手不一樣了，不是我的手，而是屬於別人的手。

然而，她卻可以讓那十根指頭運作自如，所以，能夠解釋的原因也就只有那麼一個了。自從發現那面大鏡牆之後，她再也不曾轉過去，她沒有那個勇氣。不過，她一直緊盯著雙手，想要搞清楚這是怎麼回事。

十五年過去，但她渾然無覺。

「小莎，」葛林醫生的聲音劃破死寂，把她從沉思狀態中拉回到現實，「小莎，妳必須要相信我。」

她的目光飄向那台錄音機，我在醫院裡。

「我知道此時的一切看起來都很荒謬，但如果妳願意與我好好配合，我們會讓所有事物回歸常態，這一點我可以向妳保證。」那男人依然坐在她的床邊，給她一點時間慢慢消化自己已經不再是十三歲的事實。「治療結果不錯，對方給妳施打的藥劑已經從體內排出，妳的記憶力恢復到正常狀態。」

她的目光飄向手臂上的點滴，那緩速流動的輸液裡蘊藏了答案，某一場漫長惡夢的所有細節。

我不知道自己是否願意想起來。

葛林醫生似乎對她充滿了期待。說也奇怪，她發現自己並不想害他失望。這是好預兆嗎？畢竟，她根本不認識他。對，這是好預兆，因為每當他說出要相信他的時候，她對他的信任感也開始逐步上升。她開口說道：「好吧。」

葛林醫生面露喜色，「我們一步步來，」他開始解釋，「人類記憶力的機制很奇妙，它不像錄音機，光靠迴帶聆聽是不夠的。記憶其實通常是疊加混雜在一起，不然就是殘缺破損。人類的心靈會自行修補，但其實增添的都是錯誤的記憶，很可能會造成混淆。所以，我們必須要採行一些規則才能判斷真偽，這一點十分重要。好，截至目前為止都還算清楚吧？」

她點點頭。

葛林醫生等了好一會兒之後才繼續開口，「小莎，現在我要妳和我一起回到那個迷宮。」

這個提議把她嚇壞了，她不想回去，永遠不要。她想要待在這張舒適的床上，讓房門外那個快速步調世界的各種聲響還有醫院的各種噪音與低聲人語，將自己重重包圍，拜託，不要帶我回到那個無聲之地。

他向她保證，「別擔心，這次我會與妳同在。」

「好……那就開始吧。」

「首先，我們從簡單的下手，我要妳回想一下牆壁的顏色。」

她閉上雙眼，「灰色，」她毫不遲疑說出答案，「迷宮牆壁是灰色的。」她的眼前立刻閃現那幅景象。

「什麼樣的灰？淡灰還是深灰？壁面平整嗎？還是有狀況？比方說，有沒有裂縫或是霉斑？」

「從來沒有任何變化，而且很平滑。」她的語氣彷彿像是正在撫摸牆壁，她睜開雙眼，看到葛林正在做筆記，覺得有他陪伴很安心。就像是醫院的白牆一樣——有宛若海底深處的螢藍光予以調和的柔和之白。

「還記得裡面有什麼聲響嗎？」

她搖頭，「迷宮裡聽不到任何聲音。」

「氣味呢？」

她想要精確抓住迅速湧入記憶裡的那股嗅覺觸動，「泥巴……有一股濕泥的味道，還有霉味……」她將線索拼湊起來：沒有窗戶與聲音，有霉味，「那是洞穴。」

「妳的意思是迷宮在地底下方？」

她終於開口，「對……應該是，其實，我十分確定。」

「是誰把它稱為迷宮？」

她立刻回道：「就是我。」

「為什麼？」

她看到自己走入了某道通往不同房間的長廊。那個地方照明充足，天花板裝了螢光燈管。她不覺得冷，但也不是很暖和。她光著腳，開始探索周邊環境。走道的平行兩側有多道鐵門，有的是打開的，裡面是空蕩蕩的房間，還有的被鎖住了。她步向走廊的盡頭，右轉：同樣的場景。更多的門、更多的灰色房間，全都長得一模一樣。她繼續往前走，遇到了岔路，但無論她選擇哪一條路，最後總是會回到起點。至少，表面看起來是如此。她完全抓不到方向感，那裡似乎沒有出口，或者，也沒有入口，我究竟是怎麼來到這個地方？

「我身處的那個地方沒有盡頭，也沒有起點。」

葛林醫生做出小結，「所以，除了妳之外，沒有任何人住在那裡。」

「不對，那裡不像住屋，」她態度堅定，「我告訴過你了，那是迷宮。」

但葛林醫生想要知道更多詳情，「好，比方說，裡面有廁所嗎？」

有個狹小的儲藏間。裡面只有一個馬桶，而且很臭，臭得要命，根本沒辦法沖水，她根本不想用。

「我不想用。」她覺得有些不好意思，開始打量葛林的反應，「所以我一直忍，總是忍著不上廁所。」

但不可能忍那麼久。她抱著肚子，已經感覺到溫熱的液體浸濕了內褲。

「妳當時為什麼不去裡面上廁所？」葛林醫生問道，「是什麼原因讓妳裹足不前？」

她老實承認，「我覺得很丟臉。」

她站在那裡，盯著馬桶——發黃破損的陶瓷表面，還看得到鏽褐色的細流狀污斑，而馬桶底部的水又濁又臭。她覺得好噁心，一直跳腳，完全無法忍受。

「妳為什麼會覺得丟臉？」他又問道，「真的只有妳一個人嗎？」

這問題不禁讓她起了一陣寒顫。

她小心翼翼蹲在馬桶上面，一陣強力水流噴出，清光膀胱，尿尿聲終於消失在偌大的空間之中。

「妳有沒有看到別人？或是聽到其他人的聲響？」

「沒有。」

葛林只是筆記，不發一語。

也許她讓他失望了，也許她應該把事情講得更清楚一點才是。「迷宮一直在監視我。」她脫口而出，發覺這句話立刻又引發他的關注。他的頭微微側向鏡子，彷彿在對監視的警員示意。她再次強調，「迷宮知道一切。」

「有攝影機嗎？」

她搖頭。

「不然怎麼會這樣？拜託，解釋給我聽……」

「是那個方塊，」但她發覺他不知道她在說什麼，「第一個遊戲。」

「再講清楚一點。」

「我醒來的時候，它就出現在那裡了……」

她亂走了好幾個小時，想要找尋援助未果，最後，進入其中一個房間，躺在地上。她累壞了，立刻沉沉睡去。睜開雙眼的時候，愣了一會兒才想起自己在哪裡——過了幾秒之後，恐懼再次襲身。地板上出現那東西，與她的臉約相隔一公尺，那是一幅屬於過往的熟悉景象。彩色的方塊，六面分別是綠、黃、紅、白、橘以及藍色。

我知道那是什麼，「魔術方塊」，就是這名字。

「一共有六面，一面有九個方塊，每一個小方塊的顏色都不一樣。」

「我知道，」葛林回道，「我小時候很流行這遊戲。說出來妳可能不信，但當時許多人都拚命想要破解。」

「我相信啊。」因為她自己也很狂熱，不過，她與那玩具之間的關聯卻一點也不好玩。

葛林似乎注意到她的焦慮，一臉歉然說道：「請妳繼續說下去……」

「我發現那方塊的時候，顏色已經一團亂。」

她要玩這個幹什麼？殺時間？太荒唐了。她不知道自己在哪裡，也不知道是誰給了她這東西。她好害怕，飢腸轆轆，「拜託，我要回家！」但卻聽不見任何回應。

「我蜷在角落，一直盯著那東西，不知道過了多久。我根本不想碰它，要是真的這麼做的話，鐵定會有惡事臨頭，但我腦中的念頭一直盤旋不去，我在這裡，根本無路可逃。真叫人心亂如麻，但我就是揮之不去。」她停頓了一會兒，「或者，我還是有斷念的機會。」

「所以妳採取的行動是？」

她眼眶盈淚，仰望著他，「我拿起了那個魔術方塊。」

她仔細端詳，開始轉動方塊的多彩邊面。只要能夠拋卻時間凝滯感的煩惱，做什麼都好。她無法專心，恐懼害她不斷分神。不過，壓力逐漸緩解，而她的懼怕也隨之減縮——雖然退卻了一點，但那重重幽影依然緊迫盯人，但她現在可以與它保持距離。她全神貫注研究色彩組合，過了幾分鐘之後，她總算完成了一面，橘色。她把它放回到地板上頭，恐懼又繼續形影不離。她盯著那東西，她已經修正了部分的瑕疵，完成的那一面真清爽，給了她安全感。會有這樣的心情，一定有其理由。就在這個時候，她格外敏銳的感官察覺到異狀。

有變化。

過沒多久，她就決定要解開這個陌生訊號之謎。那股味道，就像是方塊一樣，也讓她覺得好熟悉。她從角落起身，進入走廊，開始四處張望，沒有人。她開始好奇尋索，任由自己的嗅覺帶引她前進，但她擔心這只是幻覺而已。但不是；千真萬確。她走到某間房的門口，房門微開，她伸出右手、以手掌推門，正中央放了一個紙袋。

麥當勞。

「漢堡、可樂，還有薯條，」她為了幫助葛林做筆記，還刻意仔細描述，「好大一包薯條。」

她壓根沒想到必須小心為上，飢餓讓她果斷做出決定，立刻衝過去，狼吞虎嚥。她沒有在心底追問食物到底是怎麼來的？又是誰買的？她正在上自己的第一堂課。

生存。

她吃飽喝足之後，才恍然大悟剛剛是什麼狀況。她回到了有魔術方塊的那個房間：她必須繼續解謎。她慢慢走過一道又一道的長廊，低頭玩方塊。費了一番工夫，她完成了另一面——綠色——然後，開始拚命對付第三面——紅色，但搞定三種顏色真的不容易。她放下方塊，經過某個房間，眼角注意到有東西，她回頭，整個人愣住不動。

完成魔術方塊第二面的獎勵是床墊、毯子，以及枕頭。

在短短的時間當中，她已經有大幅躍進：肚子飽了，而且再也不需要睡在地板上頭。不過，她沒想到完成第三面居然如此困難。

「應該是過了好幾天吧，我發覺自己就是搞不定紅色那一面，其實我高估了自己的聰明才智。在這段時間當中，我沒有食物，也沒有水。」

「所以是什麼狀況？」葛林問道，「妳是怎麼撐下來的？」

她躺在床墊上，身上的衣服變得越來越寬鬆，幾乎已經沒有任何力氣。她最後一次喝水或進食到底是多久之前的事了？她大部分的時間都在睡覺，做惡夢。有時候，她甚至不清楚自己是處於清醒還是睡眠狀態。最讓她難受的倒不是飢餓，因為那並不像對食物的渴望一樣強烈，而是突如其來的胃痙攣，彷彿腹部有東西想要拚命逃出來、在她的體內挖掘通道。

後來，可能是兩天之後，那種劇痛消失了，但狀況卻雪上加霜，因為她開始口渴。沒有人告訴她原來口渴比飢餓更可怕，因為那會讓人抓狂，一旦覺得口乾舌燥，一心就只會想到喝水，她甚至已經打算要用牙齒咬斷血管、狂吸自己的血，只求能夠解渴……

她知道的確有辦法可以止渴，但她遲遲沒有動手，一想到得做出那種事，就讓她覺得好噁心。

但如果她想要活下去，也別無選擇了。

所以，靠著殘存的一絲氣力，她拖著身子，走向那個儲藏間。她望向那個在骯髒底部、又臭又黏的一灘污水，首先，她把手伸進去，體會到了那股觸感。然後，她閉上雙眼，撈起了它，覺得自己很可能會吐出來。不要想，千萬不要多想，就像小時候磨破膝蓋一樣，要是她能夠專心一志，痛苦就會消失無蹤，現在，她必須忘記那股氣味。所以她把嘴埋進了碗狀的手心，開始猛吸。液體流過了她唇齒，她立刻吞下去，不想讓它在嘴裡有任何停留的機會……她回到自己的房間，覺得體內好齷齪。她還活著，但卻無法放鬆心情，因為她知道自己還得再來一次。

就在這時候，魔術方塊出現在她的枕頭上，正死盯著她。

但她好生氣，立刻抓起了它，開始亂扭，原本湊好的那兩面完整色面也沒了……

「我馬上就後悔了，立刻大哭，我筋疲力竭，拚命想要把那些色面轉回來。」

「很遺憾。」葛林的態度十分真誠。

「我花了一番工夫，但也只完成綠色的那一面，然後，我睡著了。睜開眼睛的時候，房內多了個籃子，裡面有冷湯，還有氣泡溫水。」

醫生點頭，「妳覺得為什麼會有這禮物呢？」

她糾正他，「那不是禮物。只要我需要某些基本的東西，像是食物、乾淨內衣，或是牙刷，我只需要完成魔術方塊的第一面就可以了。我不知道我為什麼得被迫玩這個愚蠢的玩具，但後來我懂了。」

她閉眼，一滴清淚從氧氣面罩壓住的臉頰慢慢滑落而下，「要是我能夠解出魔術方塊的完整六面，它就會放我走。」

「它？」

她回道：「迷宮。」

「所以妳搞定了魔術方塊，迷宮就釋放了妳，是這樣嗎？」

她搖頭，開始大哭，「我卡在第三面，一直解不出來。」

7

對於這世界來說，那一天的大事是莎曼珊．安德列提歸返人間；對布魯諾．真柯而言，重要的卻是他的世界末日尚未降臨。

他搖下車窗，開著他的紳寶前行，電台正在播放「史蒂夫．米勒樂團」的〈拿了錢就跑〉。雖然處境如此艱險，但聽到這首歌不禁讓他感到心情暢快。不過，他的愉悅並沒有持續太久。這首歌並不是為他而唱，而是為那些依然能夠想像未來的人們。真柯依然活在當下，但過沒多久之後就會成為過去式。許多人都以為，垂死之際所後悔的是未竟或拖延之事，但對真柯來說卻不是如此，他最難受的是再也無法享受這種小確幸，就像是電台播出的歡樂歌曲。

因為，每一次都成了最後一次。

真柯心中滿懷怨恨，關掉了電台，專心注意路況。他離開市中心，前往內陸沼澤區。距離海岸越來越遠，熱氣也越來越窒悶逼人。不過，他也有所體悟，雖然心情依然傷悲，但他已經不再恐懼。

莎曼珊改變了一切。

其實，這段額外時光並非是他要求的祈願，它不是贈禮——反而是一種折磨。所以，他必須要有所作為，在宿命終結之前，讓此時的間歇別具意義。

最後一個任務……他想起了琳達的那句話，只要還有一口氣。

他剛才從倉庫裡取出的檔案，就擱在身旁的駕駛座，狂風不斷吹翻封面，裡面的文件是他僅存的希望。

過沒多久之後，他到達了自己的目的地。他很好奇，莎曼珊的那位側繪專家是否已經讓她知道在她缺席的這段日子當中、世界到底發生了多少變化？還有，她是否探詢自己家人的下落？他們是否講出了她母親悲慟逾恆？又有誰能膽敢說出六年前的一場惡疾已經奪走了她的性命？

多虧莎曼珊．安德列提當年的失蹤檔案存有DNA樣本，警方才能確定聖加大肋納醫院的這名病人的確是她。要是沒有這份證據，警察的麻煩可就大了。因為，自從小莎的母親過世之後，她的父親就遠走他方展開新生，完全找不到他的下落。截至目前為止，他們還是聯絡不上他，無法讓他知道他的獨生女還活在人間。而電視台雖然一再播放這則新聞，但顯然他依然沒有出面主動聯絡。

在接下來的這幾個小時當中、這男人會不會再次出現，將是真柯的成敗關鍵。

他一路前行，公路上只遇到兩輛對向來車。等到深入沼澤區之後，他已經完全看不到人蹤。柏油路面宛若懸立空中，因為放眼所及只見一整片綠色沼澤地，與其周邊低矮植被一樣靜滯不動。然後，他經過了枯萎荊棘的密林，腐臭惡潭映照出深色樹幹的倒影，在水面演出幽靈之舞。

真柯在遠方看到了第一輛警車，他們早已封鎖莎曼珊現蹤的區域、設下多處路障。車內坐了兩名警察，其中一個立刻下車、舉起警示牌，請他掉頭離開。但真柯卻繼續往前開，為了避免引發不必要的緊張。他放慢車速，雙手放在方向盤，讓對方可以看得清清楚楚。他逐漸接近警方的位置，等待拿著警告牌的那一名警察走向他的車窗。

「你不能進來，」對方的語氣完全沒有任何商量的餘地，「馬上給我回頭。」

「警察先生，我知道，但我有要緊的事，請容我解釋一下。」真柯很清楚，對執法人員來說，順從的語氣就像是音樂一樣悅耳，應付這些人的時候就是得當哈巴狗，他對這種事深惡痛絕。

「我沒興趣聽你解釋，你最好乖乖聽話。」他已經把手放到了身側的槍套，作勢威脅。這警察態度強硬，所以真柯必須來軟的。「我是私家偵探，名叫真柯，如果您需要的話，可以查看我的證件，我把它放在皮夾裡面。」

「任何人都不准進去。」那名制服員警絲毫不肯讓步。

「但我沒打算要進去，」這句話讓對方困惑了好一會兒，「我來這裡找鮑爾與德拉夸警探，可否請你幫忙轉告？」

「我想他們現在並不希望被別人打擾。」

「警察先生，很抱歉，但我希望你能夠為我破例一下。」有時候，對於那些智識能力有限的人來說，精雕細琢的用詞確實能夠發揮混淆作用，「我手中握有莎曼珊・安德列提案件的線索，相信那兩位警探一定會覺得很有用。」然後，他的下巴指向副座的那份檔案，「我帶了一些文件過來，我認為必須要馬上讓他們看一下。」

那警察伸手，「交給我吧，我一定會拿過去。」

「我不能給你，那些都是機密文件。」

「如果是重要線索，你當然得交給警方。」

「我重申一次，不能交給你。」

警員失去了耐心，「搞清楚，我可以用妨害司法的罪名立刻逮捕你。」

「不行，你沒有這權力，」真柯丟掉了順民的假面具，狠狠瞪了他一眼，「法律規定私家偵探如若擁有可供警方破案的資料，必須妥善保管，交給承辦警探。所以，那就恕我直說了，我不能把它隨便交給第一個遇到的警察。你搞清楚了沒有？」

對方不失威儀，沉默好一會兒之後，走向警車。

□

接下來是漫長靜寂的十五分鐘，真柯靠在自己座車的引擎蓋前面，抽了兩支菸，而警察們則在對面觀察他的一舉一動，唯一的聲響是濕地的蟬鳴。

然後，路底的地平線出現變化。

過沒多久之後，某輛棕色轎車出現在浮動的蒸騰熱氣之中，宛若海市蜃樓。雖然還聽不到引擎的聲音，但車行速度超快，沿途還有路塵揚飛。

真柯心想，坐在車內的人一定是怒氣沖沖。

車子突然煞車，兩名身著襯衫、打領帶的男子下了車，面色都很嚴肅。其中一個是金髮，看起來就像是直接從雜誌裡走出來的男模，另一個是黑人，散發沉靜氣質——真柯第一眼看到他們，就覺得他們還真像是電視電影裡的典型雙人組警探。

「我不知道我是該踹你的屁股還是揍扁你的臉，」鮑爾立刻撂狠話，「要是你沒有經過我們的允許而擅自蒐證，我們根本不用上法院就可以把你送去坐牢。」

德拉夸任由同事開火，自己樂得輕鬆，他在一旁冷靜觀察狀況，隨時準備出手。

而那兩名小警員也滿臉笑容、在一旁看好戲，真柯知道他們在想什麼：私家偵探是吧，現在就看你能變出什麼花樣。

「各位冷靜一下，好嗎？」真柯拚命和顏悅色，「我根本沒亂來好嗎？只是在履行守法公民的義務罷了。」他知道警察自以為是的態度有多麼討人厭，但為了要讓他們相信他手中有寶貴線索，他必須低聲下氣。

「真柯，我建議你有什麼東西就趕快拿出來交給我們，」德拉夸插話，「我們今天已經夠辛苦了，你千萬不要來攪局。」

真柯假裝在懇求，「別這樣吧？」

「我們沒時間跟你瞎耗。」

「只要給我五分鐘就好。」

鮑爾已經火大到臉色漲紅，滿頭大汗。「你拿出來的東西最好是有那個價值。」

真柯走到車子的副座車門邊，把手伸入打開的窗戶裡面，拿起了擱在座位上的那份檔案。他走回到他們面前，順手取出裡面的那張紙，立刻交給德拉夸。

德拉夸根本懶得多瞄一眼，他的語氣充滿不屑，「什麼東西？」

「合約。」

那兩名警探愣住了，開始低頭研究上頭的條文。

真柯決定直接切入重點，「十五年前，當你們這些警察還在捕蝴蝶的時候，莎曼珊・安德列提的父母跑來找我，希望我能夠為他們的獨生女失蹤案找出破案契機。」

他還記得自己與他們在某間擁擠餐廳見面的場景，就在某個星期一早上。小莎已經失蹤了好幾個禮拜，他們也多日無法成眠。他們握住彼此的手，向真柯解釋是如何從總部的某位警察那裡拿到了他的聯絡資料。對方向他們暗示，如果不在官方管道之外尋求其他辦案途徑的話，想要知道他們的女兒到底出了什麼事，幾乎是不可能的了。

這位充滿悲憫之心的警察的確說出了事實：時間分秒流逝，失蹤人口案件的破案機會也會變得越來越渺茫。三天之後，機率等於零。當然，如果能有線索的話就另當別論。不過，莎曼珊的案子卻沒有任何線索，也沒有目擊證人。某個冷冽的二月早晨，她在前往學校的途中，似乎直接在光天化日之下人間蒸發。

真柯從來不接失蹤孩童案件，而且，為時晚矣。案發到現在已經過了好幾個禮拜，證據遭到破壞，大家的記憶也變得模糊不清。他想要向他們解釋，不過，他們卻依然很堅持。「我們知道你非常優秀，有人向我們大力推薦，」小莎的父親當時是這麼說的，「我們求求你，千萬不要讓我們孤立無助，惶惶不知其然。」

私家偵探的基本守則之一，就是千萬不能對客戶產生任何的同理心。這種說法聽起來憤世嫉俗，但真柯十分清楚，客戶因為情感面理由請他查案，他絕對不能被這種情緒影響。仇恨與憐惜有傳染性，經常會成為理性的障礙，但他必須要讓它保持澄明、不偏不倚。有時候，情緒的確會引發危險。

曾經有個人偷老闆的錢，原因是用來支付罹癌妻子的醫藥費。真柯抓到了他，不過，卻產生了惻隱之心，承諾給對方一點時間、將偷來的錢物歸原主。不過，真柯卻低估了這個小偷的意志，為了要挽救心愛女子的生命，他欺騙了真柯，又逃走了。

真柯知道要是接下安德列斯夫婦的委託，一定會有很高的風險。所以他接案的時候立下了明確規範，「我要的酬勞是平常費用的兩倍，而且必須預付。你們不能打電話問我辦案進度，我也不需要定時回報。有事要通知的時候，我自然會與你們聯絡。要是一個月內沒有聽到我的消息，那就表示我一無所獲。」

聽到這樣的限制，他們似乎很迷惑。真柯希望這樣能夠讓他們打退堂鼓，不過，結果卻出人意料，他們二話不說，直接簽下合約——多年之後，它又出現在鮑爾與德拉夸的面前。

鮑爾狠狠瞪了真柯一眼，「他媽的這什麼意思？」

「意思就是根據這張紙的內容，我接受委託追查此案。」

「這是舊合約，」德拉夸語氣冷靜，把合約還給他，「年代也未免太久了。」

但真柯卻沒有收回來，「你是在開玩笑吧？上面並沒有載明截止日期：除非當事人撤銷，不然這份合約依然有效。」

鮑爾正打算繼續罵人，卻被德拉夸伸手示意阻止，「好，既然已經找到了莎曼珊．安德列提，那麼我也看不出還需要你做什麼。但如果你想繼續找她，請便。」

他的金髮同事聽到這種諷刺話語，立刻冷靜下來，而且還爆出大笑。德拉夸則又把合約遞出去，想要交還給真柯。

但真柯依然對他置之不理，「根據報紙的消息，小莎是在兩天前的那個夜晚被該區巡邏員警意外發現。如果是這樣的話，那我怎麼聽說其實是有人線報提供資料？」

鮑爾的笑容立刻消逝，但德拉夸卻不動聲色。

「警方當時辦案苦無頭緒，很可能不得民心，這一點我明白，」真柯直接切入重點，「不過，攬下找到她的功勞、讓那兩個正好路過的員警成為英雄，未免也太過分了一點。」他在講這段話的時候，刻意盯著巡邏車的那兩名警察——聽到他意有所指，他們立刻把頭轉到一旁，面色尷尬。

「我們沒有必要向你證實或分享任何機密資訊。」德拉夸依然沉著自若，提醒他這笑話開得太過頭了。

「我看你是大錯特錯，」真柯指著合約，「根據第十一條第二項，莎曼珊的父母委託我代表他們與警方交涉，甚至在找不到其他親人的狀況下，由我擔任他們女兒的監護人。」此一條款還有個規定，要是他找到女孩，而女孩依然未成年，那麼他就必須負責保護她的安全、送她平安返家。當然，這狀況一直不曾出現，但現在他卻可以為了其他的目的，搬出這條規定。

「這合約早就失效了，」鮑爾的態度依然兇狠，「莎曼珊已經成年。而且，她母親已經過世，父親也失聯。」

「就算她不是未成年，我們也必須確定她心智正常。老實說，這一點我是存疑，因為她一定處於驚嚇狀態……所以只剩下她父親了。但既然你們還沒找到他，而且他也沒有撤銷委任，那麼我的職責就是要全力維護我當事人的需求，也就是莎曼珊．安德列提。」

德拉夸不像他同事那麼衝動，個性也務實多了。「我們會把這份合約交給法官，由他判定無效。我想，說服他並不困難，讓他瞄你一眼就夠了。」

的確，真柯也心裡有數：法官會誤判他的好意，以為他企圖在案發後十五年牟利。所以，他佯裝沉思了一會兒，但其實他早就知道接下來該怎麼辦。「好吧，各位，那我現在提出一個折衷方案吧。」

那兩名警探不發一語，靜靜等待。

「我的檔案庫裡有一疊厚厚的資料夾，裡面全都是我十五年前的辦案線索。」他希望這聽起來言之成理的謊言能夠騙過他們。其實，他大言不慚的那個資料夾裡面，也就只有他們面前的這張紙而已。因為，莎曼珊．安德列提是真柯碰過最棘手的案子，他就和警察一樣，完全找不到任何頭緒。

人類的任何舉動，一定都會留下蛛絲馬跡，尤其，這還是刑事案件。

這是每一個私家偵探在訓練過程中必經的一課。這甚至可說是要吃這一行飯的基本前提，與另外一條黃金規則具有同等重要性。

沒有所謂的完美犯罪，只有不完美的偵辦過程。

所以，在布魯諾．真柯的偵探生涯中只有幾次失手，而莎曼珊．安德列提可說是最離奇的一個案子。因為，在那段時間當中，他甚至懷疑到底有沒有綁匪。

這個惡魔最高明的伎倆，就是讓大家深信他並不存在。

「你是要跟我們談交換條件嗎？」鮑爾問道，「是不是被我說中了？你把自己的檔案交給我們，然後你刺探我們的辦案過程——是不是這樣？」

「不是。」德拉夸糾正鮑爾，因為他早已比他的同事先猜到了折衷方案的內容，「他想要幫我們收拾爛攤子……」

真柯點點頭，「我的檔案包括了警方一直沒找到的證人所提供的證詞、漏失的情報，還有在當時莫名其妙被遺漏的一連串重要線索。換言之，就是警務總部草草結案的證據。」他亮出底牌，「要是媒體拿到這些文件的話，那就真的很遺憾了。但從另一方面看來，我是莎曼珊的監護人，當然有義務運用各種方法釐清這起不幸事件的真相。」

那兩名警探緊閉雙唇，陷入凝重沉默。

真柯知道最好是不要惹惱警察，因為他們遲早會逼你付出代價，而從鮑爾與德拉夸的態度看來，狀況不妙。想要開口要求參與警方辦案，簡直是瘋了，不但法律不允許，而且這種要求也只會給他惹來麻煩，因為他剛才根本在吹牛。所以，他決定重新展開協商。「我無意向別人透露我手中的資料，」他態度冷靜，向他們提出保證，「我非常清楚，要是我真的這麼做的話，你們一定會想盡辦法宰了我。我沒有那麼笨……我只想要請你們幫個忙，之後我就會閃人，我說到做到。」

「我絕對不會給他任何好處。」鮑爾對他同事說道，「其實，我倒想看看這混蛋是不是膽敢向媒體洩露消息。」這位金髮警探似乎光是想到可以宰殺這名私家偵探，就覺得快意不已。

真柯盯著對方的那雙大眼，心想你也不能拿我怎麼樣。這是死之將至的好處之一，人生即將告終，宛若某種超強能力，讓人成為金剛之身。

「好，」德拉夸接下來的話，讓眾人嚇了一跳，「你想要什麼？」

真柯轉向他，「我要聽那通匿名電話的內容。」

8

搜尋莎曼珊・安德列提監禁之地的基地營，就在沼澤區的正中央，某一廢棄加油站殘骸的空地。沼澤每年都會啃噬大片土地，想要進攻這種惡劣環境的挑戰者也只能知難而退。

真柯心想，雖然現在有警方進駐，這地方依然陰森逼人。

他下車，四處張望，在帳篷與拖車之間不斷匆忙進出的技術人員與員警，讓他大感驚惑。好幾組搜查人員穿著水陸兩用鞋，帶著嗅犬，在沼澤地裡四處尋索。除了基地營裡的人員之外，還有好幾組專家在機動實驗室裡分析剛剛蒐集的線索。而原本是加油機的地方則停放了一架直升機，隨時準備再次起飛搜查地面區域。

載他過來的鮑爾與德拉夸，此時也下了車，走到他面前。

「你知道你能到這裡來，真的是狗屎運，」鮑爾提醒他，「警察不該跟出言勒索的鼠輩有任何瓜葛。」

真柯微笑，正打算要反唇相譏的時候，卻被人打斷。

有人在怒喊，「德拉夸！」

真柯轉身，看到某個身穿海軍藍西裝還打了領帶的男子走了過來，臉上的表情一點也不友善，他身邊還有一隻毛茸茸的大狗。

「等我一下。」德拉夸說完之後，立刻走向那陌生人。

鮑爾拉著真柯外套的袖子，「走啊。」

他們雖然離開了現場，但真柯依然在注意那兩人之間的互動。

「沒有人接我的電話，」陌生人在抱怨，「你們到底什麼時候才要開始找尋她的下落？」

真柯不知道他這話是什麼意思。找誰？莎曼珊・安德列提不是已經被找到了嗎？但那條狗開始狂吠，蓋住了兩人講話的聲音。

狗主人發號施令，「閉嘴，希區考克！」

真柯放慢腳步，盯著他們唇槍舌戰，氣氛越來越火爆。

這時候，鮑爾已經站在某輛拖車的階梯上頭。「好，你到底要不要進來？」

這輛拖車裡裝設了高級精密儀器，此刻正在分析那通匿名電話的錄音內容，電腦螢幕的諸多彩色圖像全是已經被分割的錄音檔。四名工程師正忙著監測背景雜音裡的隱藏聲響，希望能夠藉此找出辨識來電者身分的蛛絲馬跡。

圖表裡的任何一個突波都可能隱藏了別人的聲音，或是鐘鳴，甚至要是運氣夠好的話，可能會聽到某個名字。他們希望能夠確認發話地點，找出可能看過這名神秘客的目擊者、描述他的面貌。

真柯雙手交疊胸前，東張西望了五分鐘之久，坐在旋轉椅裡面的他一直靜不下來。鮑爾站在那裡一直盯著他，顯然是看到他坐立不安的模樣而感到不爽。但兩人一直都沒開口，德拉夸進來之後才打破沉默。

「抱歉，」他踏入拖車的時候，大汗淋漓。他走到飲水機前面，為自己倒了一杯水，面向他同事，「你跟他解釋過沒有？」

「還沒。」

德拉夸拉了張椅子，坐在真柯對面。「當然，我們等一下告訴你的一切，你必須要保密，」他從鮑爾那裡拿了紙筆，「要是你敢洩露半個字，我會立刻找你算帳。」

「我只希望這裡的警察不會收受媒體賄賂。」真柯回嗆他們，簽名之後，將那張紙還給了金髮警探。

「對方使用的是偷來的手機，」德拉夸開始說道，「這通電話結束之後，他就立刻關機，不然就是已經銷毀，所以不可能靠手機追查到使用者的下落。」

「不過，莎曼珊・安德列提的所在位置，距離發話地點卻有十二公里之遠，」鮑爾說道，「也就是說，發現她的那個人經過了好一段時間之後，才決定要打電話報警。」

真柯問道：「所以你們認為不是綁匪打的電話？」不過，他早就覺得這個假設不可能成立，這個惡魔監禁她，不知道以多少方法凌辱她長達十五年之久，當然不可能會演出悲憫劇碼。

「我們已經排除了這個可能性，因為音頻顯示是年輕人，也就是說，他在案發時不過是個十幾歲的青少年而已。」德拉夸繼續解釋，「但也可能是後悔的共犯，或是不敢透露真實身分的人。」

真柯心想，看來有各式各樣的可能。他覺得案情一定是陷入膠著，這兩名警探相當配合他，不知道這是不是隱藏什麼重要線索的伎倆。「我現在可以聽錄音內容了嗎？」

鮑爾對其中一名工程師點頭，對方轉身，開始播放錄音。喇叭立刻傳出了嘶嘶聲，然後，被來電鈴聲的規律節奏所打斷。

接線員開口，「這裡是緊急專線。」

「嗯……我要報警……」對方是一名男子，態度很遲疑。

「先生，出了什麼事？」接線員態度冷靜，「請告訴我是什麼樣的緊急狀況，我才能幫你轉接警方。」

一陣短暫的沉默，「有個全身赤裸的女子，我猜應該是受傷了，似乎斷了腿，需要協助。」

接線員早已受過專業訓練，完全不驚慌，她維持平和語氣，「是不是出了意外？」

「我不知道，但看起來不是……現場沒有車子。」

「你認識這女子嗎？她是不是你的親戚？」

「不是。」

「你知道她叫什麼名字嗎？」

「不知道……」

「她人在哪裡？」

「嗯……五十七號公路，我不知道確切位置，就是那條穿越沼澤的馬路，往北的方向。」

「她意識清醒嗎？」

「對，應該是，看起來很清醒……」

「你現在和她在一起嗎？」

一陣沉默。

「先生，有沒有聽到我說話？你現在和她在一起嗎？」

對方遲疑了一會兒，「沒有。」

「可不可以再多給我一點線索？」

那男人變得很不耐煩，「喂，我已經都告訴妳了，剩下的就不關我的事。」電話突然斷訊，他掛了電話。

工程師按下停止鍵，鮑爾與德拉夸面向布魯諾，彷彿在向他示意，現在既然已經讓他稱心如意了，那麼一切就到此為止。

但真柯並不滿足，「如果報案者並不是綁匪，也不是共犯，他為什麼不願意現身？」這個問題他早已納悶許久，「為什麼不肯曝光？」

「要是我們知道答案，」鮑爾回他，「我們也絕對不會告訴你。」

真柯沒理會他，而他接下來的這番話突然讓德拉夸充滿興趣。「她是在大半夜被人找到，」真柯滔滔不絕，「但有誰會在半夜時分徘徊在沼澤附近？而且拿的還是偷來的手機？」其實，有嫌疑的只有兩種人，而拖車裡的每一個人都與真柯有相同的結論。「毒販與盜獵者。」

「有秘密的人，」德拉夸也同意他的看法，「而且最好不要讓接線員知道他的姓名。」

不過，這個答案並不能完全說服真柯，他又想到了其他線索。「可不可以讓我再聽一次錄音內容？」這句話一出口，讓大家都嚇了一跳。

「為什麼？」鮑爾不爽咆哮，他不願再做任何讓步。

真柯直接面向德拉夸，雙臂往外一攤。德拉夸比較通情達理，對那位工程師點點頭。報案錄音內容又從頭開始播放。

這一次，真柯拚命想要記得那個陌生人的聲音，抓住所有細節，對方的音質與抑揚頓挫。

本地口音，老菸槍的標準嘶啞聲調，而且無法發出完整的顫音。

他沒弄錯。他講話的方式的確有異常之處。那是一種靠科技也絕對無法感知的顫抖。那並非只是擔心自己被發現在搞販毒或是盜獵之類的非法活動，真柯十分篤定，絕對不止如此。

那是因為恐懼。

9

「都還好嗎？」

「很好。」

「真的？」

「今天下午過後，完全沒有任何變化。」夜幕低垂，沼澤之王也隨之易主，蟋蟀叫聲取代了蟬鳴。熱氣依然令人喘不過氣，但至少有一輪明月。他的紳寶座車停在路邊，躲在某棵柳樹的長垂枝葉之下，真柯利用這個空檔打電話給琳達。

「至少有吃東西吧？」

「還沒有，但我保證會吃東西。」對真柯來說，他朋友的擔憂讓他產生一種前所未有的愉悅感，因為從來沒有人關心過他，也許是因為他總是刻意與人保持距離。對自己的選擇，他從來不覺得後悔，甚至就連從醫生那裡知道自己死路一條之後，也不曾改變想法。布魯諾・真柯不需要審視自己的良心，他沒有悔恨，只有自責。

琳達冷不防問道：「安布魯斯飯店一一五號房的保險箱裡面，究竟有什麼東西？」

真柯不講話，他想要立刻掛電話，但電話線另一頭的琳達卻沒有要結束的意思。

「我今天一直在想……要是我必須銷毀那東西，那麼你應該要告訴我信封裡到底是什麼？」

他一手扶著方向盤，另一手拿著手機，突然之間，他感覺這東西好沉重。真柯變得十分嚴厲，他很少會使用這種語氣，「又沒人逼妳。」

她態度頑強，「我知道房間號碼與密碼，我大可以直接過去那裡，打開信封就是了。」

「信封裡的東西和妳沒關係。」

「為什麼我覺得你有很多事瞞著我？」

因為那讓我好害怕，真的。但他沒有告訴她自己的心聲，反而閉上雙眼，深呼吸，他覺得琳達快哭出來了。

「你當初救了我一命，你到底知不知道那意義有多麼重大？現在我卻不能報答你，你能夠想像我的感覺嗎？」

不能，他當然無法想像，感同身受從來就不是他的強項。就在這時候，一輛黑色廂型車從他窗前駛了過去，真柯立刻看錶，默默記下現在時刻是晚間九點零六分，他開口說道：「我得掛電話了。」

琳達哽咽提醒他，「只要還有一口氣……」

他眼前浮現出她的模樣，身穿絲袍，在昏暗燭光的映照下，窩在床上。「一定。」他以溫柔語氣說完之後，抬頭凝望擋風玻璃外的動靜。

大約在距離他一百公尺左右的地方，矗立著一間名叫「杜蘭」的酒吧，外頭的霓虹燈標誌標榜內有撞球台，還有可觀賞運動賽事的衛星電視。停車場有二十輛左右的車，大部分都是吉普車或貨卡。看來裡面是擠滿了人。

剛才的那三個小時當中，真柯一直注意這裡的出入狀況。盯車是他工作中最困難的一部分，搞不好得拖上好幾個禮拜。電影裡的私家偵探總是靠玩填字遊戲與熱咖啡消磨時間，但真正的專業偵探卻很清楚，就連片刻分神都可能讓漫長的監控過程毀於一旦，而且，咖啡因還會刺激尿意。

光靠耐心是不夠的，必須要有自制力。因為問題不在於無聊，而是紀律。長時間盯著同一個場景，很可能會養成可怕的生活習慣。

真柯不覺得自己病弱的心臟還能夠允許他繼續這樣浪擲生命，執行盯梢任務，紳寶座位的凹痕是他浪費了大量時光的明證。有一次，他得去追查某個欠錢傢伙的下落。債主們認為這個人早已逃之夭夭，但真柯卻認為他一直沒有離開這座城市，所以在對方住所外頭找到盯梢點，足足守了二十天，在這段時間當中，他就是心無旁騖、只盯著窗戶與大門。那傢伙的家人一直進進出出，但就是看不到那人的行蹤。然後，他決定要引蛇出洞。人類只要遇到兩件事就會喪失理智，性與金錢。他只需要打一通電話給欠債鬼的老婆，假裝自己是外國大使館的官員，謊稱她丈夫得到了多年前移居海外的某位遠親的大筆遺產，不過，受益人必須要親自前往大使館才能完成例常基本手續、得到這筆遺贈。不到一個小時，那傢伙立刻從家裡走了出來。

正當他在回憶這段過往的時候，剛才從他面前開過去的那輛黑色廂型車又折返，駛往相反方向。這一次的車速放緩，幾乎是接近零速，在杜蘭酒吧外頭的停車場徘徊。過了幾秒鐘之後，它又加速離去。

真柯看了一下時間，九點三十一分。

根據他的估算，他最多也只有二十五分鐘的時間。

真柯把車停在杜蘭酒吧外面，下車，走了進去。

他才剛跨入大門，至少有三十個人立刻打量他，目光充滿懷疑，這也是合情合理的反應。真柯身著亞麻淺色外套，渾身散發頹敗氣息，在這一堆身著格紋襯衫、靴子、鴨舌帽的客人當中，的確顯得格格不入。

吧檯上方有一團繚繞的灰色菸雲，除了從音響流瀉而出的鄉村歌曲之外，還會不時聽到撞球的碰擊聲響。

為了要找出替莎曼珊·安德列提報案的那名神秘客身分，警方鎖定了平常在沼澤區混跡的那些人。在他與鮑爾、德拉夸會面的時候，已經得出了結論，如果不是毒販就是盜獵者。真柯賭的是後者，原因之一是因為毒販不會為了什麼女子的安危，而願意擔負被警察逮到、坐牢好幾年的風險。

某個年輕女服務生開口詢問，「想來點什麼？」她身穿軍綠色背心，手臂滿布刺青。

「麥啤，還要一杯龍舌蘭。」不過，他並沒有坐下來等酒，反而站在大型螢幕前面看足球轉播賽事。電視轉靜音，所以他可以佯裝充滿興趣看球，趁機查看四周的動靜，最重要的是，讓客人們可以漸漸習慣他的存在。過沒多久之後，女侍把飲料送過來，真柯一口灌光龍舌蘭，付了錢，手裡拿著啤酒杯，在酒吧裡四處晃蕩。

他感受到其他客人投射而來的敵意：在沼澤討生活的人，習慣的是艱困生活的惡劣考驗，對於那些舉止文雅的人就是看不順眼，尤其是外地人。他在撞球台附近繞了一圈，看客人們打了兩三球，其實重點只是要仔細端詳這些人的面孔。

杜蘭酒吧除了是此區唯一的娛樂場所之外，也是盜獵者與非法漁民的會面地點。其實真柯並不確定自己尋找的對象是不是在這裡，不過，那輛黑色廂型車已經開來酒吧兩次了，證明他的研判方向無誤。

當初德拉夸曾經告訴他，「音頻顯示是年輕人，也就是說，他在案發時不過是個十幾歲的青少年而已。」所以只要是超過三十五歲的人，真柯一律跳過。剩下大概還有十個人，但這個數字還是太多了一點。為了要進一步縮小範圍，他走到這些人的身邊，豎耳傾聽，看看是否能夠找出熟悉的聲音。

他聆聽那段錄音也不過只有兩次而已，是否能光靠耳朵就找出那個人？他自己也沒把握。不過，聲音其實透露了許多面向：出生地、生活習性，甚至是外表。

真柯對自己重述了一次，本地口音、老菸槍的標準嘶啞聲調，而且無法發出完整的顎音。不過，前兩項特徵其實不重要，因為這些人都是在這裡出生長大，而且吸菸比例相當高。再說，第三項也不算是異常之處，那種發音缺陷可能是因為缺牙，或者純粹就是在報案講話時還嚼著口香糖。

真柯面向窗邊的某桌客人，突然靈光一現。

坐在那裡的是個體格結實的年輕人，孤單眺望窗外，若有所思，乍看之下應該是不到三十歲。他的面前放了瓶啤酒，還有半盤薯條，裡面還留有他剛才拿牙籤沾抹番茄醬畫出的圖案。

吸引真柯目光的其實是他的雙手：全部都是被熱油濺傷的水泡。他心想，這傢伙的皮膚就像是融蠟一樣，一定是嚴重燒燙傷。而他的脖子還有一道更長的傷疤，一直延伸到臉的下半部，他努力蓄鬍，想靠著稀疏的鬍鬚蓋住燙傷疤痕。

真柯決定梭哈，就是他了。

「我可以坐下來嗎？」真柯已經把酒杯放在桌上。

年輕人抬頭，「我們認識嗎？」他的確聲音嘶啞，但真柯發現自己先前弄錯了，這不是因為抽菸抽太兇，而是因為火災時吸入大量濃煙所造成的後遺症，也難怪在那段錄音中的顫音有問題，燙疤可能一路延伸到口腔內的喉頭。

真柯心想，這個年輕人曾經吸入火焰，只有煤油才會造成這種傷害，盜獵者經常使用煤油起火，藉以驅趕樹叢中的鴉群。

沒等到對方答應，真柯就直接坐了下來。他正要開口抗議，但真柯卻靠幾個字就讓對方住嘴，「警察已經知道是你打的電話。」

那男人厲聲說道：「但怎麼——」

真柯還沒等他講完就繼續進逼，「他們會因為你涉嫌參與那女子的綁架案而逮捕你，你難道不知道嗎？」

年輕人沒接腔，他已經嚇壞了。

從對方的這種反應看來，真柯知道自己已經命中紅心。「有輛黑色廂型車已經開來這裡兩次了，也就是說，警方早就在監控杜蘭酒吧。要是這地方裝了多支竊聽器，我也不覺得意外。他們手中擁有報案電話的錄音，也有儀器可以偵測出群眾裡某人的聲音。要是我沒猜錯的話，他們早就知道你在酒吧裡面，而且警察也已經在此部署人力，隨時會展開行動。」講完之後，他的目光飄向了出口。

年輕人也做出相同動作，光是想到那樣的場景就讓他嚇得不知所措。

「當那輛無塗裝廂型車開過去的時候，」真柯指向窗外，「他們就會打信號，立刻發動突擊，」然後，他看了一下手錶，「我們剩不到十分鐘了。」

年輕人目瞪口呆，彷彿像是拳擊手被對手連續打臉一樣。

很好，他絕對不能給這傢伙思考的時間。

「我不關心你叫什麼名字，我只在乎你的證詞。」

「你到底要從我這裡知道什麼？」對方又望向窗外，神色驚慌。

真柯必須讓對方知道自己是他唯一的希望，而且他已經成功達成目的。「我要問你幾個簡單的問題，你只需要確認我描述的狀況對不對就行了。」

那個有著融蠟面孔的年輕人轉頭看著他，雙眼充滿疑惑。

「兩天前的那個夜晚，你在沼澤區結束巡獵，發現路中央有名女子。」

年輕人點點頭。

「你趕緊停車，下車查看。」

「我開的是貨卡。」年輕人糾正他，但其實這一點無關緊要。

「好，貨卡，」真柯說道，「你和她講話，發現她狀況很糟。」

「她一直求我留下來陪她。」

真柯眼前開始浮現那幅場景，他看到了莎曼珊——裸身、無助、怕得要死，這是她許久以來看到的第一個人、不是惡魔。她拚命抓住他的大腿不放，她很可能以為監牢外的世界早已在許久之前就消失不見了。

「她全身都是擦傷，而且還斷了腿，」年輕人繼續說道，「我猜她可能是出了意外。」

「意外？」真柯刻意重複，擺明了他才不會相信這種說法，「那你倒是告訴我，她明明狀況不好，你為什麼開車離開，拋下她不管？」

「我有前科，」他目光低垂，「我不想惹麻煩。」

真柯心想，他不只是在說謊，而且心懷羞愧。「什麼樣的意外會讓人摔斷腿？而且身上的衣服全沒了？」他想起了自己在那段錄音裡聽到的幽暗語調。

恐懼。

「你根本在鬼扯，」真柯說道，「其實是因為你早就嚇到尿褲子了。」講出這些話，讓他感到格外抱歉，對方有一張宛若燒焦吐司的臉孔，想必日子過得很辛苦。

這個年輕人四處張望，面容驚恐。「好，我沒有——」

時間分秒流逝不回頭，真柯沒有餘裕展露同情。「你之所以這麼害怕，是因為那女人告訴你後頭有人在追捕她。」年輕人不說話，所以真柯覺得自己猜對了。

不過，他搖搖頭。

「但的確有人在追捕她，是不是？」真柯不放棄，想要確定自己的推論正確無誤，他體內的腎上腺素開始飆升。

更長的一段沉默。不過，這一次的猶疑等於是懺悔。

真柯萬萬沒想到會出現這個結果。這年輕人真的看到了綁架莎曼珊・安德列提的惡魔？那個身分成謎長達十五年之久的男人？真柯覺得自己的虛弱心臟開始狂跳，他希望自己千萬不要在這一刻因病倒下。他必須控制自己的情緒，保持冷靜，盡量掌控現在的全新局勢。「能不能描述他的長相？」他同時從外套口袋裡掏出原子筆，然後又拿出了那張診斷書，他現在唯一能馬上遞送過去的也就只有這張紙了。

年輕人似乎焦慮不安。

「別擔心，我們一步一步來。」他已經準備要寫下一切細節，「他是長髮還是短髮？」

「我不知道……」

「他是高是矮？是胖是瘦？」

年輕人聳肩，迴避他的目光。

時間飛逝，而且消逝得太快。真柯如果不想涉身警察的突擊行動之中，就得要馬上離開酒吧。

「你怎麼可能不記得？難道你不知道警察會逼你全吐出來嗎？」他發覺這個年輕人依然懼怕不已，但並不是因為警察之故，他的眼眶盈滿淚水。真柯再次告訴自己，那是恐懼。他必須知道到底發生了什麼事——就是得問出來。「他是不是有帶槍？」

「我不知道……」

「因為你自己有帶槍，對不對？」既然對方是盜獵者，這樣的推論也很自然。

「霰彈槍。」他小聲招認。

「所以，最起碼你還有能力自衛，那你為什麼要逃跑？」

年輕人緊閉嘴巴，再也不開口。

真柯看了一下時間，十分鐘幾乎就快要被用光了。他不確定自己還能不能待在這裡，但是他不能在一頭霧水的狀況下匆匆離開。「好，你已經拋棄了某個傷勢嚴重、苦苦向你求援的女子，光是這一點就可以判刑二十年，讓你在監獄裡慘死。不要重蹈覆徹了……你真心覺得以匿名身分報警就可以對得起自己的良心？就連惡行重大的罪犯也不會忘記自己是個人，相信我，我遇到的例子可多了。現在我給你的可能是最後一次的補救機會。」

「要是我說出來，你可能不信……」年輕人抬頭望著他，懇求寬恕。

「我為什麼會不信？幹，趕快講出來！」他失去耐心——又過了三分鐘，所幸窗外馬路依然空曠無人。

「他從樹林裡冒出來，我知道他在找那個女人。當他看到我們的時候，他愣住了。」

「然後呢？」

「就這樣，他站在那裡盯著我們不放，讓我毛骨悚然。」

「為什麼？」

「因為那個人……」

「那個人怎麼了？」

但年輕人依然態度閃避，「我沒有辦法在報警的時候說出來，因為他們一定會覺得我是瘋子，不會派人營救那女子。」

他在說什麼？為什麼講不出口？真柯正打算想辦法套話，卻看到有一團黑影駛過杜蘭酒吧窗外。

無塗裝的廂型車，時間到了。

真柯立刻站起來，打算盡快離開現場。他準備要把紙筆放回自己的口袋，年輕人卻抓住他的手臂不放。

對方雙唇發抖，「你是來幫我的吧？」

「不是。」先前真柯說謊，現在終於吐實。這名年輕盜獵者的臉上開始出現失望與恐懼，但真柯已經不在乎了。他望著杜蘭酒吧的出口，開始心算在燈光突然全暗、特警為了清除敵人與潛在威脅而丟出閃光彈、發出震耳欲聾爆響與玻璃炸碎聲之前，自己到底還剩下多少時間。

「是隻兔子。」

真柯正打算要掙脫那年輕人，卻停下動作，他嚇了一跳，「什麼？」

那年輕人搶走他的診斷書與他手中的筆，開始畫畫，幼稚筆觸的拙劣素描。然後，他伸出顫抖的手，把那張紙還回去。真柯一臉困惑，望著那張畫。

一個戴著兔頭、心狀雙眼的男人。

10

葛林醫生靠過去，移除了氧氣面罩，然後，他望著她，露出微笑。「現在覺得怎麼樣？」

她拚命想要自主呼吸，但依然有困難。

「讓妳的肺部慢慢習慣這樣的方式。」他把雙手放在自己的胸前，向她示範該如何呼吸。每一次的吐納，都讓她的呼吸變得越來越順暢。「謝謝。」說完之後，她面向了床邊桌。那具黃色電話還在那裡，原來並非是她的幻想。

葛林注意到她的動作，開口問道：「是不是想要打電話給誰？」

她不敢置信，「可以嗎？」

他哈哈大笑，「莎曼珊，當然沒問題。」

她立刻努力起身。

「等等，我來幫妳。」他抓住她的雙臂，在她背後塞了顆枕頭，然後，把電話放到她的大腿上面。

她拿起話筒，湊到耳邊，但是卻聽不到任何聲音。

葛林解釋，「撥打外線電話，要先按9。」

她按下那個號碼之後，果然線路變得暢通，那聲響真是愉悅，一股自由的歡喜顫慄感讓她全身通暢。不過，當她望著那些按鍵的時候，突然臉色一沉。

葛林發現不對勁，開口問道：「怎麼了？」

「我根本不記得任何電話號碼。」

「這也很正常，」他努力安撫她，「畢竟都過了這麼久。而且，電話號碼可能也變了，是不是？」

聽到這種說法，讓她心情好多了。

「莎曼珊，妳不在的這段時間當中，世界產生了許多變化。」

「比方說？」

「接下來妳有許多時間可以好好探索，相信我，」他把電話放回去，「我把它擱在這裡，只要妳想起任何號碼，撥出去就是了。」

她點點頭，對他的解釋充滿感激——他的態度總是禮貌又冷靜。

「他們也都忘了我吧，是不是？」她指的是她的親友，但她其實也想不起他們的模樣。

「啊，這對每一個人來說都不好受，」葛林又挺直身體，「死亡可以慢慢讓人釋懷，因為，過了一些時日之後，懷念就會填滿了悲傷原有的位置。不過，當你不知道深愛的人發生了什麼事的時候，心中只有疑念，除非得到確切答案，不然永遠放不下。」

「為什麼沒看到我爸媽？」

「妳父親很快就會趕過來。他搬了家，但他們正在找他，準備要告訴他這個好消息。至於妳母親……」葛林皺眉，「小莎，很遺憾，但妳母親在六年前過世了。」

她應該要覺得傷心才是，因為這是女兒聽到母親離世時的正常反應，不是嗎？不過，她卻沒有任何感覺。「嗯。」她聽到自己說出簡短又冷酷的回應，彷彿在暗示自己雖然知道了親生母親已經死亡的消息，但她的心並不需要「釋懷」，她已經坦然接受了這個事實。

「等到妳恢復記憶之後，」他向她保證，「妳就會發現悲痛也伴隨著回憶，一起在等候著妳。」

「如果我什麼都想不起來的話，豈不是比較好嗎？你那種說法，彷彿傷心難過會真的對我比較好。」

「小莎，大家都無法逃避苦痛，這樣的做法並不健康。」

「難道你不覺得我受的折磨已經夠多了嗎？」她突然發火，「而且，你知道什麼？你又懂什麼了？嗯？我想你一定家庭美滿，有妻兒相伴。而我呢？被人偷走了十五年的歲月。其實，最悲慘的還不是這個，因為我有一部分的自我也被人奪走了。」

「東尼．巴瑞塔這個名字，對你是不是有什麼特殊意義？」

他是誰？他和這一切又有什麼關係？

「應該是沒有，」葛林自問自答，「妳失蹤的時候，妳的好友提娜——坐在妳旁邊的同學，但妳應該也想不起她是誰了——曾經告訴警方，二月的那一天，妳本來要與東尼會面。你們就讀同一所學校，他說有話要告訴妳，所以相約那天見面。」

她擔心接下來的故事會讓她聽不下去。

「光是這一點，這男孩就成為了頭號嫌犯，」葛林繼續說道，「警方甚至懷疑他殺害妳之後棄屍。」他看了她一眼，神情凝重，「不過，我認為東尼．巴瑞塔只是暗戀妳，想要向妳告白……而且，他跟妳一樣，只有十三歲。」

她沉默了好幾秒。

「抱歉，我不想讓妳難過。我並不是說這是妳的錯，但妳的遭遇影響了許多人，無辜的受害者，就和妳一模一樣。相信我，我們，當然也包括了妳，為他們同感到悲痛，也是理所當然。」

她的心中湧起一陣罪惡感，讓她一陣胃痛。「現在我能為他們做些什麼嗎？」

「幫我抓到那個惡魔。」葛林開始更換錄音機裡的帶子，「小莎，妳必須要多加油。」他的語氣出奇冷靜，「我們時間不多，妳必須至少要給我一點線索，妳明白吧？」

「我不知道……」她的聲音越來越小，陷入猶疑不定。

「也許現在要回想起一切還言之過早，但至少給我一點細節：他有多高？聲音有什麼特點？」

她盯著他，「他從來沒有和我講過話。」

葛林沒有立刻接腔，他先打開了錄音機開關。「十五年來，沒有隻字片語？」

「你一定覺得我瘋了吧？」

「沒有，」他立刻回道，「這只是信念的問題。」他盯著她的雙眸，「好，小莎，許多人深信有一個層次高於人類的靈體一直在監看他們的生活，他們稱它為上帝，他們賜予祂掌管世事的權力。雖然他們看不到祂，但他們認為祂的確存在。而且，他們也深信上帝與他們之所以來到現世，以及生活之目的息息相關。要是沒有了祂，他們會產生失落感，覺得被遺棄了。上帝，是一種必需品。」

「你的意思是我需要那個惡魔？我在保護他？」

「不是。妳從來沒有看過那個人，也沒有聽過他的聲音，卻希望我相信有這麼一個人存在，我覺得沒關係，因為我一直站在妳這邊。不過，某些事物需要合理解釋。比方說，妳為什麼在這麼久之後才想辦法逃跑？」

她不知道葛林醫生想要從她口中問出什麼，他有什麼目的？就在這時候，後頭傳出了某個東西的輕柔震動聲響。

他從掛在椅背上的外套裡取出手機，原來是他收到了某封簡訊。「再過一會兒之後，我們給妳的解毒劑就會發揮作用、中和妳體內的精神藥物成分，這樣應該能夠幫助妳恢復記憶力。」他讀取簡訊，又開口說道：「不過，抱歉，我得暫時離開一下。」

他起身，觀察了一下莎曼珊手臂上的點滴之後，朝門口走去。

「葛林醫生……」她呼喊他，「可否請你不要關門？」

他微笑回道：「我留一點門縫可好？」

她點點頭，醫生離開的時候，刻意留下了一點縫隙，她正好可以看到走廊的動靜。她不知道現在到底是白天還是晚上，但依然還有執勤員警靠在門邊，背對著她。還有一種祥和的寧靜——聽得到醫院裡的遙遠聲響。她想要閉上雙眼，但卻擔心會睡著，因為她知道他一定會在她的夢境中現身。

就在這時候，黃色電話響了。

一陣恐懼竄流全身，她躺在床上動彈不得，彷彿底下有個巨大的磁鐵緊吸不放。

她緩緩面向床邊桌，它在逼她要盯著它。

她靠著眼角餘光偷瞄門外警察的反應，完全不為所動。她想要叫喊他，請他幫忙，但是恐懼卻箝住她的喉嚨，讓她完全無法開口。

在這低調沉靜的環境中，電話一直響個不停，宛若祈求，也像是某種威脅。

她的內心有兩種聲音在交戰，第一個是置之不理，然而，另一個是她萬萬不想承認的溫柔低語，電話另一頭是位老友——特地打電話來告訴她、馬上就會過來探視她的老朋友。

帶她回家，回到那座迷宮。

她想要起身，遠離那具電話。但是她的腿上了石膏，讓她完全無法移動，所以她只好面向那面鏡牆。葛林曾經告訴她，牆面後有警察負責聆聽他們的所有對話。現在應該不會沒有人吧？她舉手，想要引起他們注意。與此同時，她又面向門口，這次終於能夠開口低聲說話，呼喊那名警察，「嗨……抱歉……」她的聲音裡有恐懼，也有羞怯——她知道這樣的憂慮會顯得自己很愚蠢。

不過，鈴聲沒了，來得突然，也消失得莫名其妙。

現在，她只聽到自己的喘息與耳內的尖嘯，是那魔鬼之音的惱人殘響。她再次面向電話，想要確定已經真的再也沒有任何聲響，對，它又變得好安靜。

幸好，有個熟悉的聲響解救了她，她聽出那是葛林醫生皮帶鎖環的鑰匙在互相碰撞。過沒多久之後，病房的門開了，他走進來。「小莎，妳還好嗎？」

「電話，」她伸手指了一下，「剛才在響。」

葛林走到床邊，「別擔心，一定是有人打錯了電話。」

不過，她卻沒有留神聆聽他的說法，其實，她根本沒有在聽他講話。她的腦中浮現了模糊的念頭，電話鈴響為她的記憶打開了一個缺口，透過這段聲音，有個東西——某段難以捉摸的回憶——突然現形。

某段有關聲音的記憶。

「嗨……抱歉……」

是她的聲音，她所說的話，就跟她剛才為了要喚起值班員警注意而講出口的那幾個字，完全一模一樣。但此時此刻，她卻在自己的腦海裡聽到話語聲。因為，她也曾經講過這些話，不過，是在其他時候，其他地方……

她在迷宮裡行走。灰色長廊的盡頭是一道鐵門。大門深鎖，總是如此——這一點她倒是記得十分清楚。不過，現在另一頭卻傳出聲響。

彷彿有人在摳抓金屬表面。

那是一種細微聲響，像是老鼠在啃咬或是什麼小蟲子在吃東西。不過，在這安靜的迷宮裡，就連最微弱的聲音也宛若巨響。她是在自己的房間裡聽到動靜，立刻起身查看聲音的來源。

她緩緩走向那道鐵門，心想這怎麼可能？她很擔心不知道會看見什麼，但她也知道自己躲不了。這並非是純粹的好奇心，她早已學到必須要檢查所有細節，搞清楚這座監牢規則的每一種新變化。

因為她永遠不知道新遊戲什麼時候開始？遊戲規則又是什麼？

她的本能告訴她，門後有東西在等著她。

「嗨……抱歉……」她展現出荒謬的客氣態度，繼續呼喊，期盼能夠得到回應。

「你說得對，」她終於開口，盯著葛林醫生，「那裡不是只有我一個人而已。」

11

他及時離開了杜蘭酒吧，透過紳寶座車的後照鏡，看到了特警發動攻堅。

車子還沒有進入郊區，廣播電台就已經播出了新聞，警方已經逮捕了莎曼珊．安德列提綁架案的第一名嫌犯。真柯繼續開車前行，回想剛才在酒吧裡的情景，他還是很難相信那個兔頭人的故事。

「我們目前還不知道湯姆．克里帝被逮捕的真正原因，」新聞播報員說道，「現在他正被帶到某個神秘處所，準備接受警方問案。」

所以那年輕人叫做湯姆．克里帝。他心想，他們一定會把克里帝當成出氣筒。現在，他是轉移媒體與輿論注意力的完美人選，大家就不會關注警方是否追捕到真正的綁匪。萬一逮不到人的話，那麼就只有這個盜獵者會遭殃。

不過，要是湯姆也把那兔頭人的事告訴了鮑爾與德拉夸，那麼他就可能因而逃過一劫，因為他們會判定他有精神問題。一想到那兩名警探驚覺無法利用這個可憐蟲當代罪羔羊時的神情，不禁讓真柯哈哈大笑。

不過，真柯一陣猛咳，讓他再也笑不出來，而且，他的胸骨突然感受到一股沉重壓力。他的紳寶危險地滑入另一個車道，而且對向正好有來車，他好不容易才把車子及時拉回來。他以為自己大限到來，但那股突如其來的疼痛卻又突然消失了。

真柯驚覺身體在敲警鐘，他的心臟想要提醒他，必須要保重身體。但還要珍惜什麼啊？警方握有繼續查案的各種手段與資源，而湯姆．克里帝與其無用的幻想卻斷送了他的唯一線索。

他的心中湧現一股沉重的空虛與沮喪感。他已經找不到目標了，現在就只能一心等死。

大約在凌晨一點鐘，他進入了市區，車流嚴重堵塞。由於天氣炎熱的關係，現在眾人都等到晚上才出來活動，湧入街頭尋找樂子。有些人在工作，摩天辦公大樓燈光透亮，還有員工不斷進進出出。

真柯發覺大家都在忙，只有他無事可做，而且，他也不知道該去哪裡是好。其實，他可以回去昆酒吧找昆比，把一切暫時拋諸腦後，或是與某人喝酒閒聊。不然，他也可以窩在安布魯斯飯店一一五號房，躺在髒兮兮的床褥上頭，靜觀其變——也許等到的是睡意，但也或許是死亡。當然，他隨時可以去琳達的公寓，他會在她那一堆獨角獸當中找到人性溫暖。不過，現在他們之間的關係卻因為憂傷而造成污損，他不想懷抱感傷心情，今晚不要。他希望今天能夠一如往常，就像他過往生活中的每一天，第二天早上醒來就不記得做過什麼的平凡日子，平淡的一天，忘記自己活在當下的那種時光。他曾經擁有過多少這樣的日子？放在記憶盒箱裡、安心耍廢的時光？然而，現在這卻成了他最殷切的想望。要是他能夠重溫過往歲月的某一天，那麼他的選擇將不會是最美好的一日，而是最平淡的一天。

他心想：我要回家，因為他現在已經根本不在意是否有人會發現他的屍體。

一如往常，他把自己的紳寶停在兩個街區之外，然後轉為徒步前進，沿路注意有無被人跟蹤——這是多年來的必要防範措施：絕對不可以讓別人知道他的住處。

這個區域剛好位於市區的外圍。依然保有某種懷舊情調，但新富階級還沒有發現此地，他們的錢應該都拿去狂買完全看不到下層人口的那些地段，但這裡的金錢流動都與毒品交易有關。

真柯到達自己住了將近二十年的公寓，得先要馬上閃避某個醉鬼流浪漢，才能進入大門。由於電梯一直沒修好，他開始爬樓梯，突然累得要命。每走個五、六階，令人窒息的高溫就逼得他必須停下腳步喘息。

每一層樓都有吵架聲響。幸好，他的鄰居們都寧可關起門來互相廝殺。警察會不時出現，把人帶走，不過，當一切風平浪靜的時候，這裡的確是完美的藏身之地。

真柯到達五樓的梯台，把鑰匙插入鎖孔，立刻進去關上門。一片漆黑，他站立不動好幾秒，享受自動設定開啟空調的涼爽舒適氣息。他深呼吸，讓家的氣味盈滿全身。

某種整齊清潔的氣息。

他打開燈，看到了自己客廳的那幾件家具。只有必需品而已，沙發、電視還有餐桌。開放式廚房的一切井然有序——各式用品、義式咖啡機、榨汁機，旁邊還有個裝滿蔬果的大碗。所有食品都放在層架上面，冰箱裡也是全滿。

真柯脫掉鞋子、外衣以及內衣褲，全身赤裸之後才走進去。然後，他把自己全身臭汗的褪色亞麻外套與襯衫掛到衣架、置入西裝套，拉起拉鍊，掛在吊衣桿上頭。

他光著腳丫子，踏入臥室的木地板。這裡也有他的健身器材——跑步機、配有長槓與槓片的重訓椅。他迫不及待想要躺在那骨科專用的大床墊上面，窩在剛洗好的床被裡。不過，他先進了廁所，步入淋浴間。

真柯在外頭總是裝出骯髒邋遢的模樣，不過，一回到自己的家之後，他就立刻恢復本性。私家偵探工作的第一條守則，並非要保持低調。其實，恰恰相反，外表相當重要，因為陌生人會立刻注意那充滿汗水與尼古丁臭味的皺爛衣服，還有不修邊幅的雜亂鬍鬚。他的潦倒外貌其實是一種武裝，因為可以成為對方的聚焦重點。當他們看到眼前出現的是可憐的魯蛇，通常會覺得自己高人一等，自然就會卸下心防。

偽裝本性——這就是技巧。

蓮蓬頭的熱水開始沖洗全身的汗水與疲憊，他閉上雙眼，想要舒緩自己的焦慮。

他心想：我的第二次又失敗了。經過十五年之後，一想到莎曼珊・安德列提歸返人間，就讓他痛苦不堪。為什麼是現在？他早已忘了她，將她與其他的懸案一同埋葬在「雜物之家」的儲藏盒裡面。要是她能夠晚一個禮拜現身就好了，他很可能永遠不知道這件事。他居然覺得自己可以破案，怎麼會這麼傻？他又能怎樣？抓住那個惡魔？又有什麼用？

對莎曼珊沒差，她當然不需要，她已經靠一己之力拯救了自己。

不過，要是找到綁架犯的話，真的能夠讓他擺脫自己對她所產生的歉疚感嗎？因為，現在最讓他痛切的就是，追根究柢，他害自己成了那惡魔的共犯。當初莎曼珊父母來求他幫忙的時候，他應該要悍然拒絕。不過，他卻接受了對方的委託，不但拿了他們的錢，而且還對他們態度嚴厲。「我要的酬勞是平常費用的兩倍，而且必須預付。你們不能打電話問我辦案進度，我也不需要定時回報。有事要通知的時候，我自然會與你們聯絡。要是一個月內沒有聽到我的消息，那就表示我一無所獲。」

其實，真柯打從一開始就對這起失蹤懸案不抱任何希望。那麼，他為什麼要說謊？他一直針對自己的意志，偶爾是心靈，進行自律性的鍛鍊，難道這只是他的荒謬試煉之一？要是他能夠對一個十三歲女孩與她低聲下氣的父母完全無動於衷，他是不是就可以自稱通過了試煉？這就是真相的全貌？靠，他只是為了要讓自己再次贏得一次自制力的獎盃？

他睜開雙眼，正打算要猛搥淋浴間裡的磁磚，卻突然停手。沒有，他告訴自己，完全沒有勝利感。

我一直不相信可以把人找回來，那是我自己的過失。

沒錯：我當初應該拒絕委託，但是我當時不夠理性。十五年前我盡了全力嗎？我不知道。現在我完全無能為力，是不是太遲了？

得到兔頭人這種嘲弄性十足的答案，也是他活該。

他真希望自己可以跟某人一起哈哈大笑——啊，天哪，要是今天能夠把某人帶回家該有多好。女人、朋友，都可以。不過從來沒有任何人踏入過這間公寓，他不後悔，因為他必須有所取捨。

他提醒自己，孤獨感能夠讓自己的感知變得更加敏銳。

在他的工作領域當中，第六感是必要的本領，要能夠深入人類的心靈。不過，想要解讀他人的思緒，必須要隨時維持專注，而親人與朋友都是會讓人分心的危險對象。

他回到臥室，在鏡子前面擦乾身體。看來他的體重掉得很厲害，長時間每日健身所練出的肌肉正迅速消失。當他不需要演出私家偵探頹敗那一面的時候，他不菸不酒，而且飲食相當節制。這並沒有辦法讓他免於惡疾纏身，但是這種高度自制的個性絕對讓他成為這個領域的翹楚。

我的領域是狩獵，最難捕捉的野獸是人。

真柯在鏡前重複這句話，彷彿在說服自己這幾乎就等於是他的一生志業。

為了要抓到人，必須要特別鍛鍊各種技巧。智慧、觀察力、充分掌握現代科技、迅速反應、冷靜、抗壓，還有勇氣。

最重要的是，必須要對人性有深刻了解。

打死不還錢的欠債鬼、小咖或大咖的騙子、惡行重大罪犯、專業小偷，這些都是他追獵的對象。重要私人企業為了要逮到這些人，逼他們還回欠款或是偷走的贓物，給予布魯諾・真柯的酬勞十分豐厚。這些錢都藏在海外帳戶，他打算等到自己可以永久脫去這身穿了多年的污穢衣物之後再盡情花用。

然而，他拖得太久了。

最悲傷的是沒有人能夠享受他的財富。當然，他可以捐給慈善機構或是全數留給琳達，不過，其他的事情就會曝光，也就是他當初為了賺取這些錢所使用的手段，讓他覺得臉上無光的各種詐術、謊言、妥協以及藉口。萬一有人開始問起這些錢的來源，那麼就可能侵犯到他客戶的隱私。

他告訴自己，還不如就留著不動。

根據業界術語，等到他死後，那些就會成了「靜止」戶。然後，銀行就會沒收那一大筆錢。

現在，他能夠留下的唯一遺產就是找到惡魔，而這份遺贈的受益人是當年十三歲的女孩，莎曼珊・安德列提。

安布魯斯飯店的那個信封是否能夠扭轉局勢？裡面的內容太危險了。既然如此，為什麼他不立刻銷毀？為什麼要委託琳達動手？

他知道答案，但只是不想理會而已。

他拉開床被，坐在平常睡覺位置的邊緣。在上床就寢之前，他打開床邊桌抽屜，裡面有三罐橘色的藥瓶。根據主治醫生的說法，他開的這些藥具有部分的舒緩醫療效果，可以讓「狀況好過一點」。其實，那全都是抗憂鬱劑。真柯打開其中一瓶，在手心裡倒了兩顆粉紅色藥丸，想了一會兒之後，決定增加劑量，兩顆變成了五顆。他不想自殺，部分原因是因為光靠這些藥也沒辦法斷氣，但要是它們真的能幫上忙也不錯。他拿起床邊桌的水壺為自己倒了一杯水，正打算要服藥之前，又想到了莎曼珊・安德列提。

她很安全。其實，正如他剛才所想到的一樣——是她救了自己。但她到底是怎麼逃離了監牢？

她的氣力應該不可能強過那名綁架犯，十五年的折磨與困乏一定對她的身體造成損傷，他心想，也許身體已經孱弱到不行，跑過森林就害她斷了腿。那麼她是成功瞞騙了看守人？還是利用對方心不在焉的短暫片刻？或者，時間過了這麼久，那個惡魔自信過頭，正好被她抓到了適當的逃跑時機。

不過，此一假設還是缺乏說服力，在這樣的重建過程中還是遺漏了什麼東西。

他開始想像她穿越樹林、閃躲追捕者的場景，而兔頭人的荒謬模樣也在他心中一閃而過，但立刻就被他拋諸腦後。小莎全身赤裸，她為什麼沒穿衣服？在她拚命前奔、尋找脫困機會的時候，她摔倒了，而且斷了腿，也許是拚命拖著身子往前爬。她到底還有什麼能夠贏過後頭追兵的強項？雖然在原地，無法移動，小莎希望——向上天祈禱——能夠有人正好路過。但一直看不到人影，而綁匪馬上就要追過來了。

但就在這時候，她聽到了動靜：遠方傳來的聲音，好熟悉，汽車駛來的引擎聲響。她看到了那輛貨卡的車頭燈出現，趕緊向他示意。也許，她看到了駕駛的驚訝神色，她擔心對方不停車，反而加速離開，把她一個人丟在這裡，如果真被這樣拋棄，將會讓她完全無法承受。

不過，那輛車卻停了下來，有個面殘年輕人下了車，一個面貌不像惡魔的『禽獸』。她安哄自己，他一定是來救她的，帶她遠離那裡——讓她從惡夢中醒來。不過，那年輕人卻發現有人從樹林裡出來。「我知道他在找那個女人。當他看到我們的時候，他愣住了。」湯姆當時是這麼告訴他的，「他站在那裡盯著我們不放，讓我毛骨悚然。」小莎在她的救星眼中看到一種熟悉的恐懼感——這一點真柯十分確定，他在那段錄音內容裡聽出了恐懼的陰鬱聲調。小莎知道她將會再次被拋下，果然，湯姆上了貨卡，駛離現場，過沒多久之後，他撥打緊急電話報案。

然後，側繪者在醫院蒐集她提供的線索，而警方開始在沼澤區進行地毯式搜索，尋找莎曼珊·安德列提被囚禁的地方。

為什麼警方到現在都還是一無所獲？

真柯完全沒意識到手裡還拿著水杯，另一手拿著藥，他兩眼放空，突然打了一股冷顫。

他心想，警方之所以沒找到那個監牢，是因為它根本不在沼澤區，當初是綁匪把她帶到了那裡。

但為什麼呢？

真柯低聲自言自語，「基於同一個原因，湯姆也到了那裡。」從那名年輕盜獵者身上可以找到答案，沼澤是完美的狩獵地點……他再次提醒自己，最難捕捉的野獸是人。

小莎並沒有逃跑，而是綁匪放了她。

真柯恍然大悟。那個惡魔把她帶到那裡，放走了她。她全身赤裸，在沼澤周邊的樹林裡闖晃而迷路。他先小小禮讓她一下，然後，開始跟蹤她的足跡。

真柯心想，這是一種試煉，*殘忍遊戲*。

獵物在逃跑的時候，弄傷了自己的腿，而追獵者想必已經要抓到她了，但卻在這個時候，發生了意外事件。

那輛盜獵者的貨卡。

真柯早已把水杯與藥丸放在床邊桌，已經徹底忘了它們，他甚至也忘了死神正對他緊追不捨。他下了床，開始在房間裡四處踱步，此時他的心中已經盈滿腎上腺素的興奮感。拼圖碎片開始逐漸拼湊合一，他十分確定，自己馬上就能看出整起陰謀。

在這樣的重建過程中少了什麼？一定有蹊蹺。

因為，湯姆駕車離去之後，綁匪為什麼沒有趁空去抓莎曼珊？他大可以把她直接拖走。真柯心想，也許他擔心那年輕人會立刻報警，可能沒有足夠的時間帶走女孩。

不過，他想要殺死她的話，絕對不成問題。

現在，她提供警方各種線索，很可能會讓綁架她的惡徒落網，他為什麼要冒險？

只有一種方式能夠解釋這樣的謎題。綁匪在害怕，就跟湯姆一樣，他也決定要逃跑。但為什麼？是什麼嚇到了他？他必須要前往某個安全的地方，要躲避什麼樣的危險人物？或者他擔心自己被認出來？再不然，就是湯姆會馬上提供能讓警方查出綁匪身分的線索。不過，這項假設成立的前提是有人曾經看過他的臉。不過，這名年輕人看到的只有……

「兔子！」真柯大聲說出來，連自己都嚇了一大跳。

為什麼戴了兔頭面具的男人需要逃跑？

因為，那面具本身就是一大線索。

12

雖然這種假設十分荒謬，但真柯還是得立刻求證。他別無選擇，部分原因是因為他一度認為莎曼珊．安德列提的失蹤案不可能破案，而這個想法也害那女孩遭世界棄絕了十五年之久。

他立刻衝進玄關，在吊衣桿的亞麻外套口袋裡拿出了那張診斷書。要不是因為這是他珍貴的護身符，他當初早就扔掉了。

現在，他開始仔細端詳湯姆的畫。

雖然筆觸幼稚，但依然可以看出那個兔頭人是中等身材。除了那雙心形雙眼，完全沒有任何引人注目的細節。

真柯思索了一會兒，這種時候，也該再次進入他公寓的第三個房間了。

自從兩個月前醫生們告訴他死期不遠之後，他就再也不曾踏入那個地方。他按下防彈門旁邊開關的七位數密碼。

電子鎖喀啦一聲開了。

以前真柯很愛把自己關在書房裡。裡面除了存有他的高度敏感機密之外，也是他可以沉思的隱蔽之地。裡面有檔案櫃，還有擺放了法律教科書、調查技巧與軍事策略的各種手冊，以及馬基維利的成套作品。

四面的牆都漆成了綠色，而其中一面掛有漢斯．阿爾普晦澀難解的拼貼畫。

真柯喜歡達達主義的作品，在某場拍賣會以驚人高價買下了這張畫，這是他至死不悔的蠢行之一。他進入書房，直接從這幅大師傑作前面走過去，沒有多看一眼，但心中卻湧起一股遺憾，因為無法把它帶入自己的墳墓。他直接走向音響，拿起了一張唱片，放入轉盤，當唱針碰到溝槽的那一刻，葛倫．顧爾德在一九五五年所演奏的巴哈〈哥德堡變奏曲〉，立刻流瀉了整個房間。

然後，真柯走向某張環形工作桌。

桌上有一台連有網路的蘋果筆記型電腦，通達的外部伺服器存有真柯的寶貴檔案，全都是他執業二十多年來所累積的敏感資料。要是最後落入惡人手中，一定會引發軒然大波。

而且，從這個位址，真柯可以進入任何政府機構或警方單位的資料庫，也能夠侵入私人機構與企業的電腦系統，從銀行或保險公司取得敏感資料，完全不會有任何被查出身分的風險。

他拿了一小片膠帶，把年輕盜獵人在診斷書背後所畫的那張圖黏在伸縮式檯燈的上頭，幾乎與螢幕同高，所以他就可以直接平視。他對著那個有心形雙眼的詭異獸人說道：「看看我能不能把你給揪出來。」然後，他開了搜尋引擎，輸入「兔子」這個關鍵字。

真柯第一個下手的是警方資料庫。莎曼珊的綁匪可能有犯罪前科，甚至只是情節輕微的小罪，也許可能只是利用面具隱藏自己的真面目而已。

螢幕上出現了一長串的犯罪紀錄。從偷竊兔子到虐待兔子都有，甚至還有人偽裝成巨兔在街頭騷擾女性。真柯快速掃視清單，但並沒有令人眼睛一亮的線索。他決定要精簡搜尋範圍，加上了第二個關鍵字。

孩童。

他的面前又出現一串新的清單。人類的殘酷惡行沒有底限。變態拿了一堆下毒的復活節兔寶寶巧克力，在學校門口發送給小孩；被毒販當成跑腿小弟的未成年人，在柔軟的兔寶寶玩具裡塞毒品。更甭提那些「兔寶寶女孩」了，小孩在網路攝影機前赤身裸體，只是為了換得某項網購商品或是手機充值而已。

真柯還是找不到有利線索。所以他開始慢慢回溯，擴大搜尋範圍。終於有個案子吸引他的目光，發生於八〇年代，受害人是個代號為R.S.的小男生。由於此案涉及性侵情節，所以不能暴露真名。

當時的R.S.十歲，在某個星期天早晨消失，然後在三天後又出現了，儼然什麼事都沒有發生過一樣。

莎曼珊．安德列提與這起案件相隔了將近二十年，所以不可能是同一名綁匪犯案。

此外，警方簡短的案情報告裡也沒有出現「兔子」這個關鍵字，只是在那一頁的最下方加了簡短的備註——很可能是打字的疏失。

未成年失蹤案——心理支援——兔子——社福——最高等級機密案件。

此外，還有一個備註，提到了失蹤人口處。

靈薄獄。

那是警務總部最陰森的部門。無辜失蹤者懸案的資料庫，根據統計資料，大約每天都會發生一起失蹤案，但是官方數據卻不可考。理由很簡單：雖然有些失蹤者是自願人間蒸發，最後還是會回來，但是其他的案子卻依然懸奇無解，對於總部來說，這當然不是什麼正面的宣傳。

所以，靈薄獄的檔案一直沒有電腦化，網路上也找不到任何資料。

「已經隔了二十年……」真柯很想要另起爐灶，但R.S.這個案子是他手中唯一的線索，所以也許值得一探究竟。他有兩個選擇：親自跑一趟失蹤人口處，要求調閱紙本檔案，但是有風險。另外還有一個比較狡猾的方法，先打一通電話。

他選擇第二個。

他登入警方官網，尋找靈薄獄的聯絡方式。負責人名叫瑪麗亞．艾蓮娜．瓦茲奎茲——他早已聽過這號人物。

他寫下電話號碼，立刻撥打。電話一直響，沒有人接。他心想，怎麼可能？雖然現在是晚上，但根據新的法規，現在是上班時間沒錯。

終於有個男人應答，「喂？」

「呃，抱歉打擾……我是鮑爾警探，可以跟處長說話嗎？」電話另一頭陷入沉默，真柯心中立刻出現一股不祥預感。

一陣狗吠打破了寂靜，對方說道：「乖，希區考克。」

真柯一聽到那狗兒的名字，立刻發現自己出包了。接電話的這傢伙，就是前天在沼澤基地營與德拉夸講話的那個人，身穿藍色西裝、打領帶，原來他也是警察，想必一定認識鮑爾。

「現在組長不在，但如果您不介意的話，我很樂意幫忙。」對方的語氣倒是聽不出任何異狀，「我是賽門．貝瑞世警探。」

真柯知道這樣繼續玩下去充滿風險，「是有關一起陳年失蹤案。」他語氣猶豫，但還是把檔案細節說了出來，屏住呼吸，終於聽到對方在電腦鍵盤輸入資料發出的聲響。

貝瑞世低聲回道：「資料庫裡沒有什麼特別的東西，只有一份警方結案報告的複本而已。」然後，他大聲唸出來，「十歲的R.S.……失蹤三天……後來自行返家……」

他大感詫異，「為什麼沒有提到那男孩的姓名？」

「怎麼可能？」

「其實，對於他在那失蹤七十二小時當中到底發生了什麼事，也是隻字未提。」

「完整的檔案只有紙本格式而已，顯然是被歸放在老舊檔案區……鮑爾警探，我看您得要親自過來一趟了。」

真柯沒理會他說出的最後一句話，繼續追問：「電腦螢幕裡還有寫些什麼？麻煩告訴我好嗎？」

「只有提到在案發之後，他的父母放棄親權，這小孩被送到威爾森農莊進行安置。」

真柯趕緊抄入筆記本，威爾森農莊。

「有一份心理鑑定報告，不知道你有沒有興趣？」貝瑞世說道，「要不要我寄給你？」

「沒關係，唸給我聽就可以了……如果您不嫌麻煩的話。」

「沒問題。」他開始朗讀內容，「雖然這名未成年受害人並沒有出現任何心理問題，但他並沒有太多的激動情緒表現，顯見他的態度過於焦慮，而且，他還出現了缺乏性抑制、亂食癖以及尿床等問題。」

亂食癖是拚命亂吃無營養成分的物質，比方說是土壤或紙張。至於尿床，真柯猜想可能是受到驚嚇的後續效應。而真正讓他心頭一驚的是缺乏性抑制，那代表什麼意思？

「這份心理報告還有更複雜的部分，這小孩有睡眠問題，通常醒來的時候會產生病態幻想，他把它畫下來，看得出這是他看待現實世界的童稚角度。」貝瑞世停頓了一會兒，突然冒出了這句話，「這份報告裡附了一些他的圖畫。」

真柯萬萬沒想到還會有這線索，看待現實世界的童稚角度。「我改變主意了，可以寄給我複本嗎？」

「電郵地址給我。」

他要是拿不出警局網域的電郵地址，那麼對方就會立刻知道電話另一頭的人並不是鮑爾。

「我給你傳真機號碼。」

貝瑞世說道：「你的設備比我們的還簡陋嘛。」

真柯不知道這是否只是笑話，或者是在暗示打從一開始他就知道真柯在演戲。

「的確如此。」他勉強乾笑兩聲，把那支絕對追蹤不到來源的號碼給了他。

「等一下我會打開我們的老舊傳真機，把所有的東西都寄給你，」貝瑞世承諾會幫忙，「反正，我剛才也說了，隨時歡迎你過來，因為檔案裡總是會有意外驚喜。」

「也許我會過去一趟吧，」這是真柯的違心之論，「還有，真是謝謝你了。」他掛了電話，盯著書房裡的那台機器，等待啟動。

他不知道賽門．貝瑞世到底會不會寄發傳真過來。

一開始的時候，他自稱是鮑爾，根本就是在賭運氣，不過，他之所以這麼做，是因為靈薄獄並沒有處理什麼總部的特殊重案，而且，這起一九八〇年代的陳年舊案，因為失蹤男孩R.S.再次出現，也早就順利結案了。

要是換作以前，他絕對不會如此粗率。而正當他懊惱不已之際，傳真機開始啟動，立刻吐出了好幾張紙。

真柯才剛鬆了一口氣，但又立刻心情緊繃。

一開始的時候，他以為傳輸出了狀況，因為每一張紙都一樣。後來，他才發現是不同的畫作，但畫的都是相同元素，重複不絕的執念。

擠滿鳥兒的天空，某座城市，但也許只是某個國宅區。紙張的正中央是一座大教堂，在那棟宗教建物的後方，是一座足球場。

但是讓真柯嚇得倒抽一口氣的是R.S.描繪人的方式。

某種看待現實世界的童稚角度。那地方的小小居民，全都是長了心形雙眼的兔頭人。

13

他開車穿越鄉間，望向地平線，依然看不見任何黎明將起的跡象。懸月已經消失，但依然可見滿天微星。最多再三個小時吧，太陽就要升起，熱氣又要再次發揮炙焦世界的威力，逼迫人類必須躲避這場預示大難將至的炎夏。

真柯在出門之前，又穿上了那件又皺又臭的亞麻外套，而湯姆拿來當作圖畫紙、草草畫下兔頭人的那張護身符，也再次回到了他的口袋。

他打算去拜訪那個十歲男孩遭父母棄養之後、收容他的寄養家庭。他在網路上找到了地址，而這座農場似乎已經在多年前就停止營運。

真柯開著紳寶，離開了主要幹道，轉進泥地路，駛入大片向日葵的迷宮小徑之中。他擔心自己會找不到路，但車頭燈終於探照到某個威爾森農場方向的指示牌。

大約又開了六公里之後，他在燦爛星空之下看到了某棟巨屋的剪影，座落在山丘上，還有兩棵門神柏樹。他開車穿越某道原木拱門，停在另一頭的空地，旁邊就是農舍。真柯下車，四處張望，想知道這裡到底有沒有人。屋內燈光全暗，他心想，也許這鄉下地方有住人，只是還沒有適應日夜顛倒的權宜措施。他又鑽回車內按喇叭，想要引起注意。

屋內有兩隻狗兒開始狂吠，三樓的某扇窗戶出現燈光。過了一會兒之後，大門開了，有人出來，真柯來不及看清楚一切，因為有道手電筒的光束立刻對準了他的臉。

「是誰？」開口的是位女子，旁邊還有那兩隻狗，依然叫個不停。

「是威爾森太太嗎？」真柯趕緊伸手護住雙眼，「抱歉這麼唐突來訪，但我有事想要向您請教。」

對方高聲抗議，「我根本不知道你是誰啊。」

「您說得對，我叫李歐納．墨斯特，」他從口袋裡拿出假證件，「我在地檢署工作。」

那女子放下手電筒，沉默了好一會兒。她應該是在打量這名意外的訪客，不知道是否能夠信任他。「在大半夜這種時候，為什麼地檢署要特地派人來找一個可憐老太太？」

真柯哈哈大笑，「我們只是依照程序辦事罷了。」

「好，那就進來吧，我們裡面說話。」塔米翠亞．威爾森與她的那兩隻狗兒先走進了農舍。她身穿連身長睡衣，雖然頭髮已經轉為灰白，但依然是一頭及腰長髮。手中的那根拐杖，應該是自己挑的樹枝。她帶引客人，進入擺放巨大橡木桌的寬敞廚房。

她向狗兒示意，牠們立刻乖乖坐在火爐旁邊。「墨斯特先生，有什麼需要我幫忙的地方？」她轉身面向爐火，重新加熱已經涼置多時的咖啡。

李歐納．墨斯特是真柯先前曾經使用過的假身分。這張灰色官方文件比不上警證的威嚇力，但還是有避免對方提高警戒心的好處。真柯早就知道某些人因為討厭政府機關，有時候會故意提供錯誤線索給執法人員。所以，為了要得到充分合作，只要是老練的私家偵探，就應該表現出與對方平起平坐的態度。

「這麼晚來拜訪，我必須要再次致歉，」他繼續說道，「不過，市政府因為暑熱的關係，改變了作息，所以我們必須要晚上工作。我有先打電話過來，但一直沒有人接聽。」

「其實，我家電話一年前就不通了，」那女子語氣尖銳，「但電信公司根本就不鳥我。」

真柯當然相信她的話，因為他這一路過來完全沒看到其他屋宅。「我這趟過來，是因為檢察官要求我重新審視青少年失蹤案，以免有任何疏漏……想必您也能夠理解，自從莎曼珊・安德列提又出現之後，地檢署的每一個人都面臨了壓力，我們的上司不希望放過任何隱匿的細節。」

「我明白了，」那女子雖然這麼說，但其實不是很信他的話，「但我要怎麼幫你？」

「在這座農場收養的那些小孩當中，有多少人曾經發生過莎曼珊・安德列提那樣的遭遇？」

她面向真柯，「全部都有。」

他嚇了一大跳，只能拚命掩飾自己的驚訝之情，他萬萬沒想到會聽到這樣的答案。「全部？」

那女子放下拐杖，拿起爐子上的咖啡壺，帶著它與兩個紅漆錫質馬克杯，一拐一拐走向橡木大餐桌，她請真柯坐在圓凳上頭，然後自己也坐了下來，目光飄向他的後方。「我先生和我在多年前弄了這個地方。」

他轉頭，找到了她意指的方向，壁爐上方的那個相框。照片中的男子拿著霰彈槍，面露微笑，被許多小孩團團包圍。

「我們沒有小孩，所以我們決定將自己的心力奉獻給那些不幸的孩子。」

「真是偉大的任務。」

「我希望我們有達成目標……」她繼續說道，「我總是稱他們為特別的孩子，我好愛他們每一個人，就像是我親生的一樣。而且，他們從來不曾讓我失望。雖然我不知道他們現在去了哪裡，但我深信他們心目中一定有我的位置。」

聽她講話的態度，彷彿把他們當成了個性活潑的孩子，而不是問題兒童。真柯心想，只有愛的力量能夠將缺陷轉為資產。

「墨斯特先生，你有沒有聽過『黑暗之子』？」

「沒有，從來沒聽過。」不過，後來聽到她的解釋，不禁讓他寒毛直豎。

「他們都是失蹤之後，後來被警方找到，或是莫名其妙再次出現的青少年，就像是莎曼珊．安德列提一樣。」塔米翠亞．威爾森繼續說道，「他們被無恥惡徒綁架虐待，有的是自己逃跑，還有的是被他們放走，但那段被囚禁的日子卻在他們的餘生留下永恆的傷疤。」

「為什麼要稱他們為『黑暗之子』？」

「因為他們通常被關在洞穴，過著地底生活，等到他們再次見到天光，宛若重生一樣。不過，他們卻再也回不去過往的日子了。」老太太陷入沉默，開始倒咖啡，把其中一杯遞到真柯的面前。

他喝了一小口黑咖啡，立刻追問：「我在過來之前曾經在辦公室裡清查檔案，其中有個十歲男孩的案子，他的名字縮寫是R.S.。」

她沉思了一會兒，「我必須要知道他是在哪一段時期待在農場。」

「八〇年代初期左右。」

塔米翠亞．威爾森想起來了，一臉驚愕，突然冒出答案：「是羅賓．蘇利文。」

「只是短暫失蹤而已，」真柯想要喚回她的記憶，「只有三天，但後來他的家人再也不願意照顧他。」

「他媽媽個性不好，」威爾森太太的口氣聽得出有些輕蔑，「而他爸爸更是糟糕。我不知道這兩個人為什麼要堅持在一起，只要他們一吵架，羅賓總是左右為難，長期下來，他是唯一的受害者，我覺得他的父母並不愛他。」

聽到她說出的最後一句話，再加上她斬釘截鐵的語氣，讓真柯突然覺得這孩子真是可憐。

「妳覺得羅賓在那三天裡出了什麼事？」

「他一直不想提起，」老太太陷入回憶之中，雙眼空茫，「他是個脆弱的孩子，非常渴望關愛與憐憫……是施暴者的絕佳獵物。」

「但怎麼能確定那是一起綁架案，而不是離家出走？」

「這些孩子在其他地方得不到的關注，正好成了他們的誘餌，」她怒氣沖沖瞪著他，「他們假裝對這些孩子充滿興趣，但其實真正的目的只是把他們帶到某個黑暗之地……」

真柯想要反駁，「對，可是羅賓——」

那女人伸手朝桌面狠狠一拍，目光冒火。「你真想要知道我為什麼如此確定羅賓是惡魔的受害人嗎？」

真柯沒接腔。

「我從經驗判斷，羅賓．蘇利文在失蹤前本來是個正常的小男孩。也許是有點難搞，就和其他小孩一樣，但絕對正常，」她滔滔不絕，「經歷過那場他絕口不想提起的可怕日子之後，他變了。要是你看過他的檔案資料，一定明白我在說什麼。」

「亂食癖、尿床……」真柯唸了出來，他想起貝瑞世警探在電話那一頭為他朗讀的檔案，內容少得可憐。

「他開始吞土、橡膠，還有啃衛生紙。我們必須要隨時監控他，他至少洗胃洗了六次之多。後來，他開始吃昆蟲。」回想過往，她忍不住嘆氣，「而且他再也無法控制括約肌，完全退化到幼童時代。逼得我們只好給他包尿布，而這也讓他與其他小孩的互動更是雪上加霜，因為大家老是嘲笑他，動不動就狠狠打他一頓。」

真柯心想，他是弱勢族群裡最弱勢的那個孩子。「他是不是個性孤僻？不願意與別人溝通？」

「完全相反，」老太太回道，「羅賓打從一開始就顯現出各種不安的情緒反應。」

真柯想起那份心理評估報告裡提到的缺乏性抑制，「妳的意思是？」

「他一直在找尋與別人肢體接觸的機會。一開始的對象是家人，然後是農場裡的其他小孩，就連我與我先生也……不過，羅賓的尋愛之心卻轉化成某種病態行為，對羅賓這樣年紀的孩子來說，他的每一個動作都蘊含了異常的惡意。」

「所以這就是他父母不願再照顧他的主因嗎？」

她神色黯然，凝望著真柯。「他是被黑暗腐蝕的小孩。」

這句話又讓真柯不寒而慄。他默默重複了一次，他是被黑暗腐蝕的小孩，他牢記在心，深信這就是通往羅賓秘密世界的鑰匙。「抱歉讓您想起傷心往事，」他又啜飲了一小口難喝的咖啡，「不過，相信您也能夠理解，萬一我服務的部門疏忽了其他兒童綁架案的消息外流，那麼我們的處境將會相當難堪。」

塔米翠亞．威爾森好迷惑。「所以你還想要知道什麼？」

「羅賓．蘇利文的心理評估報告有提到他出現睡眠失調問題。」

「你的意思是做惡夢，」她語氣充滿訕笑，「我就是不懂，為什麼某些醫生得用艱深字眼描述明明是很簡單的事物。」

真柯開始逼問，「在羅賓的惡夢之中，是不是有某項不斷重複出現的元素？」

「小孩會利用夢境表達現實處境。當他們覺得不舒服或是丟臉的時候，他們會說那是一場夢。」

真柯發現威爾森太太一直在閃避。「羅賓醒來之後就會畫畫，」他繼續說道，同時觀察她的反應，「在那些圖畫當中，人的模樣就宛若兔子。」

塔米翠亞．威爾森盯了他好一會兒。「墨斯特先生，我知道你今晚為什麼要過來。」

真柯擔心自己被識破身分。「真的嗎？」他露出笑意，努力裝作冷靜。

「當然，」她臉色冷峻，「我想也應該要讓你見一下邦尼了。」

14

「跟我來，小心階梯。」

塔米翠亞·威爾森打開了某間儲藏室的地板暗門，真柯看到了通往地下室的階梯。她拿著手電筒，靠著拐杖的幫助、緩緩走下階梯。他跟在她後面，很擔心她會摔倒。

「抱歉，下面沒有接電，」她指了一下電燈的位置，「這個農場已經破爛不堪，我也懶得整理了。其實以前我很盡力，但某天我想通了，這房子會隨著我一起老去，我們都全身病痛，無論是誰都救不了我們。」

真柯開始把住在大屋子的老太太，以及故障電話這兩件事兜在一起。要是塔米翠亞·威爾森身體不舒服或是出了什麼意外，她根本沒辦法打電話求援，到時候，她的兩隻愛狗就會大啖她的屍身。

「我早該搬家了，」老太太說道，「但這是我唯一熟悉的地方。」

真柯抓著欄杆，每走一步，腳下的地板就會發出吱嘎聲響，他猜不出他們到底要去什麼地方。他有些擔心，塔米翠亞·威爾森不肯明講。你得要親眼看一下，不然永遠不會明白——這是她的說詞。誰是邦尼？剛才這老太太不是說她獨居嗎？他心想，也許長年鎖居對身心造成不良影響，腦袋可能變得不太清楚。真柯只想要趕快拿到羅賓·蘇利文遭遇的有利線索，立刻離開，但現在他別無選擇，只能跟著她進入地下室。

他們終於走到了梯底，塔米翠亞開始拿手電筒四處掃視。這裡是塞滿了生鏽鐵床、床墊、家具、箱子以及各種雜物的儲藏間。東西實在太多了，很難判斷這裡到底有多大。

「我先生過世之後，我還撐了一陣子，」威爾森太太拖著腳步，走入了一大堆皺爛紙箱與物品之間的空隙，「不過政府停止補助，我沒有辦法繼續請人手幫忙，所以只好放棄了。」

真柯問道：「這是什麼時候的事？」

「大約在九年前，我們最後一個特殊男孩離開了這個窩。」

「羅賓呢？」

塔米翠亞斜靠真柯的手臂，跨過了一堆從架上掉落而下的盒子。「他就跟其他小孩一樣，十八歲的時候離開了這裡。至少，我幫助他拿到了高中文憑。」她的語氣充滿了驕傲。

真柯好擔心她會摔入那堆垃圾裡面。「妳之後就再也沒有聽說他的消息？沒有地址或電話？」

「他曾經在南部海灣的某間度假村寫了張明信片給我，」他們現在繞過由褪色老舊雜誌堆積而成的小山，「然後，就無消無息了。」

那兩隻狗兒並沒有跟著下來，偶爾會聽到牠們在樓梯頂端的叫聲。狗吠聲變得越來越遙遠，真柯也不怪牠們那麼膽小。他再次心想：邦尼，你可千萬別讓我失望才好。

他們走向某面霉黑的牆，塔米翠亞停下腳步，把手電筒光源對準牆底。真柯往前，看到地上放了一個巨大的黃銅框線綠箱，就像是古早時代的那種用品，箱蓋還加了個掛鎖。

「找到了，」老太太說道，「邦尼就在這裡。」

真柯有種不祥預感，覺得自己就站在棺木的前面，但那女人卻再也不說話。她把手電筒交給了他，又把自己的拐杖擱在地上，慢慢跪在櫃子前面，動作十分吃力。

他看到塔米翠亞摸出自己的項鍊，從頸脖取下，他這才發現尾段的墜飾是一把鑰匙，因為她開始拿著它開掛鎖，然後，又把鎖扣從鐵環裡抽出來。她打開了盒蓋，但真柯站在原地動也不動。

「拜託，幫我照光啊。」

他走過去，將光源對準了箱內的物品。

裡面有白色床單與刺繡毛巾，全都是結婚贈禮。

「我當初把邦尼放在這地方，是因為我也不知道該放在哪裡是好。」威爾森太太伸手在那堆布料裡東翻西找，「也許我當初應該扔掉才是，但我心裡卻有個聲音告訴我，千萬不能這麼做。」

她在說什麼？到底箱子裡藏了什麼東西？

塔米翠亞突然停下動作，真柯知道她找到了東西，不過，她的背還是擋住了他的視線。老太太盯著手中的物品，輕聲呼喚，彷彿看到了許久未見的老友，「邦尼……」

終於，她轉過身來，手中緊捏著一本小書，緊貼著胸前。

「邦尼是與羅賓一起進來的。有新成員報到的時候，我們一定會檢查他們的行李，不希望他們帶了危險物品戕害自己與他人，比方說彈弓或刀子。……當我打開羅賓．蘇利文的行李，看到了這個東西，我立刻驚覺不對勁。」說完之後，他把那本書交給了真柯，「墨斯特先生，你有沒有這種經驗？明明覺得噁心，但是卻又講不出到底是出了什麼狀況？」

真柯遲疑了，這個反應讓他自己都嚇了一大跳。他明明很好奇，但是卻被某種直覺壓抑了下來——不祥的預感。然後，他還是接過威爾森太太的那本書，仔細端詳。

只是本老舊的漫畫。

封面顏色已經褪淡，而主角是一隻有心形雙眼的藍色巨兔，表情淘氣又可愛，露出微笑。書名印在牠的雙耳之間，只有一個字詞。

邦尼

他詢問老太太，「可否借我帶走？」

「沒問題，就拿去吧。」

真柯四處張望，看到了一堆行李箱。他把手電筒放在上面，淨空雙手，打開了那本漫畫，隨手翻了幾下。黑白圖像的水準普普通通，劇情也很幼稚。邦尼離開森林，到了某座大城市的公園，遇到了一群小孩，成為好友，牠與他們在一起玩得很開心。

不管是故事或圖畫，都看不出有任何的違常之處。不過，翻閱的感覺卻不覺得開懷或舒心，反而讓人不安。真柯又多看了好幾頁，越來越不舒服。

老太太說得沒錯，這本漫畫不太對勁。

而且，故事裡的大人們完全不知道邦尼的存在，更是令他惴惴不安。

只有小孩才能看見兔子。

真柯強迫自己專心看下去。他覺得自己快要到達某條幽微的界線，雖然他還不知道另一頭會出現什麼，但他明白有邪氣之物正對他虎視眈眈。

他看得入神，忘記老太太已經好一會兒沒吭氣了。他甚至沒注意到頭上出現的狹長幽影，還有塔米翠亞・威爾森的拐杖從空中落下、擊中他後頸的急快動作。

他看到的最後一幅景象，邦尼在對他微笑。

15

他嚐到了自己的鮮血氣味，確定自己還活著。

他以舌頭來回舔弄口腔，發覺自己掉了一顆牙。一定是剛才跌摔在地的時候弄斷了牙齒。他心裡暗罵，真是老賤貨。四周一片黑暗，但從泥味和霉氣來判斷，他還待在威爾森農舍的大型地下室裡面。他想要站起來，但卻頭暈目眩，一陣噁心，還加上心悸與直冒冷汗。不過，奇怪的是，這一次他遇到了死局，但卻一點也不害怕。

這簡直比死亡還慘。

被困在地下室裡，根本沒有出口，也沒有燈光，被活埋在地底下，就像是塔米翠亞・威爾森剛才所告訴他的一樣，黑暗之子。

而暗算他的惡魔是個孤僻的瘸腿老太太。

趁自己還沒有恐慌發作之前，他趕緊釐清事發經過。他記得自己正在看漫畫，邦尼的臉，然後，自己的後頸突然被狠敲了一下。塔米翠亞・威爾森為什麼要襲擊他？她大可以在一開始就找理由攆走他、不要讓他進門。不過，她卻把他帶到這裡，讓他看羅賓・蘇利文的漫畫。太不合理了，也許她就只是個瘋子。

他伸手亂摸，想要找尋支撐，總算抓住了某個箱子的邊緣，以單膝跪地的方式起身。他發覺脖子僵硬，雙眼一陣刺痛，他又發出了短暫慘叫，因為他的五臟六腑正在重新歸位。然後，他開始尋找那一堆行李箱，想知道漫畫到底掉在哪裡，找到了，而且依然是頁面開展的狀態。他闔上書，丟入口袋，與自己的護身符放在一起。這時他才發現皮夾、手機還有剛才出示的假證件都不見了。

不是遺落，而是被她拿走了。

當下的第一要務就是回到通往一樓的階梯。但是他已經不記得是怎麼走到這個綠箱子前面。在一片漆黑之中找尋原路相當困難，但他想要至少試試看，不能直接放棄。所以，他張開手臂，在黑暗中四處摸索找路。

他一路前進，想要辨識出眼前的物品。木門、衣帽架、檯燈。真柯的膝蓋一直撞到東西，還不小心摔倒了兩次。不過，他凝神關注的只有自己的呼吸。

他提醒自己當初曾經對琳達許下的那個諾言——只要還有一口氣……

他的計畫是要找到儲藏室的暗門，想必一定是關上的，他必須利用肩膀撞開。那道門看起來很堅實，他不知道自己能不能辦得到。等到他出去之後，他就得與塔米翠亞·威爾森以及她的拐杖正面對決。或者，那女人在家裡放了槍——他記得壁爐那張照片裡的威爾斯先生拿著霰彈槍。布魯諾·真柯不喜歡武器，擔任偵探多年，他需要的次數也不多，而且在那兩次帶槍上陣的場面中，他也一直不曾開槍。不過，他知道怎麼用槍，而且會固定在私人靶場練習。他有兩把手槍，一把是放在書房保險櫃裡的貝瑞塔，還有一把半自動手槍藏在紳寶備胎的下方，不過，在這種時候，兩把都拿不到。

他慢慢往前走，不知道會碰到什麼東西，然後，指尖碰到了堅硬又濕黏的東西，他發現此路不通，因為正前方是一堵磚牆。「靠！」但他不該生氣，也許現在這種困境可以讓他體驗死後的情景，個人專屬的幽暗地獄，正好是他這一生罪孽的懲罰。他心想，都是因為安布魯斯飯店一一五號房間保險櫃裡的那些東西，心中立刻湧起一股罪惡感。然後，他聽到了微弱低沉的聲音，來自左側。

哀號。不，是有人在講話。

他慢慢朝那個方向移動。先摸到了牆壁，然後又碰到了某個類似柱子的東西。他仔細觸摸，發現是連通到一樓的鐵管。他之所以如此篤定，是因為他在中空狀內管裡聽到的回音，就是他先前聽到的聲響。

音源來自於他上方的房子。

真柯聽不太清楚，於是把耳朵貼緊鐵壁。聲音模模糊糊，但他確定是塔米翠亞．威爾森在講話，不過，他還來不及聽清楚，餘音就消失了，真柯想要豎耳仔細傾聽，但依然沒用。鐵管的厚度讓他無法辨聽那一連串喉音語聲。然後，突然之間，管內的聲音變得清楚多了，想必是那女人站到了更靠近他的位置，真柯終於聽懂了一些句子。

「……他給我看了假證件。不過，我後來抽出他的皮夾，翻找他的文件，我發現他的真名是布魯諾．真柯，他是私家偵探，我靠……」

她在大發雷霆。他不知道她到底在跟誰說話，因為她一個人在大吼大叫，卻聽不到任何人的回應。真柯心想，她在自言自語，瘋女人，搞不好她正對著那兩隻狗兒說話。

「……我讓他看了邦尼——不然我能怎麼辦？我也想不到其他法子。然後，我覺得可以趁機敲他的後腦勺。其實，他一背對我，我就趕緊下手……」

真柯居然是在這麼愚蠢的狀況下遇襲，他不知道到底是該氣這個女人還是氣自己。

「……我從來沒看過這個人，不知道是誰派他過來……」

最後一句話應該不是隨口亂講，比較像是回答了某人的問題。他突然打了一陣冷顫，宛若被幽魂親吻，他心想，原來她並不是在自言自語。

她在跟某人講電話。室內電話故障，所以這個老女人一定是用手機。「我已經把他鎖在地下室裡面……別擔心，他根本逃不出去……」

是誰不需要擔心？她到底在跟誰講電話？真柯有了不祥預感。他誤入陷阱，而且狀況雪上加霜，正在與塔米翠亞．威爾森講話的神秘對象是誰？

「……好，那我就等你來了……」

真柯已經放棄苦思答案。

無論是誰，他們已經馬上要過來了。

16

因為他，那個人要特地趕過來。

呼吸變得越來越困難，真柯覺得自己像是被困在盒子裡的小老鼠。剛才與她講電話的那個男人會在多久之後到達農場？他還剩下多少時間可以想出對策？他在儲藏室裡四處走動，碰到什麼東西都不管了。他想要找到防身的物品，但這裡一片漆黑，很難確定自己到底身處在什麼環境之中。

不過就在幾個小時之前，自己不久於人世的念頭轉化成為某種超能力，讓他覺得自己無法被打倒。畢竟，還有什麼比死更可怕的呢？不過，他現在發現自己心中的求生本能依然頑強，這也讓他嚇了一大跳，那股恐懼可為明證。

對方一來到這裡，他就死定了。

他不小心滑倒，撞到了一堆錫罐，全部掉落地面，某個玻璃製品也碎得到處都是。他摔倒趴地，雙手前撲，右手不小心深入某個軟趴趴的東西裡面，好像是某種大型昆蟲的窩。他舉起手臂，順帶拉起了一些類似蜘蛛網的東西，他覺得噁心，本想要拔個乾淨，但仔細一看，只是羊毛而已，原來壓在底下的是一籃毛線。

他想要保持冷靜，但卻驚覺自己已經慌張失控。不過，他也在這時候注意到前方有道微光，他找到了儲藏室的暗門出口。

他朝那裡爬上去。

階梯頂端的地板木門空隙有光線流瀉而下，不過，一直有黑影來來回回，光線忽隱忽現，是看守唯一出口的那些狗兒。真柯把右肩頂住暗門，想要往上推開

果然不出所料，另一頭鎖住了——從發出的金屬聲響判斷，應該是鐵門。這場大病讓他體力大不如前，現在的他太虛弱了，絕對沒有辦法撞開。

不過，現在的位置可以讓他更清楚上頭的動靜。他聽出了塔米翠亞・威爾森的拐杖聲，還有一路伴隨的瘸腿拖步，兩者交織成某種縈繞不去、近乎是催眠的節律——敲地，急速嗖聲，又是敲地，急速嗖聲，不斷繼續下去。

空氣中飄散著剛煮好的咖啡與餅乾的香氣，那個老妖婆在廚房裡忙進忙出，等待她的客人到來。

他覺得似乎聽到了汽車抵達的聲響，威爾森太太離開了。過了幾分鐘之後，他聽到她又走回來，開始仔細計算地板傳出的腳步聲數目，現在，不是只有她而已。

「我決定立刻打電話給你，因為我立刻發覺狀況不對勁，」她開始解釋狀況，語氣已經完全聽不出剛才的嚴厲，反而變得很溫善，「我剛在電話裡也說過了，嘮叨先生問了我一堆有關農場小孩們的事，但其實他真正感興趣的只有其中一個而已。」

看來，光是提到羅賓・蘇利文這名字，就足以讓這女人坐立難安。真柯發覺自己打開了過往歷史的危險大門，他也因而墜入未知的地獄之中，現在，唯一的逃脫方法就是趕緊關上那道門。

「我已經搜身過了，他沒有武器，這是手機與身分證明。」她八成是在展示自己的盜竊戰利

品。

真柯覺得自己好白痴。通常他進入家戶拜訪的時候，總是會把手機與皮夾先藏在他處——鄰居的郵筒，或是紳寶座車的置物箱。現在，他們早已摸清了他的底細。

「他在樓下。已經醒來了——剛才我聽到下面有些聲音。不過，他又安靜了好一會兒，所以應該是躲起來了，正在打算接下來該怎麼辦。」

塔米翠亞的客人繼續聆聽，依然不發一語。

她繼續說道：「我不知道他到底想要打探什麼。」

然後，真柯聽到他們走路的聲音，而且是朝他走來。他的虛弱心臟宛若胸膛裡的活塞，似乎隨時會爆炸，就像是醫生的預言一樣。

那兩個人快要到達暗門處的時候，停下了腳步。真柯湊近其中一道木條隙縫，想要看清楚塔米翠亞身旁那男人的面孔，不過，他現在的位置卻什麼也看不到。

她開口問道：「你想要拿他怎麼辦？」

真柯心想，好問題，他也想要知道答案。

但這位客人沒開口。

真柯心想，狀況不妙。然後，出現了一聲槍響，接下來是長達好幾秒鐘的靜默。他不知道出了什麼事，突然之間，他透過某道木條隙縫看到了那個老妖婆的眼睛。

他立刻往後退，但現在已經太遲了。

他本來以為會聽到塔米翠亞的尖叫，但並沒有，那老妖婆反而一直瞪著他不放，她的虹膜動也不動，冒出鮮紅色的血流。

她死了。

真柯緩緩後退，步下木梯，盡量降低聲響，同時不斷盯著那道暗門，擔心對方可能隨時會打開。他好不容易又回到陰暗的地下儲藏間，躲在某個家具後面。

最後，我們兩個會在這個黑漆漆的地下室決戰，但對方不會冒險。他心想，那人一定會用煙燻法逼我出去，或者，更可怕的招數是放火燒了農莊，讓熊熊大火吞沒我與那具女屍。不過，他立刻就覺得不可能，對方必須先取回非常重要的物品。真柯把手放在後臀，撫摸口袋裡的那本漫畫。

邦尼，對方絕對不會任它慘遭火吻。

他衷心祈禱自己沒猜錯，又過了漫長的幾分鐘之後，終於，對方出手了。他聽到門閂開啟的聲響，暗門開了，上頭的光線從開口流瀉而下，由木梯直達地下室地板，光照範圍內出現了一道狹長黑影。他來了，真柯心想，來啊，快下來啊。

趕快來找我吧。

不過，對方猶豫不決。真柯聽到了自動手槍的扳機聲響。這是警告訊號：這位訪客想要讓他知道，下一顆子彈的目標就是他。終於，他踏下了第一步，一步接著一步，真柯從躲藏處往後一靠，發現那男人已經走到木梯一半的位置。真柯抓起剛才在毛線籃裡的毛線球尾端，用力拉扯。

蛛網立刻抽緊，獵物踏中陷阱。

那個陌生人想要鬆開線繩，不過卻一不留神失去重心，往前飛撲。真柯看著他摔落，宛若在播放慢動作一樣，最後，對方發出倒地重響，慘聲哀號。真柯心想，應該不是因為痛，而是怒氣。

他趕緊趁空前衝，準備上樓。

真柯跳過躺在地板上的那個男人，想要趕快逃跑，但對方卻在此刻伸手，真柯發現自己的腳踝差點就這麼被抓住，他兩步併作一步，奔向那個宛若闊嘴、正在等待他的開敞暗門。就在重見天光之前，他聽到了槍響，錯不了。子彈從耳邊呼嘯而過，真柯趕緊抓住地板邊緣、挺身一躍出洞，立刻看到塔米翠亞．威爾斯的死眼正盯著他，他差點又掉進地下室，幸好只是側摔在地。他上氣不接下氣，但還是立刻轉身，想要蓋住暗門把那個男人鎖在下面。不過，第二聲槍響傳來，讓他舉棋不定。子彈打到了木板，他的臉也佈滿了飛濺的碎屑。真柯陷入恐慌，他放棄暗門，頭也不回，直接奔向大門。

明明是很短的距離，感覺卻十分漫長。他終於到了門口，抓住把手往下拉，準備推開。但大門卻不為所動，他居然沒料到會被上鎖。

他聽到後頭傳來沉重的爬梯聲響。

真柯沒有回頭張望，心中居然出現了荒謬念頭，要是這麼做的話就必死無疑。他開始踢門，動作幾近歇斯底里，顯見他拚命想要活下去，對於一個生命即將劃下句點的人來說，會出現這種舉動也未免太不尋常。

後頭的腳步聲停了。

他心想，對方正在瞄準，他已經做好子彈入身的心理準備。不過，就在這個時候，他發現了客廳的某扇窗戶。他靠著僅存的絕望之力衝過去，拉起窗戶，爬了出去。

他一逃出屋外，立刻衝向自己的紳寶，依然停在原地，距離門廊只有二十公尺而已。十五、十、五公尺，沒有槍響——怎麼可能？真柯到達停車位置，蹲在某個輪胎旁邊，慢慢爬向駕駛座的方向，打開車門，鑽了進去。他擔心子彈會從後方的擋風玻璃穿射進來，所以一直低著頭。他摸到了鑰匙，幸好本來就插在裡面，他猛踩油門，引擎發出了拉長的咯咯聲響，宛若在溢流，然後，化油器吸飽了油，車身抖了一下，直到這一刻，真柯才敢挺直身子坐好。他透過照後鏡，在臨行前又瞄了那房子一眼，讓他得以好不容易脫身的那扇窗戶後面，出現了人影。

兔寶寶邦尼正在對他揮手道別。

17

「小莎，告訴我那扇門的事。」

她聽得見葛林醫生的聲音，但是卻無法回答他。她的心被困在那座迷宮裡，鐵門外的那一邊不斷發出某種幽微聲響。

宛若老鼠在啃咬，或是小蟲子在吃東西。

「小莎，那扇門後面躲了誰？」

「迷宮裡還有另外一個人跟我在一起……」

有另一個人的聲音蓋過了葛林醫生，但音源不是來自這間病房。而是某個微弱的聲音，另一個小女孩，另一個小女孩在抓門，哭個不停。

「喂，」她開口，「妳聽得到我講話嗎？」

沒接腔。

「妳聽得到我講話嗎？」

對方在吸鼻涕。

「妳叫什麼名字？」

沒有任何回應。

「妳聾了嗎？」沒有，那女孩聽得十分清楚，只是害怕而已，怕得要死。「嘿，不要怕。

我不想傷害妳。我就和妳一樣，我們有相同的遭遇。現在，我在這裡，根本不知道這是什麼地方。」她覺得心情好暢快，很自私，她知道，但她很慶幸原來自己並不孤單。「我答應妳，我一定會幫妳忙。」這是謊言，她自己心裡有數，因為她自己也需要援手。她應該要告訴對方的真相是：這裡不會有任何人來幫我們。不過，她卻撒謊，她不想失去自己的新朋友。「只是遊戲罷了，」她說道，「很簡單，妳只需要遵守規則就好。」她應該要讓這小女孩知道一切是由他制定規則，但她不想說出口，「我花了一些時間才適應，但只要知道該怎麼配合之後，事情就變得簡單多了……他只是想要跟我們玩而已。」

鐵門的另一頭終於出現了微弱人聲，「他是誰？」

她心想，我不知道，也許是上帝吧。因為在這個地方，他就是神，可以決定要不讓妳過好日子，或者逼妳去死。然後，他搬出自己的遊戲，對妳進行試煉。

「他從來不會理會我的祈求。就是取決我們自己……是要玩還是不玩。但要是不玩的話，就沒有食物，也沒有水……要是不玩的話，就無法生存下去……」

「妳玩了多少個遊戲？」

「很多個……」她現在已經數不清了，「不過，妳等著看吧，妳一定會很享受玩遊戲的。」

真是荒謬——怎麼可能會享受那些遊戲呢？為什麼她會說出這種話？在這裡毫無「享受」可言，如果想要描述迷宮裡所發生的情節，也絕對不可能會使用到「享受」這種字眼。她應該要告訴對方，妳一定會恨死了。妳會痛恨一切，甚至包括了妳自己，因為他會逼迫妳做出那些不堪的事。

她撫摸那沉重的鐵門，說：「我們現在得想辦法把妳弄出來就是了。」

「我有鑰匙。」

聽到這句話，讓她嚇了一大跳。「那妳還在等什麼？趕快開門出來啊？」

一陣沉默。

但是她不放棄，「餓了嗎？我這裡有食物……」

沒反應。

「妳不信任我嗎？」也許她剛才不該撒那麼多謊，「不要耍笨了，」她慢慢失去耐心，「我早就告訴妳，我不會傷害妳。」勸誘的過程真是累人，「要是妳繼續把自己關在裡面，隨便妳……妳會死在裡頭，妳知道嗎？」她覺得自己好糟糕，居然說出這樣的話。她還記得自己待在迷宮的第一天——發生的一切，都把她嚇得半死。「好，抱歉……但我已經很久不曾與別人說話了，我不敢相信妳會出現在這，我——」她哭了，好恨自己居然掉淚，「我——我只是希望我們可以當朋友而已。」

一陣金屬碰撞聲響劃破寂靜，是鑰匙轉動鎖孔的聲音——兩下、三下。

她不可置信，因為她居然成功說服了那個女孩。

鐵門開了，但只露出了一點隙縫。她聽到退後的腳步聲——小心翼翼。她伸手，緩緩推門，看到了一個害怕的小女孩站在房間的正中央。她身穿已經碎爛的睡衣，光腳，而且腳還在流血。她那一頭金髮與臉龐沾滿了泥巴，澄藍色的眼眸緊盯她不放。她的雙手反剪在後，整個人左右搖晃，就像小朋友一樣。

對方先開口，「嗨。」

她也跟著打招呼，「嗨。」然後，她開始往前走，但女孩卻後退，她知道對方依然很提防她——好，信任需要時間培養。「跟我來，我有適合妳的乾淨衣服。」她伸手示好，但那小女孩卻不為所動。「我讓妳看看我的房間，我所有的東西都放在那裡。裡面有床墊，要是妳想休息一下也不成問題。」不過，這似乎難成誘因，因為對方依然無動於衷。「妳必須要吃東西，好好睡覺，要是繼續這樣下去，怎麼能準備好呢？」

她問道：「準備做什麼？」

「新遊戲，」她繼續說道，「等到遊戲開始之後，妳才會知道是怎麼回事。但我保證我等一下會解釋清楚。」她轉身，朝走廊移動，希望那小女孩也會乖乖跟過來。

對方開口，「我什麼都知道。」

她嚇到了，什麼都知道？這是什麼意思？

「我就是遊戲。」

最後這幾個字宛若彈珠台的小鋼珠一樣，在她的腦海裡拚命飛轉。她轉身，眼角注意到出現了新的變化。那個小女孩鬆開原本反扣在後的雙臂，屁股附近有某個東西亮閃閃，是日光燈投射在刀鋒上的反光。

「他說我必須要這麼做，」她拿起手中的刀，「因為我要是乖乖照做的話，就可以回家了。」

她們之間相隔的距離有多遠？大約是十步吧？她被囚禁多時所培養出的直覺發出了警訊，她只有三條路可以選擇：逃跑、戰鬥或投降。她本來打算選第一個，但隨後又改變心意。她撲向那個小女孩，而對方猜到了她想要幹什麼，也做出相同的事，因為，她們都衝向那道門——那道劃定生死線的鐵門。她已經搶得先機，但是她必須要拿到鑰匙。她伸手，轉腕，蜷起手指，硬搶了下來，緊握不放。她打算關門，對手趕緊伸出雙手緊抓門緣，刀子也落了下來，兩人都盯著它掉在地上。然後，她使勁拉上門，而另一個女孩猛跺腳，拚命大吼，「不！不可以！不可以這樣！」

鐵門關起的巨響迴盪在迷宮走廊，她已經準備把鑰匙插入鎖孔，她雙手顫抖，好不容易轉了一下、兩下，加上第三下。就在這個時候，小女孩又開始尖叫大哭。她好討厭這個小女孩，討厭死了，她自己也開始尖叫。

「結束了……小莎，有沒有聽到我說話？結束了。」

葛林醫生抱住她，但她拚命掙扎。

「聽我說，小莎，妳現在很安全，妳不會有事的。」

她好絕望，全身顫抖不止。

「現在我要妳深呼吸……」

她很努力，似乎辦到了。

「小莎，千萬不要放棄。」

的確，她似乎好多了，她輕聲細語，「我不想……」

「不想什麼？」葛林醫生依然緊摟著她。

「請原諒我……」

「小莎，我要原諒妳什麼？妳又沒做錯任何事……」

葛林醫生沒有搞懂，其實她說話的對象是迷宮裡的那個小女孩。

「開門！拜託！原諒我！」對方在門後乞求，「求求妳千萬不要把我丟在這裡！」她待在自己的房間裡，聽得到那個小女孩的呼喊，但她決定置之不理。她坐在床墊上，彎曲雙膝貼胸，雙眼放空，她裝作什麼都沒聽見。

「相信我，我不會再犯了！」

現在，不可信的是對方，都是那個小女孩逼得她別無選擇，這就是遊戲法則。而現在的遊戲規則就是讓小女孩被鎖在裡面，繼續大叫狂哭，直到精疲力竭為止。

「我不知道持續了多久……」

「小莎，妳在說什麼？」

「也許是好幾天，或是好幾個禮拜……在這段時間當中，我知道那道鐵門後面出了什麼狀況。一開始的時候，她希望我放她出去，一直懇求，有時候還會對我爆粗口。然後，她開始求我給她水與食物。接下來，沒有任何動靜……她完全不說話……但我知道她還活著——這一點我很清楚……但我無動於衷，完全沒有任何動作……我應該要開門才是……不過，這是他給我的試煉，他想要知道我是否能夠忍耐自己的溫情，到底是覺得自己比較慘？還是對方比較可憐？那就是遊戲的目的……」

葛林醫生放開了她。

她注意到他的動作，雙眼緊盯著他。「等到我聞到那股臭氣的時候，我知道我贏了。」

18

「八〇年代初，當時的羅賓．蘇利文是十歲，所以他現在應該是不到五十歲。」還不到破曉時分，高溫已經讓人無法忍受。警務總部狹小辦公室裡的天花板吊扇轉速太慢，面對窒悶的空氣完全沒轍，扇葉不斷發出宛若鳥鳴的吱嘎慘叫，讓真柯心生煩躁。不過，他還是努力解釋剛才自己找到的線索，「你們應該要發出逮捕令。」

鮑爾倚在桌邊，拿著紙巾抹去頸脖的汗水。而德拉夸則坐在真柯對面，岔開雙腿，雙手交疊胸前，兩人根本是興趣缺缺。

真柯想要抗議，「拜託，你們也幫幫忙，今晚是我的驚魂夜……」他的臉上佈滿了暗門木屑留下的刮傷，而且邦尼透過農場窗戶目送他離開的那一幕，一直在他的腦海中縈繞不去。

鮑爾把那團紙巾揉成一團，扔入垃圾桶，差一點就沒丟中。德拉夸嘆氣，彷彿在認真思索這條線索。「我來試著釐清一下。根據你的說法，羅賓．蘇利文殺死了某名女子，然後又企圖殺你？」

其實，只使用了兩發子彈，因為他後來就不再開槍。他為什麼這麼做？「要是你們過去查看的話，一定會發現那老女人的屍體。」

「他為什麼要殺你？」鮑爾問道，「我還是不懂……」

真叫人灰心，「因為我已經抓到他了，」真柯的語氣宛若這是再明顯不過的事實，「他就是你們要找的人，綁架莎曼珊・安德列提的惡徒。」他原本以為說出這句話之後，能夠引起他們更熱烈的反應，但並沒有。「你們仔細想想，羅賓・蘇利文是『黑暗之子』，」他引用塔米翠亞・威爾森的話，「在他小時候，被別人綁架了三天之久，自此之後，他就成了另一個人。」真柯想起了那個小男孩一直不願透露自己出了什麼事。

鮑爾繼續問道：「然後呢？」

真柯盯著他們兩人，「你們在開什麼玩笑啊？」他伸出雙臂一攤，「只要隨便打開一本精神科教科書都知道：曾經是受虐兒的小孩在長大之後，更可能會遵循相同模式凌辱無辜的受害者。」

威爾森太太給羅賓下了這樣的評語，他是被黑暗腐蝕的小孩。

「不過，要是我的理解無誤，這只是臆測而已，」鮑爾說道，「因為你根本沒有看清楚槍手的長相。」

他想起自己為了逃離農場、猛踹大門的那一刻。當時，他聽到後頭傳來的腳步聲。他恐懼不已，連回頭望向追殺者的勇氣都沒有，而對方卻陷入遲疑，為什麼會這樣？「我告訴你們了，因為他戴了面具。」他沒有特別講出那是兔頭面具，這是明智選擇，因為他們也不太相信他所說的其他部分。

「就算我們找到了羅賓・蘇利文，你也沒有辦法指認他，」鮑爾搖頭，「我再問你一次，你怎麼會發現這個名叫塔米翠亞・威爾森的女子？」

「我不需要透露自己的消息來源，這一點還需要我提醒你嗎？」其實，這名警探非常清楚，他只是想要耍弄真柯而已。

「說也奇怪，我們隔壁關了一個盜獵者，名叫湯姆．克里帝，他說最近自己待在某間酒吧的時候，有個臭得半死的傢伙找上他，還問了一堆有關莎曼珊．安德列提的事，甚至後來還威脅他，」鮑爾面向德拉夸，「光憑這一點，是不是就能夠以涉嫌綁架的事由起訴他們？」

真柯微笑，不敢置信，「他也把兔頭人的事告訴了你們？」這問題讓他們嚇了一大跳，「我看我們就直話直說吧，要是你們想要利用小湯姆來起訴我，那麼你們就得把兔頭人的事公諸於世，而且你們的主要證人也必須做精神狀況鑑定。」

那兩名警探面不改色，德拉夸還反問：「你又知道些什麼？」

真柯沒講出邦尼與漫畫的事，因為那是整起調查案中最欠缺說服力的環節，而且，他還沒搞懂它們的角色與重要性。

他想起了重點，只有小孩才能看見兔子。

德拉夸說道：「要是你靠著湯姆．克里帝找到了塔米翠亞．威爾森，那麼他一定向你透露了某些線索，但是卻沒有告訴我們。」

鮑爾一臉不屑，「他從頭到尾跟你鬼扯了這麼久，只講出兔頭人的故事？你以為我們真會信這種鬼話嗎？」

真柯心想，要不要信隨便你們，反正事情經過就是這樣。不過，他卻不發一語。

德拉夸想要當和事佬，「也許克里帝被迫告訴你某條線索，但後來他忘了，因為他覺得不重要。」

「你是在浪費時間，」真柯打斷他，「我來這裡的目的不是為了報案有人遇害，聽清楚了沒有？我來這裡是幫你忙，請你過去查看一下狀況。我只是展現公民本分，我根本不需要這麼做，而且，我身為莎曼珊・安德列提的法定監護人——」

鮑爾撲過去，抓住他外套的衣領。「王八蛋，你給我聽好了，我們已經找到了她爸爸。當我們提到你名字的時候，他說十五年前你拿了他一大筆錢，然後就不見人影。」

真柯心想，這種說法也算是八九不離十。

「所以我知道你在打什麼主意：你想要靠著自己唬爛出來的任務搏版面，你這個人就是個噁心的廢渣。」

真柯根本懶得反駁他的指控。過了一會兒之後，鮑爾鬆手，又回到自己剛才待的地方。

德拉夸手機響了，他只聽了一會兒，「好，謝謝。」他掛了電話，面向真柯。「我們派去威爾森農莊的警察回報，裡面根本沒有屍體。」

真柯想要反駁，羅賓・蘇利文當然會移屍，但他並沒有開口，因為德拉夸的話還沒說完。

「不過，警察發現屋內有打鬥痕跡，而且通往地下室的暗門出現凹陷，符合槍火彈痕特徵。」

真柯問道：「他們有沒有找到威爾森的手機？要是有的話，就可以追蹤她的最後一次通話。」

「沒有手機。」

眾人陷入沉默。然後，有人敲門，鮑爾過去應門。

某名年輕女警開口，「抱歉，葛林醫生有事找兩位。」

德拉夸吩咐鮑爾，「我一會兒過去。」鮑爾聽到之後，立刻離開，留下德拉夸與真柯。這名黑人警探起身，開口說道，「我們在追捕的這個人十分危險。」

「我很清楚這一點，」真柯酸溜溜回覆，「看他怎麼追殺我就知道了。」

「不，你根本沒搞清楚狀況，」德拉夸臉色凝重，「這不是單純的警告，絕對不能置之不理。我所說的危險，是指對方會犯下你我根本難以想像的惡行……葛林曾經把他稱之為『善良虐待狂』，根據精神變態側繪專家的分類，他屬於『撫慰者』。」

真柯仔細揣摩這個字眼，他以前從來沒聽過，他猜這位葛林就是在詢問莎曼珊・安德列提案情的非正統側繪專家。

「當我一聽到『撫慰者』這種措辭的時候，我覺得很正面，」德拉夸滔滔不絕，「畢竟，莎曼珊的綁匪讓她活了十五年之久。可能甚至會有人以為他沒有膽量殺她，他照顧她，甚至還對她流露憐憫之情，但我錯了……」德拉夸咬著下唇，似乎沉浸在自己說出的故事情節之中，「虐待狂撫慰者和殺人魔不一樣，他們不會因為殺戮而滿足，死亡根本是無足輕重的元素。」

真柯想到了邦尼，還有他槍下留人的過程。

「這些變態的主要目的是要把受害者變成卑微的人，」德拉夸說道，「在撫慰者的囚牢中，受害者必須承受嚴酷試煉、時時處於恐懼狀態，被迫做出噁心的舉動……這些禽獸靠此種方式撫慰自己。」

真柯沒吭氣。

德拉夸起身，「要是你犯了錯，落入禽獸的魔掌之中，你會迫不及待祈求一死。」他丟下這句話之後，對真柯投以譴責目光，隨即走了出去，留下開敞大門。

外頭有員警不斷進進出出，與這些人共處在一起，讓他渾身不自在。離開之前，他深呼吸，然後又悶哼一聲，他本來就不該期待那兩名警探會相信他的故事才是。現在，他想要去昆酒吧喝杯香醇的黑咖啡，就在此時，他看到了走廊的另一頭出現某隻毛茸茸的大狗。

我記得，牠叫希區考克。

然後，他聽到了有人在大吼大叫，趕緊查看到底是怎麼回事。原來賽門・貝瑞世差點要與鮑爾起口角，一旁的警員正忙著拉開兩人。

真柯心想：都是我的錯，他想起了自己冒充鮑爾、為了取得R.S.資料而打的那通電話。

他發現那隻大狗緊盯著他不放，趁貝瑞世還沒發現，他趕緊轉身走向門口。

19

「要是你犯了錯，落入禽獸的魔掌之中，你會迫不及待祈求一死。」

死之將至，對於真柯來說不是什麼大問題，他早就已經是瀕死之人。

但話說回來，當他聽到邦尼隸屬的那種精神變態類型對殺人沒興趣的時候，他的心不禁揪了一下。因為，他在威爾森農莊裡面被大門堵住，知道惡魔就在後方的那一刻，邦尼卻陷入遲疑，並沒有立刻射殺他。

真柯走向警務總部停車場準備取車，他心想：那個惡魔刻意要留我活口，想把我帶回那間地下室，讓我親眼見識他的能耐。

他進入車內，等了一會兒之後才發動引擎。他已經多久沒睡覺了？累死了。他已經放棄去昆酒吧喝咖啡的念頭，因為他已經受夠了剛才那些警察，但也許可以去琳達家一趟，請她弄點早餐，或者在獨角獸的看護之下，躺在沙發上休息個二、三十分鐘。這計畫不錯，因為他一直沒回電，她八成很擔心。他又能怎麼辦？邦尼拿走了他的皮夾與手機，不過，算他運氣好，他在威爾森農莊得到了最重要的東西。

他把手伸到副座下方，拿出了那本漫畫。可愛的兔寶寶對他展露微笑，邪惡的笑容。

真柯雖然不是這方面的專家，但他卻發現到這本漫畫的封面只有書名而已。他翻到書背，也是什麼也沒有。他翻了內頁，完全找不到出版社名稱與印刷廠地點，也沒有定價或條碼，他心想，真是奇怪。不過，他相信這本小書的來源之謎必有玄機，所以他立刻忘了琳達與她的獨角獸，一定要現在找出這本漫畫的寓意，不然之後就再也沒機會了。

只有小孩才能看見兔子。

他發動引擎，朝市中心的方向駛去。

才剛過早晨六點，街道空無一人，吸血鬼也早已回到隱身之處躲避陽光。他行經郊區，過了大橋，通常在這種時候，車流已經叫人受不了，速度就跟走路一樣慢。不過，熱氣卻逼走了這座城市的狂亂喧囂，不到二十分鐘，他已經到達了目的地。

在這個擁有綠蔭大道的高檔住宅區，真柯的老舊紳寶顯得格外突兀，這裡曾經是藝術家與知識分子的波希米亞風聚集地，但現在的住戶幾乎都是成功創業家或是中上階層的後代。

他把車停在某棟白色三層樓建築旁邊，那是二十世紀初期的老屋，精緻的塑面門牌印有醒目的銀色字母：莫迪凱・魯曼藝廊。

不過，可眺望街景的那些巨大窗戶全都拉上了厚重的灰色窗簾，又是一個酷熱早晨，這個舉動很可能是為了要保護裡面的藝術作品，以免受到它的荼毒。

真柯在敲門之前，瞄了一下自己的衣裝。要是在其他狀況下，他很難靠這身打扮在高檔地段問到線索，不過，這一次他靠的純粹就是自己的人脈。

開門的是位優雅老先生，一頭白髮後梳，鼻梁掛了老花眼鏡。儘管熱氣難耐，但莫迪凱・魯曼的裝扮依然如往常一樣一絲不苟：海軍藍外套、直扣式襯衫、紅色領帶、灰色長褲與黑色平底便鞋，而且胸前口袋總是會放置一條花巾。他把真柯從頭到腳打量了一遍，認出對方之後，他立刻驚呼，「真柯！」他們已經有三年不曾相見。

真柯問道：「我應該沒有吵醒你吧？」他雖然這麼問，但其實覺得這身隆重的打扮根本不像是睡衣。

「我才不會跟別人一樣過著晝伏夜出的愚蠢生活。而且，我一直有失眠的毛病。」他側身讓出空間，「請進。」

真柯跟著他進入屋內，走廊的兩側是暗綠色的牆，搭配白色裝飾板。

過去魯曼曾經找過他，請他協助處理一起棘手的家庭糾紛。魯曼有個行事風格稍嫌任性的外甥，偷走了他某項珍品，打算去還賭債。為了不想讓姊妹生氣，他決定不要報警。真柯總算在某家大型賭場飯店裡找到了那男孩。等到他確定藝術品依然還在男孩手中之後，他開始佯裝自己是藝術經紀商，正在積極尋找投資標的。最後，總算是拿回了那項珍品，將它返還失主。

莫迪凱．魯曼問道：「要不要喝杯茶？」他口氣嚴肅，有些太過做作。

「麻煩了，謝謝。」

他們進入某個寬敞空間，裡面展示了待售的藝術品。魯曼不是一般的畫廊老闆，他對於繪畫與雕塑沒興趣，但專門經手漫畫與圖像小說，日本超人與漫畫英雄是他的主打藏品特色。

莫迪凱走到房間角落，以電壺準備熱茶。而真柯則趁此時觀賞館內展示的原作。現在只有五件待售品，全都置於畫架上面。

畫廊主人似乎有讀心術，「件數不多，但都很珍貴。」

真柯走到其中一幅畫作前面，仔細端詳，某個眼睛大得不成比例的忍者男孩正在與一群機器人惡魔搏鬥。

「這代表了人類的最後一戰，纏鬥的極致。人類，以及自身智慧的高階產物：機器人，兩者之間的終極鬥爭。」莫迪凱開始敘述畫作，「請仔細注意創作者繪製機器人的手法：簡直就把它們當成了天神一樣。而年輕的忍者則是數百年光榮傳統的承繼者。」然後，他帶著兩杯熱茶過來，「我知道這種天氣不適合這樣的飲品，但我覺得冷茶是一種褻瀆。」莫迪凱把其中一杯遞給他，「有什麼需要我效勞的地方？」

「不是什麼特別的東西，」他刻意輕描淡寫，「只是想聽聽你的意見罷了。」穩住了茶杯與茶碟之後，他從口袋裡取出兔子漫畫，交給了對方。

莫迪凱正打算要拿起那本小書，卻突然停下動作。真柯注意到他的詫異表情。

「怎麼可能……」他把杯子放在小桌上頭，然後從口袋裡取出一雙白色棉質手套，戴好之後，小心翼翼以指尖拿起那本書，只丟了一句話，「跟我來吧。」

真柯跟過去，進入了後方的某個小房間，也就是莫迪凱的私人辦公室，望著他把那本漫畫放在某個閱讀架上面。

他打開了伸縮式檯燈的開關，將光源對準封面。然後，全神貫注逐頁翻閱。「我曾經聽說過有這種東西，但從來沒有親眼見識過。」

真柯依然不明白為什麼對方會嘖嘖稱奇，因為他覺得這本漫畫近乎是粗製濫造。不過，看到專家的第一反應之後，他這才發現把邦尼帶來給莫迪凱．魯曼，而不是隨便找間漫畫店詢問宅男店員，的確是明智之舉。

這位藝廊老闆埋首在書頁之間，他以手指撫摸圖案的那種姿態，充滿了研究微縮珍品的歷史學家親見寶物時的那種崇拜感，而且還有小孩拿出全部零用錢買下漫畫閱讀時的那種興奮之情。「『邦尼』兔寶寶，」他開口的語氣宛若在打招呼，「我的許多同業都認為它只是傳說罷了……其實，我也很懷疑它是否存在於世。」

「抱歉，可否讓我問一下，」真柯打斷了對方的專注思緒，「懷疑什麼？可否仔細解釋一下？」

「真柯先生，很簡單，因為這本漫畫根本不該存在。」

他嚇了一跳，「什麼意思？」

「從印刷品質、使用的紙張，還有裝訂的方式看來，出版日期應該是在一九四〇年代，而『邦尼兔寶寶』也正好是那段時期的出版實驗品……當時的漫畫界充滿騷亂，所以，為了要吸引新的讀者群，出版社也開始另闢蹊徑。」

「我沒聽過這個漫畫角色。」

「你怎麼可能聽過呢？」魯曼回道，「邦尼相當短命，當時這現象也算是稀鬆平常，無法得到大眾的喜愛，也就註定會迅速衰亡，被眾人遺忘。」

「所以，久而久之就變得稀有，成為大家爭相收藏的品項，對嗎？」真柯覺得經過了七十年之後，這本漫畫的價格，一定會因為收藏家的瘋狂心態而被哄抬得十分誇張。

「其實並非如此，」魯曼糾正他，「邦尼的漫畫完全不算珍品，你隨便到哪家二手書店或是特定市集的小攤都可以找得到。不過，還是有例外，正好就是你今天帶來的這一本，」他望著真柯，而且眼睛發亮，「這是一本仿作。」

「沒有作者、繪圖者、出版社或是印刷廠，」真柯也同意，「完全看不出來源。」

「而且，既然是漫畫，還有一點就更明顯了，這本完全找不到序號，」魯曼繼續補充，「也就是說，這本漫畫不是系列作，它是獨一無二的作品。」

「所以會增加它的價值嗎？我不明白……」

「真柯先生，重點不在於錢，」他拿下眼鏡，抽出口袋巾擦拭鏡片，「我相信會有人願意拿出大把鈔票買下這本漫畫，但它的特殊之處不在於它獨一無二……而是它的目的。」

真柯沒多想，「為了讓小朋友開心吧？」

「你確定是這樣嗎？當你翻閱的時候，難道沒注意到特殊之處？」

對方這樣的反問，讓真柯覺得自己太天真。「漫畫裡只有小孩看得見兔子，而大人看不到。」

「難道你不覺得奇怪？」

真柯不知該如何回答是好。

魯曼走到某張書桌前，「很噁心吧？」他開始在桌面上東翻西找，「畫風與對話都慘不忍睹。」

「的確。」

魯曼終於發現了自己想要找的那個東西，回到了閱讀架前面，手中多了一個長方形的小鏡子。「每一個時代都會自行定義它的美學，有時候，就連醜惡也可以產生美感，你說是不是？」

真柯想到自家書房裡那張漢斯・阿爾普的拼貼畫。沒有人會把它稱之為藝術品，需要特定的品味與涵養才能看出其中的真蘊。也許他在看待邦尼漫畫時也犯了相同錯誤。他開口問道：「你覺得這隻兔子是藝術？」

魯曼面色轉趨嚴肅，「老弟，完全不是這樣。」他拿著小鏡子走向閱讀架，將它豎直，然後以對角線的角度對準書本，隨便翻了一頁，「你自己好好看一下……」

真柯緩緩走過去，凝神觀看。

原本粗劣幼稚的圖案，在鏡像中完全變形。邦尼溫柔的笑臉，成了曖昧神色，而那隻有心形雙眼的兔子做出了與女人性交的動作。真柯開始逐頁進行鏡像實驗，邦尼一直展現出猥褻姿態，而且還添加了殘惡暴力的元素，戀物癖、綁縛、性虐戀的情節比比皆是。

「其實是色情。」真柯想起第一次翻閱這本漫畫時的不安感，壓根沒想到它居然有這種隱含內容。

「鏡像敘事是一種可追溯自十九世紀的圖像技法，不過，它在一九四〇年代曾經短暫風行過一陣子，」魯曼繼續說道，「某些圖像小說還是會運用這種技法，藉以隱藏某條副線或是弦外之音。出版社通常不知情，大部分是繪圖者的惡作劇，而某些收藏家特別喜歡追蒐這種『破格』之作。」

「先前你曾經提到目的，」真柯提醒他，「到底是什麼意思？」

魯曼深呼吸，「我這一生都在研究漫畫，因為我認為那是充滿喜悅的作品，我的工作是勸誘收藏家買下藝術品，但我知道他們的真正目的其實是為了要再次體驗兒時或青少年時期的感動。」他稍作停頓，「所以，老實說，我真的不知道到底是基於什麼原因會讓人創造出這種曖昧的東西。」他所指稱的就是閱讀架上的那本漫畫。

只有小孩才能看見兔子。

魯曼闔上那本小書，交還給真柯。「真柯先生，我不想再探究下去了。但如果你願意接受好友的建議：那麼就請你盡快丟掉。」

真柯很想告訴他：我不能這麼做。十五年前，他與莎曼珊・安德列提的父母簽訂合約，也等於虧欠了她，現在必須要努力償還。不過，這也牽涉到他必須面對自己過往的問題，還有安布魯斯飯店一一五號房保險箱裡的那個信封。他本來請琳達在他死後銷毀裡面的東西，但他現在卻另有想法。

所以，當莫迪凱・魯曼目送他離去之後，真柯下定決心，也該重新去打開那個信封了。

20

靠近火車路橋處有排房子，全都蓋得一模一樣，夾雜其中的某座狹長形建築就是安布魯斯飯店。

這棟建物年久失修，而且，關於這間飯店一直有個詭異謠言，據說只要入住其中的某個房間，就會人間蒸發。真柯倒不在意，他當初之所以選擇這裡迎接死亡，純粹就是因為此地完全符合他在外頭建立的潦倒形象。不能讓任何人發現真正的布魯諾．真柯——那個審慎行事的專業私家偵探，在海外藏有可觀財富，而且住家牆上還掛有漢斯．阿爾普的拼貼畫。

最重要的是，不能有任何人拿到他的秘密。

其實，那與他縝密辦案過程中所發現的真相無關，他真正想要隱匿的是自己的破案手法。真柯被迫採取這種手段，他覺得很不光彩。

他輸入琳達的生日，打開了保險箱的門。他取出信封，拿在手上，打量了一會兒，他一直不覺得自己還有機會再見到這東西。那麼，他為什麼不自己親手銷毀，反而要求朋友在他死後處理？其實，他一直留著它是有原因的，因為他知道一定可能會遇到這種時刻，必須使出渾身解數，就算循非法途徑也一樣——反正就是為達目的不擇手段。在這種狀況下，信封內的東西就成為他的一大利器。

他把它放入飯店洗衣帆布袋，立刻離開了房間。

一到家之後，他立刻在玄關進行例常的脫衣儀式，雖然暫時把袋子放在地板上，他卻依然緊盯不放。他很害怕，因為他早已暗暗起誓，絕對不要再與魔鬼打交道。

他滿身大汗，很想要洗個澡，卻換上了運動服，坐在書房的電腦前面。這次沒有古典音樂相伴，而書桌前方牆面的那幅達達主義作品，也已經失去了讓他精神為之一振的魔力。

他將信封撕出小開口，然後靠著拆信刀打開了信封，取出一只銀色的小盒子，以USB接線連接麥金塔電腦，然後，開始上網。

他藏在安布魯斯飯店的那個東西，打開了某條秘密通道。

布魯諾·真柯在這行工作這麼多年，早已明白在這個地表上的某些地方——律法，所有的律法，毫無例外——都必須晾在一邊。在那些地方，惡行開枝散葉，恣意滋長，而且人類的隱密性格宛若脫韁野馬，狂放橫行。在這些自我中心當道的沙漠地帶裡面，生死可以秤斤論兩，他人的苦難成了討價還價的籌碼。

暗網，就是這樣的一個地方——網路裡的黑暗網絡，網中之網，無人荒地。拜比特幣之賜，也就是只有在網路上才被承認的電子貨幣，你可以買賣任何東西：武器、毒品、資料，甚至人也不成問題。

女人與小孩是最常見的項目。

暗網的運作方式就像正式的網際網路一樣，有搜尋引擎，比方說Dark Tor與Ahmia，還有Grams，它的介面就與谷歌一樣。透過它們就可以尋索到提供貨品或是服務的網站——磨去註冊編號的手槍，找到願意扣下扳機的槍手也不成問題。此外，還有許多部落格指導如何以超市可買到的原料組裝髒彈，也有強暴女人但不留下任何跡證的示範影帶。

對於布魯諾．真柯來說，暗網是取得線索的完美論壇。討價還價的過程一點也不複雜，就像是週日市集一樣，不過這裡的商人販賣的是敏感機密資料。

找尋具有價值的有用線索，是真柯這一行的基本功力。厲害的私家偵探為了要取得這些資料，必須持續不斷尋訪，而這些工作通常都很無聊。就像是在街頭找人聊天，過濾所有資料，查核可信度，某種漫長又費力的過程。不過，有時候查案時間緊迫，而且風險很高，必須要抄捷徑。

真柯是老派偵探，他運用信賴的線人，傳播刻意製造的消息，藉以取得可靠線報。所以，暗網不是他的地盤，當他必須進入網路黑暗世界的時候，他渾身不自在。多年來，他只是默默觀察那個平行宇宙，完全沒有讓自己的身分曝光，所以他才有充分的時間好好見習，學習它的運作方式，保護自己，遠離潛在風險。還有，在進去探索之前，他必須遵守某套法規，而裡面只有一條規則。

暗網裡的每一個人都不可信。

即便到了現在，盯著黑色螢幕的倒數計時器，他依然提醒自己要注意這一點。暗網無法即時登入，必須歷經好幾段過程。首先，就像是你打算造訪某個陌生國家的時候一樣，全力保護自己為上策，網路的疫苗是強大的防毒軟體與防火牆。建立了防堵界線之後，還必須經由其他使用者查核才能登錄，要是其他人認為他還不到「足堪信任」的等級，那麼就會被當成異物一樣被踢除出去。

過去這些年以來，真柯已經創設了好幾個可以在網路黑暗世界來去自如的帳號。只要他感到不對勁，就會立刻刪除正在使用的帳號，改以另一個登入。這很可能只是直覺不對而已，但光是如此，就已經到了敲警鐘的程度。

終於，計時器停了下來，中央出現了一條橫框，真柯輸入了某個網站的名稱。當然，暗網也有自己的社群網絡，在HOL（Hell On-Line）——線上地獄——可以看到各式各樣的劣質人性。

真柯希望能在那裡找到邦尼。

要是換作其他狀況，他會好整以暇，在真實世界裡追捕羅賓．蘇利文。不過，既然他時日不多，他必須想辦法追查這個綁架者的分身。

「虐待狂撫慰者」，德拉夸的定義的確名符其實，而塔米翠亞．威爾森是這麼說的，「黑暗之子」。這兩種敘述意指同一件事，也就是說，羅賓．蘇利文無權主控他的變態性格，他反而是這種執戀的奴隸。若不是有這種扭曲心態，他搞的這起綁架案也不可能拖得這麼久。

真柯心想，這傢伙行事縝密，高度融入社會，自然也不會引發懷疑。我們看到的是惡魔，但是在邦尼的詭異外表之下，依然是個人。

戴著雙重面具的男人。

第一個——兔寶寶——只是戲謔、謊言。第二個——他的臉孔，才是真正的面具，因為他隱藏了真正的天性，將全世界都蒙在鼓裡。

他想起了自己在威爾森農莊的遭遇，邦尼願意放我走，搞不好最終目標還是想抓我回去。

想要印證他的假設是否成真，「線上地獄」正是合適的場域。真柯隨便選了個名稱，開了新的個人檔案，把自己弄得像是個標準的綁縛愛好者，添加了許多令人確信他是此道中人的相關照片。

然後，他開始在社群網路上與人互動。

在那裡出沒的瘋子經常會交換色情圖像，這是暴露極端病態幻想，釋放變態慾望的理想空間，是各種行為的大觀園。最受歡迎的是強暴犯提前昭告天下，然後立刻貼出他們殘暴惡行的影帶，贏取熱烈的迴響與社群裡的按讚數。在這裡會遇到各式各樣的變態，除了戀屍癖之外，還有專門跟蹤素人的「癡漢」，在對方渾然不覺的狀況下偷拍照片，然後在這裡分享出去。他們也經常靠這種方式提供所謂的「目標」，呼朋引伴群攻某位剛下班的無辜父親或是夜晚獨自在家的女學生。

最近，「線上地獄」社群的熱門討論話題是莎曼珊・安德列提。

他們大讚她的綁架者，稱呼他為「英雄」，還謝謝他「建立典範」。此外，還出現了針對受害者的無盡謾罵，甚至有人建議闖入醫院找到她，一定要「終結這場任務」。

真柯覺得這些惡徒令人作嘔，浪費了別人與自己的寶貴生命。他猜想他們都過著正常生活，不知道父母是否健在？或者有生養下一代？要是身邊最親近的人發現他們的真面目，不知道會作何感想？還有，當他們發現自己死期將至的時候，面對死神的態度又是如何？你也會把心中的惡魔一起帶入墳墓，但與你永遠相伴的是不是只有他？也還是未定之天。

真柯將這些思緒拋諸腦後，現在他不能失去專注力，趕緊回到螢幕後方的邪惡幽暗世界。也該丟出誘餌了，所以，他丟出訊息給那些地獄網民。

「我在找邦尼，有心形雙眼的可愛兔寶寶。任何消息必有重賞，就連小道消息也一樣，要是誰有線索，給我私訊。」

他使用的關鍵字，只有掌握第一手資料的人才看得懂。他的初步對策是，類似羅賓・蘇利文那種人，私藏了秘密體驗，絕對不會因此滿足，到了某個階段他們就會想要尋找舞台，吹噓自己的「傑作」。「線上地獄」是能夠讓他們稱心遂願的完美場域。

要是對方曾經向別人吐露秘密，那麼一定會曝光。真柯望著依然在麥金塔電腦鍵盤上方懸空的雙手，抖得好厲害。他心想，都是因為太累了，我得要睡一下。

既然還要許久之後才會入夜，而且，他現在也別無選擇，只能等待來自暗網的回應，所以他乾脆進入臥室，倒在床上準備入睡。他舉起雙手，貼住胸膛，閉眼，專心感受心臟的脈動。

我還剩下幾次心跳？

不過，他還沒想出答案，倒是先睡著了。

某個遙遠聲音慢慢融入一片漆黑之中——宛若滴落幽暗黑洋裡的白色水滴。真柯緩緩醒來，一開始的時候，以為是在做夢。

但那是確實存在的聲響，也許是有人在吟唱。

他不習慣房子裡有人聲，最多就是古典音樂，不然就是保持寂靜。但這不是一般聲響，是女人的聲音，而且，根本不算是在唱歌。

雖然乍聽之下像是旋律，但其實是某種哀嘆。

真柯下床，依然睡眼惺忪。現在幾點鐘？外頭已經天黑，一陣偏頭痛發作，讓他無法思考。他處於脫水狀態，而且又出現了噁心感，但他還是勉強打起精神，找尋神秘聲響的來源。

從書房傳出來的聲音，更精確的說法，是電腦。

他的麥金塔電腦散發著一團微光，是螢幕發出的亮度。真柯拖著沉重的腳步進去一探究竟。他才剛坐下來，立刻就發現他的「線上地獄」個人檔案頁出現了變化。在他幾個小時前送出的對話下方，出現了一個小小的視窗，裡面有東西在動，他將它放大，又調高音量。

是色情影片。

不過，攝影機的拍攝角度卻很詭異。在燈光昏暗的房間裡，只看得見兩個裸露的部分身軀。他剛才所聽到的歌聲或是哀嘆其實是某名女子的歡淫浪叫。

她趴在地上，而她的性伴侶正從後方不斷戳刺，臉孔模糊。

真柯覺得這段影片很假，覺得應該是隨機送出的內容。他正打算要關掉視窗的時候，卻突然愣住不動，因為他注意到了異狀，女子背後那堵牆的影子不是人。

似乎是隻巨兔。

真柯萬萬沒想到邦尼居然親自現身，但他不懂自己眼前這段畫面是在演什麼？意涵為何？是不是要刻意讓他看到什麼？

呻吟越來越激烈，那女人的高潮馬上就要到來。某隻女子的手突然出現在鏡頭前面，不小心把攝影機推倒在地。不過，攝影功能依然繼續正常運作。

真柯努力觀察影片中的細節，要是能夠查出攝影地點，將會是有利線索。背景裡有東西，但很模糊，完全不在焦點範圍內。他為了要看清楚，拉大了景框，似乎是動物，也許是狗，而且牠們都盯著鏡頭，他心想，真是詭異。等等，不是狗，是馬。

真柯突然打了冷顫，他又錯了。

全是獨角獸。

他不假思索，立刻拿起桌上電話的聽筒，但是手指卻在鍵盤上方徘徊不動。

琳達的電話號碼在我的手機聯絡人名單裡。他拿走了，難怪找到了琳達。

但現在不是想這種事的時候，他必須知道琳達是否安好，暗網裡的每一個人都不可信。他腦袋打結，就是想不起那該死的電話號碼。終於，數字一個個開始浮現。他開始撥號，但腦袋卻頻頻打結。所以他放下話筒，重新開始撥號。暗網裡的每一個人都不可信。他心想，那組號碼就像是搖籃曲：號碼一個接著一個，自成節韻。最後兩個，他遲疑了一會兒，七還有四，他按了下去，開始等待，接下來的每一秒格外漫長。

邦尼的影片繼續在他面前播放，就在這時候，電話通了。真柯大驚，因為他居然可以在自己的電腦裡聽到鈴響。

那不是事先錄好的影像。

而是現場直播。

那聲響似乎驚醒了兔頭人，錄影瞬間停止。在最後一閃而逝的那格畫面當中，真柯看到了亮晃晃的刀鋒。

21

那棟公寓的大門露出了縫隙。

真柯站在梯台好一會兒，死盯著那道縫隙。他知道這可能是陷阱，邦尼正在等他落入圈套，殺他滅口。

如果一切必須就這麼結束，他也認了。

他以左手掌面小心翼翼推開大門，右手則拿著手槍正對前方。屋內一片漆黑，唯一的光源來自街道的店面招牌。真柯外套口袋裡有支小手電筒，但他暫時不會動用。

他走進去，立刻檢查敵手是否躲在走廊死角，以免中伏。然後，他碎步前進，準備查看客廳。

公寓裡沒有任何聲響，就連空調也關掉了，室內氣溫讓人熱得受不了。一切似乎都毫無異狀，白色沙發與地毯、黑色漆器家具，還有獨角獸。雖然沒有明顯徵兆，但是真柯知道這裡已經發生了慘劇，感受到空氣中瀰漫的陰悲氣息——宛若衣服上的靜電在嗶滋作響。

他繼續走向臥室，一踏進去之後，第一個注意到的異狀是氣味——刺鼻、腥猛，錯不了。地毯已經被鮮血浸濕，而且床上還不斷落下血滴。

一片漆黑，琳達已經沒有任何生息。

真柯小心翼翼走到她身邊，擔心會中了埋伏。她躺在床上，全裸，腹部有多處刀傷。她的雙眼空茫，依然看得出恐懼。他握住她的手，想要觸到她的脈搏，沒有。然後，他彎身，側耳傾聽她的胸膛。

他想起了那句話，「只要還有一口氣」，但他的朋友已經沒了呼吸。

他熱淚盈眶，怎麼會這樣？屍身手臂到處都是抓痕，雙腿也是，顯見她並沒有立刻放棄，她曾經頑強抵抗，真柯為她感到驕傲。他瞄了一下床邊桌，看到自己在威爾森農場被偷走的皮夾與手機，畢竟邦尼已經不需要了。這傢伙奪走了布魯諾・真柯唯一惦記在心的人，這世界上唯一深愛他的人。

他拿起電話，正打算要撥打緊急求助電話時，目光卻正對著兇手拍攝性愛場景與行兇的那只電子眼，那台網路攝影機還擱在地上。他為什麼要把它留在那裡？真柯懷疑邦尼此刻正在觀察他的一舉一動，也許這時候惡魔成了觀眾。

他釐清思緒，打算要撥打電話，突然聽到了怪聲。

清晰的聲響，宛若發生了碰撞。那不是他的幻聽，音源來自房子的另一頭，而他還沒有檢查的地方也只剩下廚房與浴室而已。

他伸直雙臂，讓手槍開路，進入走廊。然後，他站在廚房門口，擔心聲響再次出現，然後才衝進去。沒有人，所以他轉向浴室。真柯多次造訪琳達的住所，所以還算熟悉，他開始回想那間浴室的樣貌，不大，有浴缸。現在廁所門是半掩狀態，他靠過去，再次仔細聆聽動靜。

他知道有人。

真柯伸手抓住把手，一碰觸就感覺好濕黏，上頭佈滿了血。他的孱弱心臟正對他發出嚴重警告——這種緊張場面，他應該是應付不來。他必須下定決心，查看門後到底躲了什麼人，但是他需要分散對方注意力。

他心想，手電筒該上場了。

他從口袋裡把它拿出來，與手槍並置在一起。然後，數到三，踢門，立刻把槍口對準裡面，同時打開了手電筒開關、讓對方暫時看不見。

過了好一會兒之後，他才搞清楚眼前的狀況。

邦尼兔頭人癱在地上，全身赤裸，他背貼著牆，有隻手臂擱在馬桶上。他殺死琳達的兇刀正插在他的肚子裡，大量失血。現在只聽得到面具下的吃力呼吸聲，宛若哮喘。真柯心想，琳達不只是死命抵抗，而且還造成兇手重傷。

不過，這對真柯來說還不夠。一想到這個惡魔有機會逍遙法外，不禁讓他深惡痛絕。他滿腔怒火，心想要是自己能夠替琳達完成任務，他也不需要接受法律的制裁。他們能拿我怎麼辦？讓我坐牢嗎？根本沒時間讓我進法庭接受審判了，畢竟他已經接受了更高等級、更無情的正義裁決。所以，他往前一步，將槍口對準了那個惡魔，「拿掉面具，」他說道，「我要看清楚你長什麼樣子。」

一開始，那頭巨兔一動也不動。然後，他好不容易才以手指抓住了其中一隻長耳，猛力拉扯，詭異的獸面慢慢不見，開始出現了某張人臉。果然就和真柯猜想的一樣，不到五十歲。完全沒有蓄鬍、正常的鼻子、高顴骨。深沉哀傷的棕色眼眸，讓真柯的心還揪了那麼一下。退後的髮線，羅賓·蘇利文，一個平凡人。

但真柯並不會被此人所愚弄，你和我不一樣，我們永遠不可能是相同物種。真柯想要赤手殺死這傢伙，拿著對方的兇刀、斬斷他的四肢，不斷折磨。但他還是讓子彈上膛，又向前一步，準備開槍。

蘇利文閉上雙眼，因恐懼而面色扭曲，全身發抖。「拜託……放了她們。」

真柯一頭霧水，他在說什麼？

「我求你……」那男人續道，開始哭。

「他媽的你到底在講什麼？我聽不懂，」他怒氣沖沖，「羅賓，結束了，一切到此為止。」

「我已經遵照你的吩咐……現在，可以放走她們了吧。」

真柯愣住不動。一定是在騙人，但這傢伙在大量失血，如果說他在撒謊，也太不合理了。他突然起了疑心，某個讓他渾身不自在的念頭鑽入腦海。「是不是某人派你來這裡？」

那人嚇了一大跳，真柯自己也是，他猜對方可能是搞錯人了。

真柯移開手電筒，讓蘇利文看清楚他的長相。「那個人是誰？」他雖然這麼問，但心中早已有了答案。

「他闖入我們家，把我的妻子和女兒們關在地窖裡。他說必須要聽他的話辦事，不然他就要殺死她們。」他淚水狂迸，胸膛激烈起伏，鮮血不斷從腹部滴落而下。

這個躺在他腳邊的人到底是誰？真柯問道：「你住在哪裡？」

「拉契維爾十之二十二號。」

那是獨棟豪宅林立的高檔住宅區，居住的都是布爾喬亞家庭，這可能是鬼扯，而且真柯的直覺告訴自己，不能相信這個男人。不過，他還是拿起自己的手機報警，但槍口依然瞄準對方。除了要求派救護車過來之外，他還告訴接線員，「要立刻派人到拉契維爾十之二十二號，某名母親與女兒恐怕有生命危險。」等對方抄寫完資料之後，他繼續說道，「幫我聯絡警探德拉夸與鮑爾，就說布魯諾・真柯有急事找他們。」

那個重傷男子低聲說道：「他戴了面具，但我知道他是誰……」

真柯忘了自己在打電話，他想要確定自己沒聽錯，「你說什麼？」

對方盯著真柯，「我知道他是誰。」

22

五次短響，緊接兩次悠長的敲門聲。

讓她心情大好的節奏。病房房門開了，葛林醫生推著醫療推車進來，上面放了台老舊的電視機，而且他臉上露出了淘氣笑容。

「我有好消息要宣布，」他說道，「警方總算聯絡到妳父親，他正趕過來要見妳。」

她不知該作何反應。照理說，她應該要開心才是，但她連父親長什麼樣子都不記得了。為了不想讓葛林失望，她還是微笑以對。

所幸醫生立刻就轉換話題，指著電視機，「我從護理站借了這東西，」他驕傲的模樣就跟搞出驚人惡作劇的小孩一樣，「有個東西要給妳看一下。」然後，他把設備放到了她病床的正前方。

趁他在忙著調整接線、把電視連接到牆壁插座的時候，她坐起身，一臉好奇，想要看清楚他到底在忙什麼。

葛林醫生大功告成，他以誇張姿態取出藏在屁股口袋裡的遙控器，宛若牛仔持槍一樣，將它對準電視，然後，他大聲宣布，「馬上要播出了。」

螢幕上出現了新聞頻道的現場直播，入夜時分，許多人集結在一起，旁邊有一長排的燭光、絨毛玩具以及鮮花。有些人在唱歌，洋溢著某種節慶的氣氛。在大家面前有座醫院。

她好詫異，「他們在幹什麼？」

葛林沒回答，只是調高了音量。

「……警方一直勸阻人們不要集結，但大家還是持續湧入，」某名連線記者說道，「他們迫不及待想要對住在聖加大肋納醫院那名女子展現自己的熱情。」

他們真的是因為她而出現在醫院門口？她不敢置信。

「此時此刻，莎曼珊・安德列提是我們每一個人的女兒，姊妹，」某名女子說道，「而對於那些在街頭、辦公室或是家裡，每天遭受虐待與暴力的女性來說，她也是她們的女英雄。因為莎曼珊成功脫困：她打敗了施暴者，救了自己。」

這番話讓她好感動。在迷宮的時候，她總是拚命強忍淚水，因為要是哭出來就等於承認惡魔贏了，他正在逐步弱化她的防備能力，過沒多久之後，她就會完全臣服於他。不過，現在她終於能夠盡情流淚，那是一種近乎全然釋放的感覺。

又出現了連線記者的畫面，「這名女子也提供了警方一連串的線索，很可能在接下來的幾個小時當中就能逮捕綁架者……」

最後那句話讓她很不爽，也許葛林醫生注意到她的反應，因為他立刻關了電視。

「為什麼每一個人都希望從我身上問出線索？」不過，真正的問題其實是：大家為什麼不肯放過我？

「因為，能夠阻止惡魔的人也只有妳而已，」葛林醫生又坐在他平常的座位，「不久之前，阿爾卑斯山區某個名叫阿維卓的小村落，有個年輕女孩失蹤了，當時大家也都聚集在她父母家的外頭，送上禮物與祝禱。不過，後續發展卻留下了令人無法磨滅的陰影……」

「為什麼要跟我講這種事？」

「小莎，理由很簡單，」葛林醫生挨近她，「我希望妳可以永遠脫離這場惡夢。妳比我還清楚，要是我們沒辦法抓到他，等到妳出院之後，也沒辦法過正常生活……」

她望著床邊桌上的那具黃色電話，醫生說的一點都沒錯：她不想要再當驚弓之鳥。要是先前出現的電話鈴響就能把她嚇得半死，那麼到了外頭的世界又會出什麼狀況？門外不會一直有警察站崗保護她。就算他們給了她新的身分、安全的住所，她也會時時刻刻擔心他會回來找她。「你希望我怎麼配合？」她這次的態度變得十分堅定。

「我想要嘗試比較……激進一點的手法，」他瞄向那面鏡牆，彷彿在等待後頭那些監看者的許可，「如果妳沒問題的話，我會加快精神病藥物解毒劑的滴速。」然後，他指向連通她手臂的點滴。

她的目光也隨著醫生的眼神飄過去，盯著點滴裡的清澄輸液，「會不會有危險？」

葛林微笑，「我絕對不會讓妳承擔任何風險。唯一的副作用是妳等一下很容易就感到疲累，我們必須先暫停談話，讓妳恢復元氣。」

她毫不遲疑，「好，那就來吧。」

葛林起身，抓起點滴，開始調整控制點滴流量的閥門，開口說道：「現在，妳必須找一個房間裡的焦點——隨便哪個點都不成問題——緊盯不放。」

她好擔憂，「我不會因此崩潰吧？」

「我不是要催眠妳，」他向她保證絕對不會出問題，開始操作錄音機，「這只是幫助妳放鬆的練習而已。」

她開始四處搜尋記號或是物件——某個中性區域。最後，她在病床旁的那面牆看到了一塊淡淡的潮斑，形狀很勻稱，讓她想到了心臟。

有心臟的牆壁。這不禁讓她嘴角泛笑，「好，我準備好了。」

「小莎，妳在迷宮的時候，可曾享受過快樂時光？」

這是什麼問題？「快樂？」她立刻擺出防衛姿態，「我怎麼可能會有快樂的時刻？」

「我知道妳會覺得這問題很怪，但我們必須探索各種可能的體驗……畢竟，妳在裡面待了十五年，我認為妳的情緒不會只有恐懼或憤怒，要不然妳也沒辦法撐這麼久。」

「因為日常習慣……」她也不知道怎麼會冒出這個字眼。填滿日常生活的各種細碎儀式，成了她得以存活的武裝配備。起床、梳理長髮、吃東西、上廁所、摺衣服、整理床鋪、上床睡覺。

「小莎，妳看，恐懼是惡魔的完美隱身地點，情緒控制了記憶。如果妳想要找出這個綁匪的蛛絲馬跡，我們就必須要在其他地方找到他，不只是在恐懼的記憶裡，也必須在快樂的過往中尋找線索。」

其實，就算真的有美好時光，她也不想要老實承認，因為這會讓她覺得很難堪，宛若自己也成了綁匪的共犯。她盯著牆上的那顆心，開始在心中回溯記憶……

她跪在地上，雙手泡在某個冷水盆裡面，正在清洗內衣。她很生氣，因為那個禽獸偶爾會留給她一些小水瓶，她平常非常儉省，為了怕渴死，只敢小口慢慢喝，如今卻必須浪費一罐水洗衣服。因為她月經來了，而且只剩下一條內褲，王八蛋。她已經完成了魔術方塊的其中兩面，要求乾淨的毛巾：她在迷宮裡四處走動，大吼大叫，希望他能夠聽到她的要求。混蛋，一包衛生棉是要你多少錢？但她只敢小聲罵髒話，因為，她畢竟還是擔心會遭到報復。她的鼻子突然發癢，趕緊抽手，以指尖抓了幾下。這個動作逼得她必須抬頭。

門口有團影子悄悄溜了過去。

她嚇得大叫，一屁股跌坐在地上。靠，那是什麼？老鼠？好噁。這座迷宮顯然是位於地下，她本來就覺得會有這種東西，但她倒是從來沒見過。她心中立刻浮現髒兮兮毛茸茸的巨鼠爬進馬桶又立刻跳出來的畫面，然後又想到自己留存在隔壁房間的食物。小盒子不成問題，但那鬼東西就是愛啃吐司麵包袋，不然就是想要咬開噁心的柱狀加工火腿的塑膠膜套，只要超市有特價，那個惡魔就會買一大堆回來。其實她覺得讓老鼠吃光那種爛食品也沒關係，不過，食物是能量的來源——所以她一直提醒自己，只要有必要，就算是不喜歡的東西也得吃下去，想要忍耐與生存，一定得靠它。

再多撐一天，忍受每一次的遊戲。

所以，雖然她覺得討厭，但還是得去檢查隔壁房間。她起身，這才驚覺自己完全沒有任何東西能夠制伏老鼠，手邊沒有棍子，也沒有可以丟過去的鞋子。不過，她還是可以利用枕頭套，在裡面塞點食物，把它當成捕鼠器。對，就這麼辦。她進入走廊，東張西望，想要找出那隻老鼠在哪裡，完全看不到蹤影。她繼續朝那坨影子移動的方向前進，找了每一個房間，最後，進入她的食物儲藏間。

她的紙盒、罐頭以及其他少得可憐的補給品全堆放在角落。她盯了一會兒，但是卻站在門口猶豫不決，終於，她跨出了第一步。

果不其然，在那一小堆食物裡面，的確有東西在動。

「嘿！」她彷彿以為這樣的語氣可以威嚇溝鼠。

有回應了，一個罐頭從食物堆掉落下來，滾到了她的腳邊。

她再次大吼，然後拿起了地上的那個罐頭，當成武器拚命揮舞。她打算要拿這東西砸爛牠的頭。她一次一步，緩緩趨前，其實她什麼都看不到，不過，反正她已經舉起手臂準備要攻擊了，而就在這個時候，她卻定格不動。

在她食物堆裡的那個小東西不是老鼠，而是睜著好奇大眼盯著她的小貓咪，喵喵叫個不停。

她不敢相信。她放下罐頭，走了過去，伸出雙臂迎向小貓咪。她好開心，高興得哭了。她想抱住牠，好好撫摸。「小寶貝，快過來……」她柔聲勸哄，貓咪也願意給抱，她把牠抱入懷中，因為擔心會傷到牠，所以力道十分輕柔，而牠也有回應，乖乖發出呼嚕呼嚕的聲響。

葛林似乎覺得很有意思，「真的是貓嗎？」

「對，」她自己也笑了，「要是我當初真的把罐頭扔過去，我會沒有辦法原諒自己。」

「妳後來有繼續養嗎？」

「我一直有餵牠，而且牠也跟我一起睡。我們常常在一起玩耍，我還會對牠講話。」

「我也喜歡貓，」葛林醫生說道，「我猜牠一定健壯又漂亮。」

「的確是胖嘟嘟的漂亮貓咪。」那是一段美好回憶，她很感謝葛林幫助她想起了這隻貓。

「感覺如何？我的意思是，妳的心情是？」

「我萬萬沒想到迷宮裡居然可以有能讓我疼愛的東西。老實說，真的很詭異。」她沉思了一會兒，「因為那時候我再也不喜歡自己了，一直處於暴怒狀態，我變得粗魯，滿嘴髒話，是他害我變成那樣……不過，感謝貓咪，我又找回了一些生活樂趣。」

「有給牠取名嗎？」

她想了一下，「沒有。」

「為什麼？」

她蹙眉，「我在那裡沒有名字，再也沒有人叫我……迷宮裡不需要名字，完全派不上用場。」

葛林醫生似乎正把這件事默記在心，「妳覺得怎麼會跑出這隻貓咪呢？」

她陷入遲疑，「一開始的時候，我以為這又是他的殘忍遊戲。他給了我貓咪，只是為了要逼我做出可怕的事。」

「後來妳為什麼會改變想法？」

「我知道那並不是他送的禮物，所以我一直把牠藏得好好的，不敢讓他看到……」

「等等，但怎麼可能呢？妳先前提到這座迷宮一直『在監視妳』，而且『它知道一切』。」

葛林的語氣充滿懷疑，讓她很不高興。「本來就是啊。」

「小莎，妳確定自己身旁有貓嗎？」

「你的意思是那是我的幻想？」她覺得自己快要被氣哭了，「我又不是瘋子。」

「我沒有這個意思，但我還是很困惑。」

雖然他對她講話的語氣很溫善，但還是惹惱了她，她不爽反問：「你是哪裡聽不懂？」

「只有兩個可能：那隻貓不是真的……或者，那其實不是貓。」

「你這話什麼意思？」

葛林醫生似乎胸有成竹，「小莎，有件事需要請妳解釋一下，」他態度和藹，「妳似乎一直很清楚迷宮的規則，彷彿接受過某人的細心訓練。但要是他從來不曾對妳開口，又怎麼可能會出現這種狀況？有時候，妳似乎對他十分熟悉，但妳卻依然堅稱從來沒有看過他……」

又來了，每次都在問這種事，她必須一再重複惡魔從來不現身，這已經讓她感到十分厭煩，「你為什麼不相信我？」

「小莎，我相信妳。」

她不再望著醫生，目光又飄向牆上的那個心形的濕痕，「你根本不信我的話。」

「千真萬確。不過，我希望妳可以問自己一個問題……要是綁匪沒有把貓咪帶入迷宮，那牠又是怎麼進去的？」

牆上的那顆心開始跳動，不可能吧？但是她卻看得很清楚，不是幻象：它真的在動。

「小莎，我覺得妳知道答案。」

那顆心跳了第二下，又來了。然後，第三下、第四下，她發覺它越跳越快，不斷縮張，那面牆也同步跟隨著她的心跳。

「小莎，我希望妳掀起自己的睡衣，」葛林醫生說道，「看一下自己的腹部。」

「為什麼？」

但葛林沉默不語。

她猶豫了一會兒，但最後還是乖乖照做。她並沒有立刻撩起衣服，反而先把雙手伸進去，以手指摸索肌膚。在肚臍附近的地方，她感覺到有異物，指尖碰觸到略微凹陷的地方，某條堅硬的線狀溝紋，她一路撫摸，發現它的尾端在腹部下方，是一道疤。

「小莎，妳確定那是貓咪嗎？」

葛林醫生的聲音被她耳內的轟隆聲響所掩蓋，牆壁的那顆心臟在跳動，速度好快……

她跪在地上，雙手泡在某個冷水盆裡面，正在清洗內衣。她很生氣，因為那個禽獸偶爾會留給她一些小水瓶，她平常非常儉省，為了怕渴死，只敢小口慢慢喝，如今卻必須浪費一罐水洗衣服。因為她月經來了，而且只剩下一條內褲，王八蛋。她已經完成了魔術方塊的其中兩面，要求乾淨的毛巾：她在迷宮裡四處走動，大吼大叫，希望他能夠聽到她的要求。混蛋，一包衛生棉是要你多少錢？但她只敢小聲罵髒話，因為，她畢竟還是擔心會遭到報復。她的鼻子突然發癢，趕緊抽手，以指尖抓了幾下。這個動作逼得她必須抬頭。

門口有團影子悄悄溜了過去。

她起身追逐，她聽到那東西邊跑邊笑。這是遊戲，迷宮裡唯一令人開心的遊戲。她繼續追，對方轉身，睜著好奇大眼盯著她，而且對她微笑，然後又向自己的母親伸出雙臂，這小東西認得她。她好開心，高興得哭了。她想抱住她，好好撫摸。「小寶貝，快過來……」她柔聲勸哄，把女兒抱入懷中，親吻她的額頭，而這小東西也有回應，乖乖把頭擱在她的肩膀。

她出生之後，一切都隨之改變，女兒成了撐下去過生活的最重要理由。所幸，最可怕的時期已經結束，寶寶發育不良，因為地底沒有陽光，而且奶粉總是不夠，她必須要小心分配嬰兒食品。然後，又遇上感冒，咳嗽不止，她一直擔心女兒會生病，因為她好瘦小，萬一出事的話，沒有人能夠幫助她們。當她們睡在地板床墊上的時候，她會把手放在她的胸膛，想知道她是不是還在呼吸，而她感受到那小小的心臟在不斷跳動……

牆上的那顆心不再跳動，她的眼眶盈滿淚水，「我為什麼會忘了？」

「小莎，我覺得妳並不是忘了，」葛林醫生安慰她，「問題是綁匪為了控制妳而對妳注射的那些藥物。」

她不敢問下一個問題，但她一定得知道答案，「你覺得……那孩子後來怎麼了？」

「小莎，我不知道，但也許我們可以一起找出答案……」他起身，走到點滴旁，又調低了解毒劑的滴速，「但現在妳得睡一下，我們等一下再繼續討論。」

23

對於虐待狂撫慰者來說，死亡根本是無足輕重的元素。

真柯又想起了自己在警務總部開會的時候，德拉夸曾經講出這句話警告他，他們面對的這個精神變態有多麼危險。

所以邦尼才找了陌生人殺害琳達。那個惡魔只有在必要的時候才會弄髒自己的雙手，比方說，塔米翠亞．威爾森，因為她知道他的真實面孔。真柯想起了在暗網意外看到的那段影像，從惡魔的角度看來，致人於死並不好玩，但把它弄成現場直播就充滿了樂趣。

鮑爾開口，「你小男友遇到這種事，很遺憾。」

真柯搖頭，倒不是因為生氣，而是覺得不可思議，因為這個混帳不能接受琳達是女人的事實。他不是惡意，純粹就是漫不經心，對真柯來說，這種心態比殘酷更令人無法原諒。

她已經被裝入黑色屍袋、放在擔架上抬走，正好經過他的面前，他們要把她送去殯儀館。而命案現場聚集了許多警車，警示燈閃個不停，現在，真柯坐在人行道上，必須忍受某個明明很討厭他的警察講出荒謬悼辭。

他想到了他們最後一次對話的情景，琳達好擔心他，她一定沒想到自己也是大限將至。

但話說回來，要是周邊有人性命垂危，你也絕對不會想到先死的是自己。

德拉夸走過來，「你還好嗎？」他的態度似乎很真誠。

真柯只丟了一句話，「我還好。」但這並非實情，琳達死了，因為他沒有好好保護她。

但話說回來，要是你知道自己就快沒命了，當然不會想到有其他人會比自己早死。

「他是誰？」真柯指的是殺害他朋友的兇手。

「他名叫彼得．佛曼，」德拉夸回道，「職業是牙醫，家裡有妻子與兩名金髮女兒，分別是梅格與嬙丹。」

「他有沒有供出實情？真的有人逼他殺害琳達？」那段直播畫面依然在真柯的腦海裡揮之不去。

「很不幸，是這樣沒錯，」警探回道，「特勤小組進入佛曼在拉契維爾的住所，果然發現他的妻女被鎖在地下室，她們嚇得半死，但毫髮無傷。他太太說不太清楚到底出了什麼事：她處於驚嚇狀態，直嚷著有個戴著兔頭面具的人趁她睡覺時闖了進來。」

「有沒有在佛曼家發現那男人的指紋？」

「鑑識小組才剛開始採證，我想最快也得要等兩三個小時之後才有結果。」

真柯十分惱火，「要是你們當初立刻清查羅賓．蘇利文，那麼我們就不用出現在這裡了！」他想要減輕自己的罪惡感，把責任推到他們身上，因為他無法及時出手阻止，害琳達喪命。

鮑爾大吼，「你的羅賓．蘇利文早就死了！」

「什麼？」

「我們已經查證過了，」德拉夸回道，「將近二十年前，他發生車禍身亡。」

真柯嚇了一大跳，他原本一直以為蘇利文就是邦尼。如果不是如此，那麼塔米翠亞．威爾森當初又是跟誰在講電話？在大半夜戴著兔頭面具抵達農場衝著他而來的人又是誰？真柯無法釐清思緒，他只知道自己弄錯了線索。「所以你們接下來要怎麼處理佛曼？」

「現在，我們已經依謀殺罪將他起訴。聖加大肋納醫院的醫生們表示他大量失血，但狀況其實並沒有那麼嚴重，他們正在為他動手術，應該是可以活命。」

「等等，你們把他送到莎曼珊・安德列提的那家醫院？」

「那是最安全的地方，因為我們已經在那裡派駐了警力，」鮑爾顯露一貫的傲慢，彷彿這是再自然不過的安排，「怎樣？你是有什麼意見嗎？」

「沒有，恰恰相反，因為我覺得你們做了最明智的決定，」真柯說道，「換作是我，我也會仔細照顧那位正直好公民。」

鮑爾不喜歡這種譏諷，正打算要嗆回去，卻被德拉夸阻止，他搶先問道：「你還對我們隱瞞了什麼？」顯然他覺得真柯在耍心機。

真柯聳肩，「什麼都沒有。」但這完全不是事實。

「你打電話報了警，第一輛警車是在十分鐘之後才抵達現場，你與佛曼獨處了這麼久。你真以為我會相信你們一句話都沒說？」

真柯望著他們兩人。他想要玩障眼法，讓他們誤以為他還藏了一手，目前還在評估要不要亮出底牌。不過，他頭昏腦脹，而且他傷心至極，已經沒辦法繼續和他們打啞謎。「那個牙醫可能知道兔頭人的長相。」

鮑爾耐心漸失，「是有這種可能？還是你十分確定？」

「這要看狀況……」

「我已經受不了這個混帳了，」鮑爾悶哼一聲，面向自己的同事，「我們就等佛曼醒來吧，再兩個小時，他的麻藥就會退了，我們再逼他好好描述對方的長相。」

真柯說道：「佛曼是靠聲音認出了對方的身分。」

「我覺得不太可能。」德拉夸立刻表示懷疑。

鮑爾也抱持相同意見，「有兔頭人闖入他家，讓他驚恐萬分，在這種狀況下，怎麼可能會專注聆聽對方的聲音？」

「我也覺得奇怪，」真柯回道，「不過，我們只要問他太太就夠了，因為她也認識他。」他丟出震撼彈，先讓他們好好消化一下，「是固定造訪他們家的人，但佛曼太太不知道他與兔頭人其實是同一人，不然她早就告訴你們了。」

這番話又引起德拉夸的關注，「這個人是誰？他們家的朋友？或者單純只是相識的人？」

「不要理這個王八蛋，」鮑爾插嘴，想要拖走同事，「他只是在唬爛！」

「我想佛曼的太太一定可以給你線索、完成模擬繪像。」真柯停頓了一會兒，讓那兩名警探仔細思考他提案的重要性，「其實，只需要派某人去指點她正確的方向……」他終於說出了真正要說的話，而所謂的某人就是指他自己。

德拉夸問道：「這一次你要的回報又是什麼？」

「我要看那幅模擬繪像。」

德拉夸似乎覺得這要求很有意思，「然後你想要幹什麼？找到他的下落？獨自動用私刑處決歹徒？」

不是，他不會為了琳達而出手報復。他摸了一下口袋，把護身符交給他們兩個。

德拉夸打開了那張診斷書，凝神細看。

「我累了，」真柯說道，「我只想要離開這裡，」其實，他想說的是，遠離這噁心的世界，「心平氣和，離開這裡。」

德拉夸把那張紙交給鮑爾，然後又面向真柯。「看著那個惡魔的臉孔，就能讓你覺得心平氣和？」

「沒錯。」真柯回道，「剩下的部分，我只會在佛曼太太面前講出來。你們已經看過了診斷書吧？不需要威脅我，也不需要以妨害司法的罪名把我送去坐牢，唯一能夠讓我心生恐懼的事早就已經發生了。好，現在就聽我的吩咐，不然就給我滾。」他態度強硬，但其實他早就打算要把漫畫書以及兔頭人起源的來龍去脈告訴這兩名警探。既然知道了羅賓．蘇利文的死訊，他的唯一線索也斷了，自然不需要保留那本小書。不過，後來德拉夸所說的話卻讓他改變了心意。

「你想要見那牙醫的太太，真是太奇怪了，」這位警探說道，「因為她也說必須見你一面。」

24

他們載他離開了市區。夜色正濃，但根據汽車儀表板的數字，外頭的氣溫依然高達攝氏三十八度，但真柯卻開始覺得發冷。

死神發出警示，他並沒有忘了真柯。

他們到達某間汽車旅館，雖然並不是位於熱門觀光點，但招牌依然標榜「全家人的度假勝地」。一片髒污的游泳池，池畔座落了一棟棟的度假小屋，整體看來，這地方的確需要好好整修一番。警方在這裡部署了龐大人力，與莎曼珊·安德列提、彼得·佛曼入住的醫院至少是不相上下。

鮑爾把車子停在空地，開了後門，讓真柯下車。他四處張望，大約有百名左右的警察緊盯他不放，這是一種立刻表態，擺明了不歡迎這位陌生來客。

德拉夸開口，「這邊請。」

為佛曼太太準備的那間小屋位於正中央，讓警方容易監控。真柯一進去，馬上就發現到警務總部的心理支援小組已經在裡面了，他們是前來幫助這位女子與她兩名女兒的專家，她們才剛遇襲，依然處於驚恐狀態。

梅格與嬌丹都是金髮，不到十歲，兩人坐在餐桌前面。某位心理學家正在勸她們畫畫，希望能夠分散她們的注意力。不過，這對姊妹似乎比母親冷靜，她們的媽媽待在隔壁房間，躺在床上哭個不停，一旁有醫生在為她量血壓。她一看到他們，立刻坐起來。

她好焦心，「彼得還好嗎？」

德拉夸開口，「佛曼太太，他狀況穩定。」然後，德拉夸又向醫生示意，他立刻離開房間、關上了房門。

鮑爾問道：「佛曼太太，妳先前告訴我們的事發經過，可否再說一次？」

「沒問題。」她開始緊張啃咬自己的豔紅指甲。

真柯心想，也許這是她的多年壞習慣，靠著昂貴的美甲療程矯正了惡習，不過，恐懼的力量卻讓人忘了要注意儀容。

「我從十幾歲的時候就一直有睡眠問題。上床前我都會服用安眠藥，所以我睡得很熟……女兒出生的時候，都是彼得半夜起來泡牛奶換尿布。」

真柯心想，這女人在為自己沒有好好看顧女兒找藉口。

德拉夸問道：「妳昨天也吃了安眠藥嗎？」

「這場超級熱浪，還有改為白天睡覺的新作息規定，把我搞得身心俱疲……」她的眼神開始四處飄移，尋索記憶，「我想當時是下午兩點鐘左右，我一定是聽到了某個女兒在呼喚我，我立刻睜開雙眼，不知道自己是不是在做夢……房內百葉窗緊閉，雖然光線昏暗，我還是發現床邊的彼得不見了。我猜他應該是起身去查看女兒，當我正打算繼續入睡的時候，我又聽到了梅格在大叫：那不是我的幻聽，她真的在呼喚我。不過，她的聲音並不是來自臥室……而是更遙遠的地方，而且她怕得要命。」

真柯發現她的臉開始變形，只有恐懼才會讓人的面孔扭曲成那種模樣。

「我起床，想知道到底出了什麼事，」佛曼太太繼續說道，「梅格與嬌丹不在床上，我大叫她們的名字，但沒有人應我，」她抽了一下鼻子，幾乎快要哭了出來，「我在屋內四處找人，焦急萬分，然後，我看到地下室的門露出隙縫，」她停頓了一會兒，「女兒們知道自己不能進去，因為裡面很危險。我原本以為她們不守規矩，不然就是跌下樓梯，可是……」她突然愣住，一臉茫然。

德拉夸鼓勵她繼續說下去，「後來呢？」

佛曼太太沒理他，抬頭望著真柯。「正當我要開門的時候，他出現在我面前……」她不知道該怎麼稱呼那個人，所以還是繼續說下去，「他身穿技工制服，戴滑雪手套……一開始的時候，我並不害怕，反而覺得……詫異。我心想，這種打扮不是很熱嗎？」

真柯心想，這種反應實屬正常。我們的腦袋需要時間才能釐清離奇事件，而且總是想盡各種理由逃避恐懼。

「然後，我注意到他的面具……」她痛哭失聲，「我想他一定傷害了我的女兒。」

真柯等她冷靜之後才開口，「您的女兒平安無事。」他覺得她需要有人再次講出同樣的話才能安心。

「那男人抓住我的手臂，硬是把我一起拖入地下室，」她屏住呼吸，「我的女兒被他五花大綁，然後，他也對我做了同樣的事，把我們三個丟在那裡。」

等到她說完之後，德拉夸望著真柯，彷彿在示意輪到他上場。「佛曼太太，」他開口，引來她的注意，「妳先生失去意識之前，曾經提到他認得那個面具人的聲音。」

她好震驚，似乎嚇壞了，「我不知道……我根本不清楚彼得那時候在哪裡……」

真柯心想，他跑去琳達家殺人滅口，但他忍住。

「佛曼先生說是你們的園丁，但他沒有辦法告訴我名字。」

那兩名警探默默記下這條新線索，然後又望著那名女子，等待她的下一步反應。

她想了一會兒，好不容易才擠出幾句話，「我也不知道……他不是我們正式聘請的員工，但有時候會過來——」

德拉夸打斷了他們的對話，「妳會不會剛好有他的電話號碼？」

真柯發現這名警探變得不耐，畢竟對方已經拿到了自己想要的情報，現在正想辦法把真柯踢出去。

「沒有，我先生是在購物中心停車場那裡找到了他，」她回道，「彼得告訴我，失業的人通常會聚集在那裡，等待別人找他們去打零工。」

真柯腦中開始浮現畫面，小氣鬼佛曼開著豪華房車過去，在那堆可憐人裡面尋找黑工，支付現金。

鮑爾問道：「至少妳應該記得園丁開什麼車子吧？」

「好像是老舊的福特廂型車，應該是藍色。」

「能描述一下那人的長相嗎？」

「可以，應該沒問題。」她突然愣住，彷彿想起了什麼重要線索，「對了……他這裡有一大塊深色胎記。」她伸手蓋住了自己的右眼。

過沒多久之後，他們坐在小屋的客廳，她開始描述園丁的細節。決定最後成像的關鍵，主要是目擊者記憶與繪像師想像力的激盪過程，為了要增加繪像的逼真機率，鑑識小組通常會找三位繪像師一起製圖。最後，每一位繪像師會將自己的模擬圖交給佛曼太太，由她從中挑選一張最接近的圖像。

這是一段漫長又複雜的過程。

德拉夸與鮑爾站在前面，但真柯則站得遠遠的。他靠在牆面，雙手交疊胸前，觀察工作中的繪像師，邦尼的真正臉龐也逐漸現形。這三幅模擬圖有諸多相同的細節，也就是說，佛曼太太的記憶很準確。

他們開始畫胎記，真柯看到繪像右側出現了從臉頰延伸到眉毛的大面積深色污斑。

他心想，難怪這傢伙會戴面具。有這種特徵，想必是飽受奚落，甚至從小開始就得忍受許多凌辱。此人對於自己的受害者缺乏同理心，也許是因為他曾經親身經歷過這種人性的殘酷面。

模擬繪像幾乎快要完工，而將琳達從他身邊奪走的那個惡魔的長相，真柯已經看得一清二楚。此人的神情冷漠，毫不在乎，不過，所有的罪犯模擬繪像幾乎都是這樣。正當他打算要仔細琢磨惡魔臉孔之謎的時候，他覺得一陣頭暈，無法呼吸，於是離開現場，進入廚房，看到餐桌前只有一個佛曼家的女兒，一定是老二，另一個已經上床睡覺了。梅格就像是那些繪像師一樣，也忙著在畫畫，但是她的圖畫紙上卻看不到惡魔的平凡臉龐，只有美麗豔陽之下的汪洋小船。真柯盼望自己死後也能像梅格．佛曼的畫作一樣平靜。對，那是美好的歸屬。那女孩抬頭，彷彿參透了他的心思，對他微笑。

佛曼太太聲音沙啞，「對，就是他。」

繪像師們把成品拿給她看，她的淚水立刻奪眶而出。

德拉夸的目光四處飄移，找尋真柯，看到他之後，示意請他過來。「還有一點我們必須要釐清，」德拉夸對佛曼太太說道，「我們把妳救出來之後，妳說要找真柯先生，」指了一下這位私家偵探，「他就在這裡。」

真柯溫柔問道：「您要找我？」

她吸了一下鼻子，全身顫抖。「不是我，是那個戴面具的男人下令要我這麼做。」

鮑爾與德拉夸彼此互看了一眼，鮑爾開口，「他對妳下達什麼命令？」

「叫我傳話，」她停頓了一會兒，「只能讓他聽到。」她從沙發起身，在眾人驚愕目光注視之下，走到另一頭去找真柯。

他望著她走來，雖然不知道會發生什麼事，但他卻動也不動。

等到那名女子站到他正前方之後，她挨近他身邊，在他耳畔低聲說道：「羅賓．蘇利文向你問好。」

25

第四號建築，暗灰低調，它位於西廂，距離警務總部最偏遠的位置。在那裡的地下室，有個靈薄獄。

這是警界對失蹤人口處的暱稱。布魯諾．真柯一直不懂為什麼，不過，當他一跨入門口之後，他就立刻明白了，因為迎面而來的那個空間令人五感冰寒。

數千對細小眼眸的目光，同時朝他投射而來，高聳無窗的牆面，佈滿了人臉照片。

真柯立刻就發現那些照片並不像罪犯大頭照一樣冷淡無味。可以看得到開心面孔，泰半都是在歡慶場合所拍攝，比方說生日派對、旅行或是聖誕節。他不知道為什麼要挑這種照片，應該要放身分文件的照片比較合理吧，不然至少也應該是五官沒有被燦笑扭曲的圖像。

每一張照片都有標題。名字、最後出現的地點、失蹤日期。有男有女，也有老人，但最顯眼的還是小孩。這裡沒有性別、宗教或是膚色之別：在靈薄獄裡，有一種絕對民主的靜默主宰一切。

真柯又往前走了幾步，那些眼睛也一路相隨。他覺得那些人的面孔雖然有歡樂的印記，但他卻覺得他們很羨慕他。其實，過沒多久之後，他也會進入黑暗世界，不過，他和他們不一樣，他知道自己的終點是死亡。

然而，靈薄獄的這些住客卻不知道自己到底是什麼狀態。對於那些依然守候著他們的人來說，他們或生或死？結局瞬息萬變，所以，他們永遠無法找到平靜。

正當他沉浸在這股思緒之中的時候，有人出現了，偌大的空間迴盪聲響。他退後一步，十分擔憂。過沒多久之後，後門出現了一團飄忽黑影，迅速朝他的方向而來，真柯已經做好心理準備，等待被對方襲擊，不過，他卻聽到有人開口。

「希區考克，坐下。」

那隻毛茸茸大狗聽從指令，立刻停下來，乖乖坐在真柯面前。過了幾秒鐘之後，狗兒進來的那道門口，出現了高大的背光剪影。

開口的是名男人，「需要我幫忙嗎？」

真柯認出了對方的身分，先前他打電話到靈薄獄詢問羅賓・蘇利文檔案的時候，與他通電話的就是這位警探。真柯開口，「是貝瑞世警探嗎？」

那男人走過來，手裡還拿著一小瓶水，因為這裡的溫度十分悶熱。他還是跟上次一樣，難得一見的優雅：身穿藍色西裝與同色系領帶。

真柯覺得這傢伙完全不像警察，他繼續說道：「我叫真柯，是私家偵探。」

「對，我是賽門・貝瑞世，」他自我介紹完之後，又仔細端詳真柯。「你還好吧？」

他很想說實話，一點都不好。最後他回道：「今天的確是走衰運。」

貝瑞世似乎很同意這答案，「進來坐吧。」在狗兒的陪伴下，他帶著真柯走入辦公室。

真柯經過辦公桌區，身旁那兩張桌子空蕩蕩。他開口說道：「你們這裡人手不多。」不意外，因為靈薄獄不是熱門單位，畢竟懸案比例太高了。

「我不在這裡工作，」貝瑞世帶他去第三個房間，繼續說道，「最近我常來這裡，幫忙整理文件檔案。」

不過，真柯發現這是對方有事想瞞他，企圖引他分心。他停下腳步，站在某塊白板前面，上面記錄了最近偵辦案件的各種線索。畫得亂七八糟的地圖、五花八門的註記，還有他從來沒有見過的地方的照片。而重點是一張火焚過後的廢棄工廠，上頭有紅字標記：「最後的現身地點」。

他盯著面前那幅詭譎的拼貼圖像，發現貝瑞世也站到他後頭，真柯開口問道：「失蹤的人是誰？」

「還不確定是不是失蹤案，」貝瑞世回道，「靈薄獄的組長正在當臥底。」

真柯嚇了一大跳，他想起了她是誰，轉身看著貝瑞世。「是瑪麗亞．艾蓮娜．瓦茲奎茲？」

貝瑞世糾正他，「我們叫她米拉。」

「低語者」的大案子，小女孩們被綁架、慘遭肢解——他就是因此而聽聞她的大名。那是多年前的案子了，米拉．瓦茲奎茲也參與偵辦。突然之間，真柯恍然大悟：貝瑞世與鮑爾、德拉夸吵架，差點要在警務總部演出的全武行，以及貝瑞世隱含指控同僚的話語。「你打算要何時開始找尋她的下落？」當時的提問並沒有得到回應，看來貝瑞世早已開始獨自辦案。

「你說你是私家偵探？」貝瑞世突然開口，進入了另一個房間，真柯跟過去，貝瑞世已經入座，狗兒待在他的身邊，真柯在他對面坐了下來。

「貝瑞世警探，我不想浪費你的時間。」真柯立刻實話實說，部分原因是因為他覺得自己時間所剩不多，「我和警察打交道的時候，通常會耍手段，」他的技巧就是讓警方以為他不需要他們幫忙，反而是警察需要他協助辦案，「但我等一下提出的要求，實在無法有任何回報。」

「謝謝你這麼坦率。」

「這是報答你願意接待我的基本善意。」

「我們這地方一直是不拘小節，」貝瑞世露出微笑，「瓦茲奎茲警探的哲學是與任何人都可以合作。靈薄獄的案子和總部的其他單位不一樣，很可能得努力好幾年，但最後卻一籌莫展。我們欠缺辦案的管道、資源以及政治力，因為大多數的時候我們必輸無疑，但沒有人喜歡打敗仗的感覺。」

真柯懂得這種心情。十五年前，他覺得莎曼珊．安德列提一定是死了，但還是硬接下這起失蹤案。「我正在處理一起八〇年代中期的失蹤案，受害人是名叫羅賓．蘇利文的男孩，當年是十歲。」

貝瑞世拿起桌上的筆記本、正打算撕頁做筆記，卻突然停下動作。「R.S.，」他想起來了，「原來幾天前是你打的電話。」不過，貝瑞世的反應似乎不是很意外。

「很抱歉，我必須假冒成鮑爾警探。」真柯老實招認，「不過你當場就知道了對吧？而且你還幫了我的忙。」

貝瑞世端詳他許久之後，爆出大笑。「鮑爾是個大混蛋，而且，我知道面對我某些同事的蠢行是什麼感覺。」

真柯心想，也許貝瑞世因為米拉．瓦茲奎茲的案子而深受其苦。記得在沼澤基地營的時候，他曾經聽到貝瑞世向德拉夸抱怨：「再也沒有人接我的電話。」搞不好這就是貝瑞世這麼樂意幫忙的原因。「所以你這次還是會幫我？」

貝瑞世點點頭，「我記得我們上次通話的內容，這起懸案在三天後就破案了，小男孩自己回到了家裡。你還知道了什麼？」

「羅賓再次出現之後，完全變了一個人，」真柯開始細述，「他的父母發現兒子成了問題兒童，出現怪異的失序與衝動行為，簡直是判若兩人。最後，他們決定不要這孩子了，把他送到某個寄養家庭。」他想起了黑暗之子這句話，根據塔米翠亞．威爾森的說詞，羅賓的父母是壞人。「沒有人知道那個惡魔究竟在他心裡埋下了什麼種子。」農莊老女人曾經這麼說，他是被黑暗腐蝕的小孩。

「在羅賓．蘇利文的童年時期，他心中的陰影逐漸壯大：被遺棄、冷漠、暴力是危險的培養皿，孕育出往後的人格。」

貝瑞世問道：「他後來變成了什麼樣的人？」

「莎曼珊．安德列提的綁匪。」這句話引發了貝瑞世的興趣。突然之間，或可說這是他有生以來第一次，他覺得可以相信對方，更令人意外的是，那個人還是個警察。所以，他就講出了自己擔任私家偵探的當年故事，以及現在調查狀況的所有細節。

邦尼，兔頭人；神秘漫畫仿作，而且要是以鏡像觀看裡面的圖片，就會轉換為色情場景；能夠把普通牙醫變成殺害琳達殘忍兇手的「虐待狂」撫慰者；彼得．佛曼，已經認出綁架家人的綁匪就是自家園丁；最後，佛曼太太幫那個惡魔傳來的口信。

「鮑爾與德拉夸認為羅賓．蘇利文早就因為二十多年前的車禍身亡，但這很可能是他自己安排的詐死。現在，警方正在追捕他。他們已經有了模擬繪像，嫌犯右臉有一大塊從顴骨延伸到眉毛的深色胎記。」

貝瑞世觀察敏銳，「而你卻在眾人毫不知情的狀況下另起調查方向。」

「我們這樣說吧，你的同事們與我對於這個案子有不同的處理方式，」他想要為自己辯白，「我很樂意讓他們去追人，但我只是想要搞清楚而已。」這聽起來不像是動機，反而像是絕望的懇求。

「為什麼？你想要搞清楚什麼？」

「兩個小時前，我已經打算放棄這個案子，也不知道自己何去何從。」梅格·佛曼小妹妹的畫——海水、豔陽、船，那就是我要去的地方。「不過，如果我當初的計畫是抓到綁架莎曼珊·安德列提的匪徒，那麼我現在至少也該去醫院看她，想辦法告訴她奪走她十五年青春的那個男人到底是誰。」他稍作停頓，「警方能否逮捕蘇利文，我不在乎，因為將來已經與我無關。貝瑞世警探，現在的我，已經屬於前塵過往，我只想要查出羅賓在十歲時失蹤的那三天當中到底出了什麼事。」

貝瑞世望著他，可能已經猜到他來日無多。「真柯先生，您的要求是？」

真柯想到了佈滿照片的那個房間。「我想要看看那小孩的臉。」

他們進入了某間狹小的昏暗地下室。

那條名叫希區考克的大狗立刻開始四處巡邏，而牠的主人則站在小書桌的老舊個人電腦前面。短暫搜尋了一會兒之後，貝瑞世進入某條兩側塞滿檔案的通道，消失在真柯面前。

「我早就告訴過你了，找檔案一點也不輕鬆，」真柯聽到遠方傳出聲音，「這裡一團亂，尤其是八〇年代的古早時期資料。」

時間一分一秒過去，真柯又想起了米拉．瓦茲奎茲，自從她漂亮偵破了「低語者」那起重案之後，想要挑選總部的哪個職位都不成問題，但卻自願埋身在靈薄獄。真柯開口，「你有多久沒見到你同事了？」

貝瑞世的聲音很模糊，彷彿被困在罐子裡講話一樣，「三天。不過有時候，米拉會消失好幾個禮拜，純粹就是為了查案，」他為了加強語氣，又補了一句，「以前也發生過這種事。」不過，他的語氣倒不是真的全然不在乎，真柯知道他一定很擔心她的安危。

「她失聯的時候，到底是在辦什麼案子？」

貝瑞世沒回答。過沒多久之後，他帶著攤開的檔案回來了。「你說過羅賓．蘇利文臉上有塊胎記，對不對？」他從第一頁抽出了照片，交給真柯。

裡面有兩個十歲男孩站在一起，穿的是足球隊的制服。其中一個把球扣在腋窩下方，不過，吸引真柯注意力的是另一個男孩。

一大塊深斑，幾乎蓋住了半邊的臉，看起來好可憐。

塔米翠亞．威爾森曾經說過羅賓．蘇利文是個脆弱的孩子，非常渴望關愛與憐憫。真柯在仔細玩味最後一個措辭，因為那個老女人最後的結論是：羅賓是施暴者的絕佳獵物。

他是被黑暗腐蝕的小孩。

威爾森太太提到的「憐憫」就是通道，能夠讓某種邪念鑽入，污染心靈的裂口，他不禁感嘆，「真奇怪……」

貝瑞世問道：「怎麼了？」

「看到惡魔小時候的模樣……」

「千萬不要這麼稱呼他，這可是犯了嚴重錯誤，」貝瑞世說道，「我的朋友米拉總是這麼說……他們不知道自己是惡魔，反而覺得自己是正常人。要是你尋找惡魔，永遠不會找到他的下落。不過，要是你把他當成和你我一樣的普通人，那麼就會有破案的希望。」

他們不知道自己是惡魔。這個建議，真柯謹記在心。然後，他的目光飄向了照片裡的另一個男孩，鬈髮、缺了顆大門牙——滿臉笑容的小朋友，一手扣住足球，另一手勾住羅賓的肩膀。

「為什麼是兩個小孩的照片？」

「你剛才進來的時候，一定注意到那個入口的大房間，大家把它稱之為『失落足跡之室』。那全是失蹤人口在被空無世界吞沒之前的最後留影。」

真柯心想，難怪都掛滿笑容。「大家都在開心的時候拍照，當然不會想到那些影像最後會出現在那面牆上。」

貝瑞世點點頭，「所以照片裡經常會出現親友或陌生人。」

真柯再次凝望手中那張兩個小朋友的合照，一個悲傷，一個快樂；兩個小孩，兩種截然不同的命運。「看來檔案裡沒有其他資料了？」

貝瑞世仔細翻找，「還有一條線索：顯然羅賓．蘇利文與莎曼珊．安德列提是出身同一個社區。」

26

與賽門．貝瑞世討論這起案件，感覺簡直是通體舒暢。

講出了辦案的細節，也讓真柯能夠紓解因為羅賓．蘇利文的過往所引發的焦慮不安。現在，他已經將累積多時的負面能量全數排除乾淨，覺得自己可以重新出發。

他們不知道自己是惡魔。

真柯不斷提醒自己這句由米拉．瓦茲奎茲講出口、再由貝瑞世轉述的觀察心得。現在，他開著自己的紳寶，在某個曾經有綠蔭大道與磚造建築的勞工階層社區四處繞晃。這本來是一個眾人彼此相識又和睦相處，家家戶戶生養下一代，期盼平和未來的地方。然後，七〇年代末期的第一次衰退摧毀了夢想與鬥志，接下來出現的經濟動盪，還有，最重要的是，製造業的危機戳破了所有的泡沫，這地方迅速崩壞，演變成他眼前的這幅景象。

又一個郊區貧民窟。

真柯覺得這地方很眼熟，雖然他從來沒有來過這裡，但他早已在R.S.的心理鑑定報告附的畫作裡看到了這樣的場景。

他心想，這是一切的起點，或許也是一切的終點。

現在接近中午十二點，窒悶熱氣籠罩整座城市，真柯開著車窗，四處張望，但只見到一片荒涼。倒閉的商號、遍布四處的垃圾，還有牆上的塗鴉。原本的住家公寓成了大通鋪，雖然熱氣逼人，卻有許多人無所事事在外頭徘徊，顯然這裡完全找不到工作。而能夠活下去的唯一方法就是幹非法勾當，不然就是靠酒精麻醉自己。

羅賓・蘇利文還是小孩子的時候，這個社區已經一敗塗地，當然莎曼珊・安德列提住在這裡的時候，就更不用說了，其實，在她失蹤之後，她父親就去了別的地方找工作。受害人與綁匪出身同一個地區，真柯也不覺得意外。所有的獵食者都會挑選熟悉的地段當成自己的狩獵基地。基本上，這就是自然法則。

真柯是私家偵探，當然很清楚人類渴望回鄉的習性。危險的罪犯、全世界有一半警察在追緝的逃犯、聰明才智勝過大型企業的騙子，他們有一項共同特徵。

沒有人能夠抵抗家鄉的召喚。

許多人都有過悲慘童年，在感化院裡進進出出。不然，就是可怕暴力家庭的受害者。不過，無論他們有多麼憎惡自己的出生地，總是會有某種情愫牽引他們回去。那宛若一種和解儀式，彷彿他們擔心忘了自己到底是誰、哪裡是原鄉。

真柯曾經追蹤過某個傢伙，此人想出了瞞天過海的複雜騙局，惡搞某間跨國公司，最後弄到了數百萬歐元入袋。這間公司立刻向三名偵探求助，希望能追回贓款。不到二十四小時，他們就抓到了這個人，對方根本來不及湮滅自己的行蹤。他就和所有的專業騙徒一樣，預定計畫裡當然有安全的逃逸路線以及已經搞定的假身分，對後頭的追兵故布疑陣。

當他的同儕們忙著追捕罪犯、想像各種可能的腳本、企圖提前布局的時候，真柯卻在尋找他的過去。在成為專業行騙大師之前，這傢伙只是個在地方行竊的普通小賊。他找到了某張老照片，發現他自小是祖母扶養長大，而她已經過世多年。他找到了她的墓地，在那裡守株待兔。經過了幾個小時之後，天色已黑，他看到某個身穿風衣、戴帽、外加太陽眼鏡的男子在墓碑間遊走。然後，這個陌生人打算離開，經過了真柯盯梢的那個墓地，假裝若無其事丟下一束花。真柯目睹一切，揭發了這個騙子的真面目。

的確，你可以棄絕自己的出生地，但是那地方永遠不會遺棄你。

所以，每當布魯諾・真柯想要追查某人下落的時候，第一個聯絡的都是對方的親友，想辦法弄到家族相本以及畢業紀念冊。在這些影像資料當中，他總是能夠找出無論是偽裝或美容手術都無法消滅的細節，而這也正是他先前往靈薄獄尋找羅賓・蘇利文兒時照片的理由。警方正忙著追查某個開藍色貨卡、臉上有一大塊深色胎記的園丁，而他的目標則是那個曾經熱愛足球的小男生。

真柯告訴自己，他還在這裡。

如果十五年前羅賓選擇自己的原生地綁架小女孩，那麼現在這裡當然更適合尋找掩蔽與同夥。

他很熟悉這塊地盤，他知道哪裡是躲藏的好地方。

真柯原本答應鮑爾與德拉夸絕對不會去追兇，不過，在他造訪過靈薄獄之後，他卻改變了想法。原來，居然有他沒想到的死角，這個念頭把他的死神攆到一旁，讓他覺得自己依然生龍活虎，這是老練追獵者的直覺。

最難捕捉的野獸是人，而他和羅賓・蘇利文一樣，都是追獵者。

他有預感，邦尼的真相可能就在這些荒屋與垃圾臭氣的附近。他覺得對方之所以透過佛曼太太向他問好，可能是為了要讓我知道他就在附近，也許他現在正盯著我看，等待適當時機出現在我的面前。

他們不知道自己是惡魔。

正當他在想像自己與對方正面對決畫面的時候，他瞄到了一座小小的足球場，跟小羅賓與髮缺牙朋友合照的背景極為相似。

它位於某間教堂的後方，根據大門口的飾板，這裡的創設目的是為了宣揚救主慈悲敬禮。神父住所的旁邊也有座花園，巨大的萊姆樹下有兩個鞦韆與滑溜梯。真柯看到一位身穿袍服、把袖子高捲到手肘處的年輕神父，他正拿著扳手修理外面的水管。真柯把車開到對方身旁，下了車。

「所以你在這裡長大？」神父依然彎著腰，忙著修理水管。

「多年前的事了，我十四歲的時候，跟著父母一起離開，」真柯回話，繼續補強剛才自我介紹時所說出的謊話，「我因為出差而過來，很想要回來懷舊一下。」

「我一直住在北方，他們兩年前才派我來這裡。」

他繼續撒謊，「對啊，我記得八〇年代的時候是另一位神父。」

「愛德華神父，」神父忙著拴緊水管的某個閥門，「他在二〇〇七年過世。」

「對，就是愛德華神父，」真柯甚至裝出了遺憾神情，「你認識他嗎？」

「很可惜，不認識。不過，當初主教派我過來的時候，曾經提到愛德華神父的許多事蹟。他在教區服事多年，每一個人都認識他。」

神父把扳手放回工具箱，站直身體，重新整理袖子。

「愛德華神父是這裡的中流砥柱，」真柯也跟著附和，「要是他死於二〇〇七年，那麼，他們在電視上提到的那個女孩失蹤的時候，他應該還在服事……我說的女孩是莎曼珊・安德列提。」他開始拋出誘餌。

神父皺眉，「愛德華神父要是知道她還活著，一定會十分欣慰。這裡的會眾告訴我，他一直深信她還在人間，許多人都覺得神父瘋了。你知道嗎，他每年都會在她的失蹤日舉行彌撒，邀請大家一起祈禱她早日返家。」神父開始撿拾散落在花園草地上的瓶罐與紙屑，「他一直期盼最後會有人在告解室向他吐露線索……比方說懷疑家裡某人是綁匪的懺罪者，或者是共犯。」

真柯假裝自己興趣缺缺，「我聽說梵蒂岡裡面有個神秘檔案庫，蒐集了在告解過程中所吐露的各種惡行。」

對方搖頭，「每當我聽到有人提到梵蒂岡秘辛的時候，我老是很納悶，大家怎麼這麼容易就忘記上帝交付給教廷的其實是行善任務。」

「一點都沒錯。」真柯道歉，甚至還裝得好尷尬。

年輕神父已經清理完小花園，把那些亂七八糟的東西丟入黑色垃圾桶。然後，他以手背擦拭汗濕額頭，面向真柯。「真柯先生，還有什麼需要我幫忙的地方嗎？」

「嗯……既然我都來到了這裡，很希望能見老友一面。」

「我不知道我能不能幫上忙。我剛才也告訴過你了，我才剛來不久。」

「等等，」真柯從口袋裡翻出照片，「我有帶兩名足球隊隊友的老照片，以前我們都在這裡的後院球場踢球。」他把那張靈薄獄的檔案照交給了神父。

神父接下照片，仔細端詳，開口的時候有些猶疑，「要是我看過有胎記的那一個，應該會有印象才是。」

真柯好失望，但他覺得還是可以從羅賓的朋友下手，也就是那個鬈髮缺牙的小孩，「那這個呢？」

神父搖頭，「抱歉。」隨後又把照片還給了他。

「沒關係，但還是謝謝你。」真柯把它放回口袋，準備離開。

「你想不想再看看遊戲間？」神父開口，可能是想要安慰他的失落之情，「那裡有個玻璃櫃，裡面展示了足球隊的獎盃，而且還有更多的照片。」

他們進入某間擺放乒乓球桌的房間，裡面散發著濃重的密閉空間濁氣與球鞋臭味。牆壁上掛著許多現在與過去足球冠軍球員的海報，中間還夾雜著一些耶穌像。

「現在只有年紀最小的會過來，」神父語氣哀傷，「到了十一、二歲，他們就已經在街頭惹是生非。最令人難過的是，必須勞動警方出馬的青少年犯罪年齡層是越來越低。」

真柯趁神父在講話的時候走到了獎盃櫃的前面。

櫃子位於某道走廊，對面有扇滑門，招牌寫的是愛德華・強斯頓神父圖書館。

真柯在櫃前彎腰，想要仔細觀看夾雜在獎盃與獎章之間的那些相框。他努力找尋八〇年代的照片，搞不好神父能夠認出裡面有羅賓的朋友，讓他可以找到線索。

他找到了邦尼的那個鬈髮朋友，相框裡的他倒是沒缺牙；不過，在那一堆小球員裡面，卻沒看到莎曼珊．安德列提的未來綁匪，讓真柯覺得十分意外。

「今年的錦標賽，我們是最後一名，」神父站在真柯背後抱怨，「我連明年還能不能組隊都沒把握了。」

「嗯……」真柯態度心不在焉，他知道自己的這條線又失敗了。

「不過，愛德華神父與這些小男孩相處倒是很有一套，」神父繼續說道，「這間圖書館就是他的利器。」

也不知道為什麼，最後一句話馬上讓真柯覺得有蹊蹺。愛德華神父怎麼有辦法讓那些小孩乖乖看書？就在這時候，他聽到聲響，這位神父推開了紀念前任傑出神父的圖書館滑門。真柯滿心疑惑，轉頭一看，愣住了。

愛德華神父的書房裡只有漫畫。

一面又一面的書架，高度直貼天花板。驚愕的真柯開始逐一檢視，從適合幼齡的卡通人物到超級英雄都找得到，各種年齡層的漫畫應有盡有。

「我猜你小時候一定經常待在這裡吧。」神父說。

真柯只是點點頭，他的腦袋正忙著拼湊所有線索，找出答案。

一位能讓小孩全然信賴的神父、一間漫畫圖書館、邦尼兔頭人、蘊含色情圖片的小書，還有，最後是羅賓．蘇利文離家失蹤的那三天。

沒有人問出他去了哪裡，而在那段短暫時間當中到底出了哪些事？他自己也絕口不提。他是被黑暗腐蝕的小孩。有誰會相信一個指控神父的小孩？難怪羅賓．蘇利文默不作聲。

真柯心想，愛德華神父有袍服作為掩罩，心中充滿了對無辜小孩做出猥褻行為的淫念。他是完全不會引來懷疑的大好人，不過，終究是戴著面具的惡魔。

許久之前，這個神父居然對年僅十歲的小孩下毒手，讓真柯十分痛恨。現在他已經十分確定：羅賓的魔性不是天生，而是後天養成，所以就連莎曼珊．安德列提所受的煎熬，也應該要算在愛德華神父頭上。

「我還可以找誰詢問我這兩個朋友的下落？」真柯的語氣變了，不再是溫和有理，而是十分堅決。至少，一定要追查出羅賓的朋友到底是誰。

「讓我想想看，」年輕神父回道，「唯一有可能知道一切的也就只有邦尼而已。」

聽到那名字，不禁讓他不寒而慄。他緩緩轉身，盯著神父，「誰？」

「我們的老工友，以前都是由他在負責維修。其實他的真名是威廉，但小孩子多年前就給了他這個綽號。難道你不記得了嗎？」

「哦，當然記得，只是一時忘了，」真柯語氣平靜，忙著沉澱心情，「邦尼啊……」

「自從他住院之後，我就必須自己修理東西，」他露出微笑，「所以你先前才會看到我在整理花園。」

「他住院了？」真柯想要確定自己沒聽錯。

「他生了重病。」神父的面容轉趨嚴肅，也許是因為注意到這位訪客的不安神情。

真柯望著他，「邦尼通常都待在哪裡？」

神父指著地下室，「都在那邊，鍋爐旁邊的房間。」

27

真柯失算了。

幸好因為那位年輕神父突然冒出那句話，讓真柯發現了自己的錯誤，不然他現在只會依然在心中痛罵死去的愛德華神父，而不是站在通往救主慈悲敬禮教堂地下室的石階頂端。

工友邦尼的家。

神父問道：「我沒辦法陪你下去，應該不成問題吧？」

「當然沒問題。」真柯全神貫注，目光低垂，望著正在等待他的那片黑暗空間。

過沒多久之後，神父離開，真柯伸手打開了電燈開關，地下室的微弱黃色燈泡亮了。他緩緩走下階梯，迎面而來的是教堂地基的涼爽潮氣。在這種酷熱高溫之下，應該是全身舒爽，但他卻忍不住打了寒顫，彷彿已經感受到那是一股邪氣。

底下有潛埋的秘密，他要親身喚醒一切。

走到階底之後，他右轉，有個燈泡從低矮天花板懸垂而下，不斷發出吱嘎聲響，彷彿快要爆炸一樣。真柯以指尖敲了兩下，它來回震晃，似乎快要斷熔，不過，突然之間，燈光變得超亮，宛若即將死去的星星，發出了宛若延音的爆電聲響。在它的陪伴之下，真柯開始了他的地下世界探索之旅。

他的眼前出現了一條長廊，天花板與牆壁有好幾條口徑大小不一的管線，空氣中散發著煤油與松節油的氣味。走廊盡頭有一道高聳的鐵絲網，他走過去一探究竟。

鐵絲網圍出了一塊小空間。

入口旁邊有張工作桌、小凳，還有可調式檯燈。真柯開燈，想要看得更清楚一點。燈光亮了，同時也傳出了沙啞的藍調歌曲，音源來自某個櫃架上的電晶體收音機，它是由鞋盒與其他設備的零件組裝而成，從工作桌擺放的那些工具來判斷，想必這應該是出於邦尼之手。

不過，這個空間不只是維修工作室而已，因為桌子前面還放了折疊床，鋪有乾淨無垢的床單，細扁的枕頭下藏了一瓶威士忌，瓶頸的部分露了出來，深棕色的毛毯完全攤平，一絲不苟塞入床墊下方。床頭有個櫃子，保存在裡面的物品都沒什麼價值，看起來都是從垃圾堆裡撿回來的東西。用黏膠隨便修復的瓷花瓶、瑪麗蓮・夢露形狀的床頭燈、必須手動上發條的鬧鐘，時間固定在六點二十八分。

真柯看過那些垃圾之後，又走到某個鐵櫃前面，打開了它。看到裡面只有四個衣架，分別是兩件襯衫、褪色牛仔褲、冬裝外套。此外，還有一套黑西裝，搭配深色領帶，散發出焚香的氣味，真柯猜測這套衣服應該是在救主慈悲敬禮舉辦葬禮時出場，這個工友必須要幫忙一起扶棺，還有敲響喪鐘。鐵櫃的衣物下方有兩雙鞋，一雙是工作鞋，另一雙是黑色綁帶鞋，而一旁有台老舊的超八投影機，真柯已經多年沒看過這東西了。

他關上衣櫃的門，開始仔細研究床邊桌的抽屜。沒幾樣東西，一面小鏡子與梳子；發黃的存款簿，裡面的存款數字少得可憐；最後，是某份運動報的一些剪報。

工友威廉，也就是「邦尼」的世界，不過就是這些東西罷了。

真柯累壞了，坐在折疊床上面。收音機的藍調歌曲已經結束，又開始立刻播放下一首。他好納悶，怎麼有人能夠過著這種鼠輩生活？孤單又隱蔽。他想到了自己，其實，他只要把自己書房牆上那張漢斯．阿爾普的拼貼作品置換成他背後櫃子裡的那些垃圾，將藍調換成巴哈……大功告成。

他的生活就和這男人一模一樣了。

他們都選擇在世界之眼前遁身。而會逼使某人以這種方式磨滅自己的一切，只有一個理由。秘密。

真柯之所以這麼做，主要是因為他擔任私家偵探，而邦尼呢？

你一定是對羅賓．蘇利文做了什麼，你傷害了他，你以自身的黑暗腐蝕了這個孩子，就此成魔，就像你一樣。

真柯發現自己不需要苦尋線索就能夠了解這個男人的本性，他只需要想想自己的處境就足夠了，既然他在家裡藏了達達主義的作品與顧爾德的音樂，那麼想必威廉也把自己心愛的東西放在身邊。然後，他憑藉自己的直覺，彎身，把手伸到自己所在位置的床底下，隨意摸找，終於，指尖碰到了東西，他立刻把它拿了出來。

紙箱出現了，就在他的腳邊。

真柯打開蓋子，立刻認出了心形雙眼兔寶寶的熟悉微笑。不過，這次兔寶寶並不孤單，因為裡面有一大疊漫畫。

他開始逐一檢視，沒有作者，沒有出版社，也看不到序號。全部都是仿作，就像是他放在亞麻外套口袋的那本樣書，而且，那一疊漫畫的內容都一模一樣。

他拿出剛才在抽屜裡看到的小鏡子，檢查這些書是否也玩弄一樣的淫技，沒錯。

不知到底有多少個像羅賓．蘇利文一樣的小孩因為這種狡猾的工具而被誘騙進來，在小時候就開始學到了各種醜惡行徑。

真柯滿腔怒火，把那些漫畫放回去，也不知道該怎麼處理才好，然後，他發現紙箱裡還有其他東西。

某個細薄的鐵盒。

他拿出來，想要知道那到底是什麼，一打開盒蓋，馬上有樣東西滾到他手中。

一卷影片。

他想起了衣櫃裡看到的超八投影機。

28

牆上的那顆心臟在跳動，噗通、噗通、噗通。她忘記了自己的小女兒，噗通、噗通、噗通。在她的夢境之中，她看到自己帶著她走出搖搖晃晃的第一步，準備探索迷宮，小腳重心不穩，這對小寶寶來說很正常。不過，每當莎曼珊想要抓住她，凝望女兒臉蛋的時候，小娃娃就不見了。最後，只剩下她銀鈴般的笑聲，消失在迷宮監獄中的空洞回音之中。

噗通、噗通、噗通。

無法見到女兒的面孔，是給她的懲罰，因為她把記憶中的女兒替換成幻想貓咪——現在，她終於懂了。

噗通、噗通、噗通。

葛林醫生曾經詢問過那隻小動物的事，「有給牠取名嗎？」

她回答：「沒有。」

「為什麼？」

「我在那裡沒有名字，再也沒有人叫我……迷宮裡不需要名字，完全派不上用場。」

噗通、噗通、噗通。

那個沒有名字的小女孩在哪裡？葛林醫生曾經答應過她，兩人會一起找出所有的答案，不過，這卻是她不敢探問的疑惑。

噗通、噗通、噗通。

她不斷半睡半醒，痛苦不堪。她偶爾會睜眼，認出這裡是醫院病房，想要在現實環境裡努力保持清醒，然後，又會被疲憊吞沒，她覺得自己宛若掉落床中，穿過黑洞——這是一條直接回到迷宮的秘密通道。

不對，我現在很安全，我在這裡不會出事，門外有警察站崗。

噗通、噗通、噗通。

在她某次昏昧半醒的時候，發覺有人伸出溫熱的手、貼住她的前額。她覺得自己看到了某個白衣人站在她床邊，那個黃褐色頭髮的護士背對著她換點滴，而且還溫柔低語，「乖，親愛的，好好休息……」

重擊聲終於停了，她的眼瞼變得好沉重，黑暗全面襲來。

她突然睜開眼睛。

感覺只過了一會兒，但其實一定是睡了很久，因為那護士已經不在病房裡面，反而是葛林醫生再次出現。他坐在椅子上睡著了，雙腿向外伸開，手臂交叉胸前，側著頭，眼鏡已經滑到了鼻尖。

她開始仔細端詳他。六十歲的人，依然很有魅力，衣裝看得出品味——海軍藍色襯衫搭配同色領帶。她猜可能是他的妻子為他選搭這一切。也許她每天親自從衣櫃裡拿出衣服、準備好之後放在床上。這種溫柔又平凡的動作不禁又讓她想起了自己，她被奪走了十五年的歲月——很可能過的是尋常、傳統的生活，平平淡淡，但依然是她的生命時光。她不知道世界在這段時間內發生了哪些變化。她很幸運，他們把她安置在聖加大肋納的燒燙傷中心，因為至少房間裡沒有窗戶。她不敢出去，這就像是冬眠了許久，或是準備要進行未來時光之旅，她不知道一旦自己跨出去之後，門外會出現什麼狀況。

或者，門外到底會站了誰。

「我希望妳可以永遠脫離這場惡夢。」葛林醫生曾經這麼說，「妳比我還清楚，要是我們沒辦法抓到他，等到妳出院之後，也沒辦法過正常生活……」

光是現在的處境就夠艱難了，而且，他還想要帶她回到迷宮，恐怕會害她恐懼到無力承受。

葛林醒來了，起初是瞇眼，然後又伸出食指調整眼鏡，他發現她也醒了，對她微笑說道：「感覺怎麼樣？」說完之後，又伸了一下懶腰。

她立刻問道：「是我把那小女孩帶入迷宮的嗎？」她擔心自己在不知情的狀況下害另一個無辜的生命捲入這場惡夢之中，尤其，那還是她的女兒。

葛林醫生坐直身體之後，打開錄音機。「我覺得妳被綁架的時候並沒有懷孕，畢竟妳當時才十三歲。」

她好迷惑，「那怎麼可能會發生這種事呢？」

「真正的問題不是那小女孩如何進入迷宮，而是她怎麼會進入妳的體內……小莎，妳知道這兩者之間的差異吧？」

她當然知道，她又不是八歲小孩。「我當然很清楚寶寶是怎麼生出來的……某人在我身體裡射精。」

「妳知道『某人』是誰嗎？」

她開始思索，「與我一起待在迷宮裡的人。」她之所以這麼說，因為這是最合情合理的答案。不過，她卻立刻發現到葛林醫生不是很滿意。

「可以再說得更具體一點嗎？」

她努力擠出答案，「也許是別的犯人？」

「小莎，除了妳告訴我的那個女孩之外，我想迷宮裡並沒有其他的囚犯。」

「你怎麼能這麼肯定？」她發現葛林醫生還在繞圈子說話，這讓她很惱火。她很想要嗆他，我又不是笨蛋。

「好，小莎，綁架妳的男人也選擇了妳。」

「什麼意思？」

「妳符合了慾望的某些條件……這麼說吧，我們都知道自己喜歡的東西，什麼最能夠滿足我們，妳說是不是？」

「對。」她不知道醫生到底想要表達什麼。

「想一下冰淇淋好了，妳最喜歡什麼口味？」

「奶油或是焦糖。」她不知道這段記憶是從哪裡跑出來的。

「很好，要是妳特別鍾愛『奶油或焦糖』口味的冰淇淋，就不會選擇巧克力或是香草。」

她點點頭，但這段對話卻讓她覺得自己像白痴。

「我們不太可能會挑選自己不滿意的東西，對吧？」葛林繼續說道，「因此，我們的習慣是重複同樣的偏好，因為我們知道自己的個性。而從這個綁匪的行為看來，他的重點都是女孩，小莎，他專門綁架女孩，」他努力解釋，「應該是還有其他受害人。」然後，他講出重點，「都是女性，不是男性。」

為什麼要這麼迂迴，「你在暗示什麼？」

葛林深呼吸，「小莎，迷宮裡唯一的男子就是綁架妳的人。如果他是妳女兒的爸爸，但妳卻從來沒有看過他的臉，這就太不合理了。」

為什麼葛林要堅持這種說法？他為什麼執意傷害我？「不對，」她態度頑固，「不是這樣，一定還有其他原因。」不過，她也想不出其他的解釋。

「小莎，我想要幫妳，」葛林醫生傾身，握住她的手，「真心想要幫助妳。」他凝望她的眼眸，「不過，要是妳不願接受事實，我也永遠無法幫妳想起妳的女兒到底怎麼了。」

她發覺自己眼眶裡已經盈滿熱淚，聲音微弱嘶啞，「不是這樣……」

「我們何不重新再做一次練習？也就是我們先前嘗試過的那一個。妳專心盯著病房裡的某一點，放鬆，先前的效果還不錯。」葛林醫生很堅持，「小莎，也許妳女兒還在迷宮裡，她正等待著妳……期盼自己的媽媽早點把她救出去。」

她再次盯著牆壁那塊心形的潮氣淡痕——不斷搏動的心臟，她女兒的心臟。她開始懷疑，我是不是拋棄了她？我為了自救而逃走，卻把她留在那裡？

「加油，小莎，」葛林說道，「說出他在迷宮裡找到妳的過程吧……」

「一片漆黑……」她只說了這幾個字，就講不下去了。

「很好，小莎，繼續說……」

「我把它稱之為黑暗遊戲……」

日光燈管開始閃爍，她知道那是什麼意思，以前也出現過這種場景，而且一再上演。

那是某種訊號，黑暗遊戲即將開場。

如果她想要自救，那麼就必須要遵守這套程序。隨著時間的積累，她的技巧也越來越純熟，不見得每次都能奏效，但有時候倒是不成問題。首先，不需要費事找地方躲藏，因為迷宮裡完全沒有可供躲藏的角落或是隙縫。技巧在於偽裝，與周邊環境融為一體。不過，想要成功，她必須要等到最後一刻。

她走入廊道，開始來回奔跑，同時眼睛一直盯著日光燈管。燈光閃動的速度越來越快，馬上就要來了，她開始倒數，「三，二，一……」

漆黑一片。

她鑽進其中一個房間，背脊緊貼牆壁，她喘得上氣不接下氣，心跳飛快，但只需要一下下就能恢復正常。果然呼吸開始正常，心跳恢復常速，她動也不動。

等待。

迷宮裡狀似籠罩一片寧和氣氛，她只能聽到一連串低嘯——寂靜的微音。然後，她似乎聽到了什麼，似乎是有人拖著腳步前進，而且還夾雜著金屬碰撞聲響，這可能是出於她的想像，但她知道並非如此。

他來了，到地下室來找她。

她不知道他到底從哪裡冒出來，不過他現在出現了，和她待在同一個空間。她聽得見他的腳步聲——緩慢、從容，他正在找她。

他也什麼都看不到，這就是遊戲的重點。所以他伸長手臂亂摸，碰觸四周的每一吋空間——她聽見他的雙手在灰牆上面摸索的聲響，宛若某種鬼祟亂爬的生物。她知道他現在期盼能聽到聲音，暴露他的犯人到底在哪裡。

他與她距離不遠，越來越近。

他聽得到她的聲音，因為他正要從她的房間門口走過去。不要停，千萬不要停，很好，他過去了。不過，他卻停下了腳步。

他在幹什麼？他為什麼不繼續往前走？

他反而回頭，站在門外思考，要不要進去？

走開，趕快滾。

他進來了，她感覺到他的氣息——惡魔的吐納。但是她依然不為所動，靜靜站在原處。她沒打算逃跑，因為以前也出現過他臨時放手的例子，他靠近目標，但也不知道為什麼，他沒有下手，也可能是改變了心意。但她有預感，這次不會那麼幸運，這次幸運之神與她作對，她聽到他小心翼翼、慢慢朝她走來。

他停下來，目光彷彿穿透黑暗，看到了她。

她知道馬上就要出事了，但依然僵直不動。他的臉湊到她面前，距離只有幾公分而已，她已經感受到他的體熱與呼吸的氣味，又甜又苦，惡魔的吐納。

然後，他伸手輕觸她的臉頰。她告訴自己，這不是愛，身體突然僵直——她不想屈服。然後，他繼續撫觸她的脖子、肩膀，又玩弄她某側的小小乳房，最後，從她的腹部鑽進她內褲的鬆緊帶，開始探索她的恥毛，找到了那片鮮肉。

她沒有閉眼——她不想要以黑蔽黑。而且，反正她想要看清楚他的面孔，即便一片漆黑也一樣。她不斷告訴自己，我不是受害者，我不是你的人。不過，她也開始思索接下來的心理準備，因為，上一次他享用自己的禁臠，他弄傷了她……

「葛林醫生，你想知道是不是？就是這樣，」她爆粗口，「滿意了吧？你這個混蛋。」

「千萬別這麼說，我沒有這意思。」葛林醫生回道。

她知道他是真心感到遺憾，不只是因為他沒有得到預期的答案，他似乎也為她感到難過，因為她必須歷經的折磨——被某個隱形惡魔操控的變態遊戲。她的內心充滿罪惡感，因為她羞辱了葛林醫生。

「好，小莎，我們以後再找其他方法幫妳找回對綁匪的記憶。」他做出承諾，關掉了錄音機。然後，面向鏡牆，又伸手擦撫連接皮帶的鑰匙環扣，這似乎是某種暗號，與那些正在觀察的人事先講好的暗號。

29

梅格·佛曼的畫——在平靜海面輕輕搖晃的小船，和煦陽光。那是真柯想要去的地方，一切結束時的最終歸屬。

某個小女孩心中的完美天堂。

那是個令人夢寐以求的幻境，但我還不能過去。他心想，因為我必須留在這裡，看看這支片子到底在搞什麼名堂。

他把投影機放在工友邦尼的凳子上面，把影片放進去，對準牆壁。關了燈，在一片漆黑之中，深呼吸。

好戲登場。

一開始沒有畫面，但不久之後就出現了影像。這卷超八完全是業餘拍攝手法，拍攝者還不太會對焦，不過，之後的畫面就變得越來越清晰。

室內景色：放置真皮扶手椅的優雅客廳，拼木地板，搭配深木色的飾板。復古黃黑色澤的亮區幾乎集中在景框的中央，而最上方與底部則是一片漆黑，所以影像裡的那些人只露出了下巴到膝蓋的部位。

全都是身穿高檔西裝的男子——細條紋布料，搭配背心、口袋巾或是釦眼裡插著康乃馨。人人幾乎都拿著酒杯或是在抽雪茄，大家禮貌交談微笑，身著白色制服的服務生手執酒杯與開胃菜的托盤、不斷穿梭在人群之間。

真柯心想，這簡直像是另一個時代的場景。德高望重的上流人士經常造訪的俱樂部。他開始擔心這卷片子的內容，猜想裡面一定有令人作嘔的畫面，但他立刻改變了想法。

場景突然為之一變。

室外景色。濃密樹林，攝影機在灌木叢裡四處搜尋，找到了，原來被灌木層巧妙遮蔽。有個金髮女孩，光著腳丫子，破爛的淺藍色洋裝，四肢都被樹枝刮傷，只聽到她踩踏在枯葉的聲響。然後，又有人聲出現，女孩轉頭，一臉驚恐，有人在哈哈大笑。

真柯傾身向前，想要看清楚這名年輕女子的面容，但影片又轉換場景。

另一座森林，但這次是卡通，應該是一九四〇年代的成品。某隻心形雙眼的巨兔出現在大草原中央。邦尼坐在樹幹上頭，向坐在牠大腿的那兩個小孩講話，不知在解釋些什麼，有隻蝴蝶從他們頭上飛過，還有一陣風在吹拂樹梢枝葉。

突然中斷，又出現了呻吟。

某名裸女與兩個頭戴面罩的男人在性交。她躺在巨型大理石祭壇上面，周邊放滿了蠟燭與刀子。那女子的頭髮披散肩頭，肌膚沁滿一層薄汗。那兩名男子輪流暴力上陣抽插，她一直緊閉雙眼，歡愉呻吟聲中還夾雜著含糊話語，某種祈願或祝禱。

另一個鏡頭，另一個場景。

日光充足的房間，空無一人的椅子。牆上寫著「愛」這個字。也不知道為什麼，攝影師一直對著這裡猛拍。然後，突然之間，房內變暗，某名裸男被綁在椅子上，整顆頭無力癱垂胸前，後方的字幾乎已經看不到了。攝影師立刻趨前，手裡拿著東西，可能是利刃，那男子抬起頭來，尖聲大叫。

真柯立刻往後退，儼然自己是受害者一樣。不過，場景恢復為日景，椅子又成為空無一人的狀態，一切平靜。

又出現了另一個段落。

學校操場。穿著短褲的小孩在互相追逐，攝影師在遠處的鐵絲網後面跟拍，追焦的是其中一個小孩，他和其他小孩不一樣，是個白子。這小男孩突然停下來，彷彿第六感在警告他有危險。他四處張望，但隨即又開始繼續玩耍，彷彿剛才什麼事都沒發生一樣。

接下來是剪接步調快速的集錦。老女人在餵小嬰兒、荒涼平原中央的馬戲團帳篷、「紅色」字樣、無腿人拖著身軀在唱歌、播放老舊清潔劑廣告的電視機、「高潮」字樣、兩個戴著黑色頭套的女子互相愛撫脫衣、「光」字樣、雨中葬禮，更多的色情畫面、鮮血、各種死亡象徵。他不知道自己看到的到底是什麼，也不明白教堂工友為什麼要私藏這些影片。

新段落出現了。

無法辨識的某個地方，一片漆黑，只有手電筒的污塵光束。攝影師走在崎嶇不平的地面，只聽到他沉重霸氣的腳步聲，迴盪在空蕩蕩的巨大空間裡。他在找尋某個目標，但四周什麼東西都沒有。他停下腳步，仔細聆聽，遠方傳來微弱的人語。攝影師轉向右方，手電筒也開始迅速晃動。當光束掃到某道磚牆的時候，真柯看到一群男孩，隨即消失不見。手電筒不再移動，回頭照個仔細，某個角落裡露出好幾雙憂懼的眼眸，一群沒穿上衣的男孩們瑟縮在一起，想要躲避追蹤者。應該是七、八歲，可能最多十歲。攝影師朝他們從容走去，但這次不是只有他一個人而已。

他的後頭出現了好幾道幽影，那些人形超過他的身邊，朝小孩走去……

投影機吞吸了最後一段影片，牆上的影像也立刻消失無蹤，留給真柯一連串的問號，還有心中泛湧的噁心感。

他剛才看到的一切充滿了超現實感。而且，還有邪惡——對，邪惡。到底是什麼樣的扭曲人格會弄出那種東西？

在教堂的地下室，這樣的幽黑空間之中，真柯很後悔自己堅持要辦案，而且，對於自己決意要履行十五年前與莎曼珊・安德列提父母締結的合約、對於莎曼珊，也感到十分遺憾。他不希望自己的生命以這種方式劃下終點，他寧可不要知道這些荒謬痛苦的真相。人性能夠創造偉大與美好，但也能夠營造出恐怖噁心的煉獄，就像是他剛才看到的那些畫面一樣。

他心想，所幸人終會一死，而工友威廉也將在不久之後斷氣。在幽暗之神將他們兩個抓進去之前，他必須要與邦尼好好談一談。

30

他現在要過去的那個地方，位於這個地區的最偏僻角落。

從建物外牆的那些圖畫看來，真柯知道街頭幫派佔領了每一吋領地。其實，他剛經過某間廢棄學校的十字路口時，立刻就覺得穿過了某條隱形邊界。有輛車子開始尾隨他的紳寶，裡面坐了三個戴頭巾墨鏡的年輕人。他猜站崗的小混混早已通風報信，有陌生人出現，而這三人的任務就是一路緊迫盯人。

不意外。一年前曾經出現過幫派戰爭，而不過才過了一個禮拜，幾乎就有二十人橫死街頭，可能是為了毒品或地盤——誰知道呢。受害者都極年輕，最多就是二十歲。這些地方的人命輕賤如螻蟻，母親們剛生下小孩的時候就有自知之明，這些寶寶將來一定會比她們早死。

他心想，過沒多久之後，這也不需要你煩心了。生者的世界，本來就有他媽的各種矛盾，很可能會自取滅亡。

真柯開車的時候，特意把雙手放在方向盤的上緣，讓每個人都可以看得見。這是要向大家表明他沒有惡意。副座位置放了一瓶他剛才在酒品專賣店買的威士忌，儀表板放的是一份手繪的粗略地圖，這是救主慈悲敬禮教堂年輕神父剛才為了要解釋該如何開車過去，隨手拿了張紙畫下的簡圖。衛星導航在這裡派不上用場，至於網路地圖也顯示不出這塊區域，只看得到一大塊白點。

他已經快要到達他準備尋訪的那棟建物，他把車停在某張長椅旁邊，拿了威士忌之後下車。

中午的陽光襲來，讓真柯覺得頭蓋骨彷彿被重擊了一下。他四處張望，部分原因是希望讓他的追蹤者可以看個清楚。然後，他緩步走向建物大門。

他才一踏進去，烹煮食物與消毒劑的味道立刻撲鼻而來。走廊放了各式各樣的塑膠椅，風格混雜突兀，某張桌子上投放了許多醫療保健的宣傳單——預防血管疾病到潔齒衛教都看得到。在某個狀似等候區的地方，只有一個流浪漢躺在地上睡覺，八成是為了要躲避暑氣，也沒有人要攆走他。

這地方很像是診所。不過，剛才那位指引他過來的教區神父是這麼說的：它的功能遠遠不僅止於此。

大家稱其為「港口」，因為會來到這裡的人幾乎都是在等死。窮人、流浪漢，還有那些無人看顧的病患，親戚們置之不理，而他們又無法負擔醫院的費用。

真柯找不到任何人可以詢問，所以他把威士忌藏在外套裡，開始爬樓梯。這道樓梯看起來很不安全，欄杆搖搖晃晃。當他從某道玻璃門進入病房，他才驚覺自己雖然死期將至，但是與這些被拋棄、只能在此等死的殘軀相比，自己也不算是不幸了。天花板風扇無法冷卻高溫，反而讓濁氣四處擴散，病床數不夠，所以只好出動行軍床，甚至還有人必須坐輪椅。

真柯立刻大吃一驚，完全沒有人在抱怨。

病床之間幾乎是一片寧寂，彷彿每個人都早已坦然接受了生命的終點，充滿了尊嚴，不對，他糾正自己，應該說是病入膏肓的無奈。

他終於看到人了，某位中年女子，不是很高，灰色短髮，臀部肥大。她穿著老舊的康威士球鞋、及膝裙、大了兩號的T恤，上頭印有「滾石合唱團」的大舌標誌，她的脖子上還掛了一串粉紅色的念珠。

那女子看到他，根本不知道他是誰，卻隨即露出親切微笑，走了過去，並且開口歡迎來客，「早安！」

當她那雙澄藍色的眼眸與真柯四目相接的時候，他立刻感受到一股不尋常的幸福。「早安，」他打起精神，回應對方的歡喜問候，「我在找這裡的某位病患：救主慈悲敬禮教堂的工友，他名叫威廉，但大家都喊他邦尼。」

「哦，有的，」對方似乎有些懷疑，「你是他朋友嗎？」

「對，我聽說邦尼身體有狀況，想過來和他打聲招呼。」他立刻察覺到她不相信他的話，也許她也注意到他在外套裡偷藏的那瓶威士忌，但她沒點破。

「那個人沒有朋友。」她把聲音壓得好低，似乎不希望被別人聽見。

「妮可拉修女，可否請妳過來一下？」病房入口有人在呼喊她。

她轉向某名捧著一籃毛巾、非常年輕漂亮的女孩。真柯嚇了一跳，萬萬沒想到眼前的人是修女。

「我馬上過去。」她的注意力又回到了他的身上，「你不該來這裡啊。」她的語氣十分和藹，然後，突然舉手輕撫他佈滿鬍鬚的臉頰。

這種溫柔態度讓他大受感動，他心中出現一股神秘直覺，想必修女看出他來日無多，想要讓他知道一切安好，千萬不要害怕。

「你不是信徒，」修女開口，「可惜了。」

「我許久之前就知道這是邪惡世界，」到了這種時候，真柯也不需要繼續掩飾自己的想法，「要是上帝創造了世界，那麼祂一定也是生性邪惡。看看祂對自己摯愛的子民做了什麼。」他伸手指向他們的周邊慘況。

妮可拉充滿憐憫，望著那些垂死的人們。「我把這地方稱之為『港口』，因為這並不是最後的一站，其實，他們的旅程根本還沒有開始，而他們接下來的目的地就宛若一片溫暖無垠的海洋。」

真柯想到了梅格．佛曼，眼前這名女子似乎有讀心術。也不知道為什麼，他脫口而出，「就像是孩童之手畫出的海洋。」

妮可拉喜歡這種說法，「你知道嗎？上帝是小孩，所以當祂傷害我們的時候，祂並不知情。」這次微笑的是真柯，對方有這麼堅定的信仰，讓他好羨慕。

修女面色轉趨嚴肅，「你找的那個人在最後一個房間，走廊盡頭那裡。」她指引方向之後，又一臉憂心看著他，「要小心。」

31

病房房門露出了一點縫隙，真柯直接伸手推開。雖然「港口」裡收容了過多的病人，但躺在床上的這個男人卻是這間病房的唯一病患。

緊閉的百葉窗透入一絲微光，無情落在宛若裹屍布的白色床單，它蓋住了他的枯瘦四肢，只露出了孱弱的頭部與雙臂。

從這裡的氣味判斷，工友威廉等於是只存殘息的腐屍。

老人緊閉雙眼，呼吸困難，不過他還是醒了過來，想知道打斷他睡眠的陌生人到底是誰？

真柯立即開口，「嗨，邦尼。」

一開始的時候，對方默默端詳他，然後又問道：「你是誰？」

真柯拿出威士忌，回道：「我是死亡天使。」

邦尼遲疑了一會兒，露出黃板牙微笑，又露出瘦骨嶙峋的手招呼他，「請坐。」

真柯從牆邊拿了房內唯一的椅子，把它放在床邊，自己坐了下來，「不介意聊一聊吧？」

「當然不會，」對方聲音嘶啞，然後又吐了一大口痰，「你是警察嗎？」

「不算，但我還是有許多問題要問你。」他發現那老人盯著他的威士忌，宛若在沙漠裡見到綠洲一樣，真柯開出條件，「要是我拿到了我想要的線索，我就讓你獨享這瓶酒。」

邦尼笑得開懷，「你想要問我什麼？」

「如果你知道的話，何不現在就自己開口講清楚？我們早點搞定，對大家都好。」

老人凝望牆壁，彷彿在尋找開場白，「如果我告訴你，我的名字其實不是威廉，你會不會嚇一跳？」

「完全不會。」

「我在救主慈悲敬禮教堂當工友四十年，只是為了要躲避他們的追蹤。」

「誰在找你？」

「警察，或是類似你這樣的人。」又是一陣猛咳，讓他的胸膛劇烈起伏，「不過，我覺得我早就把你們這些人耍得團團轉。」他再次大笑。

「我們為什麼要追查你的下落？」

「因為，對你們來說，我是惡魔。」

也許他這種話是為了要表示遺憾，不過真柯卻感受到對方流露出一股驕傲。「所以你不是惡魔？」

「老弟，其實我只是僕人而已。」

「誰的僕人？」

老人陷入沉思。好久沒接腔。

但真柯卻緊追不捨，「你的工作是什麼？拿著漫畫書誘騙小男孩？給他們洗腦？對了，我已經看過了那段影片。」

「你不懂，」老人嗤之以鼻，「你們沒有人搞得懂。」

陽光突然消逝，窗外烏雲密布，房內轉為灰色暮光。

「不懂什麼？為什麼不解釋給我聽？」

「講了你也不懂。」

「你說說看啊。」

「聽我的話，不要多事了，」又是一陣笑聲，爆咳，「相信我，你就繼續過著擺爛人生準沒錯。」

真柯很火大，但不希望怒氣外顯。「你是不是在幫某人掩飾罪行？」

「沒有。」

但真柯知道對方在說謊，「邦尼，除了得住在地下室之外，你這麼做到底有什麼好處……」

他的語氣充滿嘲諷。

老人突然冒出了這段話：「當初我必須做出選擇，就是這樣。」

外頭一陣雷響，暴雨將至。

真柯繼續進逼，「什麼意思？你做出選擇？講清楚一點。」

老人目光神秘流轉，盯著他不放。「你不該問我是誰，而應該問我是什麼。」

真柯想了一會兒，終於恍然大悟。「你也是黑暗之子。」

對方點點頭。

真柯終於明白，雖然邦尼狀似沉默，但他其實想要講話，把憋在心中不知長達多久的故事全部傾訴出來。真柯只需要等待，答案就會自己現身。果然，過沒多久之後，老頭自己開口。

「有一天，我在街上玩耍的時候，有個男人朝我走來。他叫住我，說想要給我禮物，然後，讓我看了一本漫畫。主角是兔子，但他說書裡還有秘密，他告訴我接下來該怎麼辦……『拿鏡子，』他告訴我……『如果你喜歡自己看到的那些內容，那就再來找我。』」

「然後呢？」

「我又去找他了，但只是因為我很好奇。他把我帶走，關在某個類似黑洞的地方，把我一個人丟在黑漆漆的空間裡。我只是小孩，嚇得半死，我不知道自己叫得多慘，也不知道在那裡待了多久。可能是幾天，好幾天吧，甚至可能是好幾個月。然後，門開了，有人拉住我的手，是個警察。他告訴我，你安全了……但是他不知道已經沒有人能夠拯救我了——絕無可能。沒有人知道我得了某種詛咒，我自己也不知道。不過，黑暗已經在我身上留下印記。」

「綁架你的人叫什麼名字？」

老人別開目光，「當然是邦尼……至少，他是這麼告訴我的，其他人是以別的名字稱呼他。二十年來，他一直是某間肥料倉庫的夜班警衛。白天時他都在睡覺，所以完全不與別人互動。當他們逮捕他的時候，四周的鄰居根本不知道那間屋子裡有住人。在法院審案的時候，他一直保持沉默，就連法官判他無期徒刑的時候，他還是不發一語。」

從這老人敘述的口氣聽來，真柯覺得對方似乎對於綁架自己的人流露出某種崇敬。他想要聽完整個故事。「事情並沒有就此結束，對不對？」

「我十三歲的時候……某天早晨，有個獄卒來到我們家，他說邦尼死了，不過，就在他死掉之前，他立了遺囑，我是他遺產的唯一繼承人。」他以手背抹了一下乾燥的雙唇，嚼弄口腔內厚積的唾液，「我媽不想拿他的半毛錢，但我們太窮了，無法拒絕。不過，送來的不只是錢而已，他們還把他的遺物也交給了我們。有一些衣服、超八投影機、一整盒內容相同的漫畫，還有一段奇怪的影片。」

「你看了那段影片……」

「於是我恍然大悟，那就像是某種訊息……『繼續接棒下去』之類的意思。」

「是誰開始的？」

「我不知道，但我完成了任務，我真是厲害。」

真柯想起了那句話，他們不知道自己是惡魔。而這個工友也覺得自己很正常，畢竟，從威廉自己的觀點看來，他只是善盡職責而已。真柯追問，「你真的不知道是誰在幕後指使？你以為我會相信這種鬼話？到底是誰讓你甘心奉獻？」

這一次老人的回答直接了當，「黑暗世界。」

外頭又傳來雷響，但依然看不到雨點落下。

真柯覺得作嘔，「所以你在羅賓．蘇利文還是小孩的時候就對他下手？」

老人聽到這名字，又清醒了過來。

真柯繼續逼問，「你綁架他三天，與他一起待在……黑暗世界？」

老人露出微笑，為自己辯白，「我完成了交棒。」

「在他之前與之後又有多少人？總共有多少次？」

「我不知道，算都算不清了。不過其他人不重要……需要多次嘗試，才能找到合適的男孩。

在羅賓之後，我又找了一會兒，但我知道他會做出選擇，就像我當年在他這年紀時所做出的決定一樣。」

真柯摸找口袋，拿出了靈薄獄的那張檔案照，羅賓．蘇利文與他那位鬈髮缺牙的朋友站在一起，他把照片拿給老人看。

「兒子，是你啊，」他立刻認出來了，「真是好久不見……」他的雙眼綻露光芒。

「照片裡的另一個小男孩是誰？鬈髮缺牙的那一個？」

老人的面容很困惑。

「照片顯示這男孩也是出身這個教區，所以我想你一定認識他。」真柯在他面前搖晃手中的威士忌酒瓶，慫恿他趕快說出實情。

老工友伸舌舔弄乾燥嘴唇，「我想是保羅……他住在距離教會兩個街區之外的那棟綠屋裡。」

這老頭雖然一開始有些迷惘，但後來卻大力幫忙，真柯也不知道為什麼會這樣，這很可能只是為了擺脫他的糾纏而說出的謊言。唯一找出答案的方法就是過去那棟綠屋，敲門，查出真相。不過，首先他必須遵守諾言，把那瓶酒交給垂死老人。

「再見，邦尼。」

老人回道：「我們後會有期。」

真柯一想到他們兩人終將前往相同的地方，不禁不寒而慄。不過，對方說的並沒有錯，他時間不多了，必須加緊腳步，才能夠沉浸在梅格．佛曼畫作中所描繪的那股寧和氣息之中。

又是一聲巨雷，馬上就要下大雨了。

32

那棟綠屋矗立在重重雨幕的後方。

真柯離開自己的紳寶，冒雨衝向門廊，一到達廊簷下方，就把豎高的外套衣領翻回原處。他從「港口」出來之後就遇到大雨，一路未歇，害他的頭髮與亞麻外套已經全部濕透。他伸手摸了一下額頭，似乎是在發燒。不過，心臟依然在胸膛裡規律起伏，與醫生的預言完全背道而馳。他心想，撐不了多久，不需要哄騙自己，那不算心跳，而是時鐘逆行的聲響。

他整理了一下服裝儀容，然後，唸出了信箱上的名字，幫助自己記得更清楚，「保羅．麥金斯基」。他又唸了一次，這與老工友給他的情報完全相符。

不過，他卻漏了別的線索。

他按了電鈴，卻沒有響。他猜可能是因為暴風雨的關係造成停電。他改敲門，等了一會兒，又試一次，也許裡面的人因為滂沱大雨沒有聽到聲響，但依然沒有回應。

然後，他走到窗前，偷窺裡面的動靜。

他看到客廳，沙發上丟滿了報紙，老舊電視機前配有殘破的扶手椅，椅邊放了小桌，上頭至少有十個空啤酒瓶，還有裝滿菸屍的菸灰缸。

這種凌亂環境——對於沒成家的男人來說實屬正常——真柯猜想這屋內應該只住了保羅．麥金斯基一個人，而他現在很可能不在家。

真柯之所以想要見到羅賓．蘇利文小時候的足球隊隊友，自然有他的特定理由。要是這個惡魔會在自小生長的環境裡尋找掩蔽，那麼很有可能會向麥金斯基求助，找尋隱身之處，保羅搞不好還知道邦尼躲在哪裡。

他還在這裡——我知道。

真柯發覺自己得立刻做出決定。可以繼續等待主人回來，看是要待在在車內或是門廊；不然，就是入內一探究竟。

通常他會選擇第二個。

在詢問線人或是目擊者之前，他的習慣是一定會盡量做足功課。因為，想要成功套話的唯一關鍵就是要盡可能了解對方的生活。

比方說，曾經有一次，真柯需要某個中年女子講出她某個女性朋友的下落。要是真柯直接去找她、劈頭就丟出問題，那麼可能會啟人疑竇，完全問不出任何線索。大家都不會信任愛探問的陌生人，就算是幾乎一點也不熟的人，也會出於本能反應，站在同一陣線盡力保護。真柯沒時間與對方建立交情，所以他花了好幾個小時觀察那女子，發現她每天大部分的時間都在看電視肥皂劇。所以他直接去找她，詢問她那位朋友的住處，謊稱自己瘋狂愛上了對方，那女子聽到這故事之後十分感動，真柯也順利從她口中問出自己想要知道的一切線索。

所以，在這種時候，真柯開始試扭這間綠屋的門把，原來破門並不如想像中的困難，他用手肘撞了兩下，進去了。

真柯進入屋內，映入眼簾的景象，讓他發現了保羅．麥金斯基的兩三事。首先，這個缺牙男孩長大之後過得並不好。屋內的家具似乎是從垃圾堆撿回來的破爛物品，地毯的原色應該本來是淡褐色，現在卻成了由斑斑油漬所組成的群島。到處都是灰塵髒污。某個角落放了地毯、兩個碗，加上狗鍊，但所幸看不到任何狗兒的蹤跡。

真柯關上了門，嘈雜的雨落聲響也變得安靜多了。這棟屋子有兩層樓，他決定先研究二樓。上樓之後，出現一道短廊，可以看到三個房間。他先走到毛玻璃門的前面，猜想裡面是浴室，才推開幾公分，馬上就有隻小黑狗對他狂吠，他立刻關上，以免被狗咬傷。他飆粗口，罵狗也罵自己，心臟都快要跳出來了。他嚇壞了，但後來又啞然失笑，要是真的因此心臟病發身亡，這種死法也未免太蠢了。

他繼續搜尋，第二間房間沒什麼東西，一張雙人床的生鏽床架，雨滴不斷從屋頂的某個隙縫落下，地上積了一小片水塘。

他打開衣櫥，裡面都是女裝，散發出樟腦丸的氣味。應該是保羅母親的遺物，他猜想麥金斯基太太一定是多年前就過世了。

不過，第三個房間，倒是看得出經常使用的痕跡。保羅直接把床墊放在地上，黑色牆壁上貼了些重金屬樂團的海報，看起來像是一九八〇年代的青少年臥房，不過，睡在這裡的男人都已經快要年屆半百。某台留聲機旁邊放了許多黑膠唱片，此外，有個小獎盃放在櫃架上的明顯位置，黃銅板上面鐫刻了一行字，一九八二至八三年教區錦標賽季軍。從保羅的現狀看來，想必這是他一生中僅有的光榮時刻。

地板床墊旁邊有一疊色情雜誌，底下壓著一個瓷碗，裡面放的是捲大麻的工具。真柯也發現到踢腳板的某處有些脫落，他輕輕鬆鬆就把它從牆壁取下，果然發現裡面的隙縫藏有大麻。他放在掌心，掂了一下重量，對於小盤商來說，這分量也不算太多。然後，真柯又把它放回原處。

迅速掃視過這間屋子之後，他知道自己根本抓不出能夠與保羅建立友善對話的有用線索。對於這種愛嗑藥、只看猥褻刊物的人，他實在想不出什麼共通話題。他必須想出其他方法取得對方信任，勸服對方坦白說出一切。他想要追查出羅賓．蘇利文的下落，最直接的人選也就只有保羅．麥金斯基了。

要是他知道邦尼在哪裡，我就可以從他口中問出下落，但該怎麼下手？

浴室裡的那隻狗一直在狂叫，讓他無法好好思考。他的偏頭痛又犯了，而且突然全身發抖，牙齒不停打顫，體溫越來越高，他轉身準備走回樓下。

他應該要立刻離開這間屋子，回到車內等待保羅．麥金斯基回來。不過，在下樓的時候，他疲憊至極，實在沒有辦法冒雨衝回去。他移走了客廳沙發上面的報紙，正打算坐下去，但還是覺得坐在扶手椅比較好，那似乎是保羅最喜歡的位置，正好在電視機前面，只不過現在是關機狀態，而且，這裡甚至還備有毛毯，雖然髒兮兮，到處都是破洞，但真柯還是拿它裹住全身。顫抖似乎沒有停止的跡象，他很害怕，但也知道自己應該要趕緊把瀕臨死亡的陰影拋諸腦後，他要冷靜，靜心思考某個癥結。

他又再次想起了那個老工友，最重要的是，他講出缺牙鬈髮男孩姓名時輕鬆自在的態度——

靈薄獄照片裡站在羅賓旁的那個小朋友。

當真柯指控威廉把可憐無助的小孩帶入黑暗世界的時候，他為自己辯駁的荒謬理由是：

「我完成了交棒。」

他指稱的傳承對象是羅賓，彷彿把他當成了寶貝弟子，這正是真柯當初遺漏的線索。要是老邦尼認定羅賓是他的繼承人——新一代的邦尼——那麼為什麼要幫助一個陌生人找到他？他應該要好好保護羅賓童年好友的身分才是，以免對方洩露線報，讓別人抓到他心愛的徒弟。

不過，他卻幾乎是立刻講出保羅的姓名。

真柯不得其解。不過，至少他不再顫抖，樓上的狗兒也放棄狂吠。在一片寂靜與古老扶手椅的安撫之下，真柯盯著電視機螢光幕裡的映影，他很慶幸自己待在這裡，還沒死，又逃過了一關，滿心感激，如釋重負。

不過，他在不知不覺的狀況下，陷入熟睡狀態。

33

他突然發覺喉嚨被人緊鉗，趕緊張大嘴巴，拚命想要吸氣——生死一瞬間的搏鬥。沉睡之後，最可怕的驚醒莫過於此：發現自己還有一口氣，但馬上又要死去——而且充滿痛苦煎熬。

真柯後頭的壞蛋依然不願放手，他感受到對方粗壯的前臂死夾不放，他想要掙脫，但是手指卻一直抓不住攻擊者雨濕滑溜的皮膚。他想要向保羅．麥金斯基解釋清楚，為什麼自己會像個小偷一樣潛入他家，還有，他能夠諒解對方這種反應，但是，衡諸目前的狀況，這麼想也未免太天真了。他想要對這個企圖殺死他的男人說出一切。不過，他看到了關機電視螢光幕上面的映影。

那個惡人的右臉有一塊深斑。

對方不是保羅．麥金斯基，而是蘇利文。

難怪那老人要幫我。他派我來到這裡，等於向他的徒弟發出警告訊息，都是因為他害我落入陷阱。

邦尼再也不需要他的兔寶寶面具，他們終於正面對決。而邦尼也透過電視螢幕在觀察他，那雙如豆的眼眸看不出憎恨，就連怒火也完全沒有，倒像是某種清冷的殺戮欲望。

梅格．佛曼的畫——溫暖海洋、小船、陽光，小女孩所想像的天堂。真柯相信那是他的歸屬之地，理所當然。「你知道嗎？上帝是小孩，」港口的那位修女曾經這麼說，「所以當祂傷害我們的時候，祂並不知情。」

對於這種臨界線的痛苦，真柯也開始坦然接受了。

他的眼前開始出現閃亮的拖曳長尾，宛若優雅仙子，開始在他的視域內輕舞。他的肺部空氣迅速消失，現在必須大口吸氣，溫暖海洋、小船、陽光——幾乎就近在眼前，他心想，我馬上就來了。他挺身，頭往後仰，這是不由自主的反射性動作，但他卻不小心撞到了攻擊者的鼻子。

羅賓・蘇利文萬萬沒料到會出現這種狀況，立刻放開了手。真柯趁隙逃開，從扶手椅跳起來，卻不小心往前仆倒，雙手貼住髒兮兮的地毯。他想要呼吸，但試了三次才勉強成功。他轉頭查看襲擊者：邦尼在流鼻血，而且淚眼模糊，不過，對方並沒有因此放棄，反而繼續追向真柯，抓住他的腳踝，但他順利逃脫，雖然掙脫了惡魔，距離大門卻越來越遠。他不知道自己該去哪裡，現在就像是不小心飛入窗戶開縫的蒼蠅，因為自己犯蠢而成了犯人。

他腳步踉蹌，進入廚房——屋內唯一還沒有被他搜查過的地方。

他鬆了一口氣，貼滿磁鐵的老舊冰箱的旁邊，有個通往後院的出口。

真柯發現邦尼也在這時候起身，繼續朝他衝來。

到了房子外頭也未必安全，但至少是鼓勵自己不要放棄的一大動力。靠著殘餘的氣力，他奔向門口，希望沒上鎖，千萬不要像幾天前的那個夜晚一樣，在威爾森農莊被邦尼緊追在後。

他抓住把手，用力一拉：沒鎖。他正打算要踏出去的時候，卻遲遲走不出去。一切宛若以慢動作在進行，他覺得子彈穿過背脊，就在肩胛骨之間的區域，一小塊火燙的金屬片鑽入他的肉身。

不過，他並沒有聽到任何槍響。怎麼可能呢？他覺得好納悶。

感覺像是中彈。但當他低頭的時候，他才發現胸前並沒有傷口。他還搞不清楚是怎麼回事，已經雙腿一軟，跪倒在地。耳內響起一陣深沉的切分音節奏——他的心跳慢慢不見了。

並沒有人開槍。

這是等待多日的致命心臟病發。

真柯放開把手，膝蓋稍微動了一下，靠在冰箱大門前面，然後滑倒在地，一堆彩色磁鐵也隨之滾落而下。

在生死交錯的時刻，他的空茫目光飄向某個磁鐵：熱帶棕櫚樹，下面壓著一張畫。

從筆觸和顏色看來，錯不了，出自小朋友之手。

畫中主角是有心形雙眼的巨兔，抓住了某個金髮小女孩。

但讓真柯大吃一驚的是下方的簽名，小小的名字。

梅格。

34

真柯心想，瀕死之人的腦袋能夠運作如此迅速，真是十分詭奇。因為，他現在的思考速度是平常的兩倍。

佛曼家的小女兒怎麼會認識邦尼？

真柯抬頭，以為對方要給他最後一擊。不過，那傢伙卻站著不動，死盯著他，也許是在等他自己斷氣吧。不過，無論如何，真柯依然有足夠的時間弄清楚真相。他取出靈薄獄的那張照片，交給了那名臉上有深色胎記的男子。

對方遲疑一會兒，還是收下了照片。

從那人的反應看來，真柯覺得自己猜的沒錯，他問：「你就是保羅．麥金斯基吧？」

對方沉默了一會兒，但後來還是開口：「這張照片代表什麼意思？」他態度緊張，「你是誰？闖入我家做什麼？」

最後一句話足以證明他並不是羅賓．蘇利文。他心想，我被老工友給耍了，難怪當我問他髮缺牙男孩叫什麼名字的時候，他愣了好一會兒。他發現——追錯人了，因為我以為羅賓是那個臉上有胎記的悲傷男孩，但其實並非如此。

是另一個——有開心笑顏的那個男孩。

老邦尼的確是騙了他，但他打從一開始就錯置了兩人的身分，這都是因為那個牙醫的口供：

彼得・佛曼認得兔頭人的聲音，這個惡魔以他的家人安全作為要脅，逼他去殺害琳達。最初指控園丁的就是那個牙醫。

佛曼家的小女兒怎麼會認識邦尼兔寶寶？

真柯氣若游絲，對保羅說道：「跟我說羅賓的事……」

「這位兄弟，我應該先幫你叫救護車吧。」

對方似乎真的很擔心，但真柯搖頭，重複了一次，「羅賓・蘇利文……」

「他已經不用那個名字了，很早就換了。我們小時候經常一起玩，但後來就失聯。當他來找我，請我去整理他家花園的時候，他以為我沒有認出他，但其實我早就知道是他沒錯。」

「誰？」真柯問道，「麻煩告訴我……」他需要聽到對方親口說出來。

「羅賓……羅賓・蘇利文……他住豪宅，有個漂亮老婆與兩個女兒，他改名為彼得・佛曼，職業是牙醫。」

佛曼家的小女兒怎麼會認識邦尼？

真柯指向棕櫚樹磁鐵下方的畫，「現在，告訴我這張畫的事……」

「我先打電話叫救護車。」那男人已經從口袋裡拿出手機。

「拜託，快告訴我……」

對方已經開始撥號，但還是暫時停下手中的動作，回答了他的問題，「佛曼的女兒，最小的那一個，把這張畫交給了我，是一個禮拜前的事了。」

那個小女孩對這個孤單男子充滿了同情，在他童年照片中所流露的哀傷，終將跟隨他一輩子。真柯居然把他誤認為惡魔，心中感到無比歉疚。「梅格有沒有解釋這張畫的意義？」

「沒有。」他答道。

佛曼家的小女兒怎麼會認識邦尼？真柯心想，因為她知道面具下的人是誰，邦尼就是她的爸爸。

他想起了自己衝到琳達家時目睹的場景，彼得．佛曼受了重傷，這個惡魔就是從那時候開始演戲。

不過，為什麼要讓自己的家人牽連綁架案？「他闖入我們家，」當時那牙醫聲淚俱下，但其實當初戴著兔寶寶面具，把妻女關在地窖的人就是他自己。「他說必須要聽他的話辦事，不然他就要殺死她們。」不過，為什麼要在她們面前演戲？何不乾脆直接去琳達家殺人？

真柯心想，這種手段也十分齷齪。「他戴了面具，但我認識他……我知道他是誰。」這絕非只是誤導大家、懷疑無辜園丁的陰謀開端而已。

不，其實他早有特定目的。

當真柯看到兔頭人全裸躺在地上，流滿鮮血的時候，本來以為是琳達奮力抵抗，造成行兇者重傷，當時他深以她的表現為傲。

不過，他現在想通了，拿刀砍殺他的不是琳達，而是邦尼自己。

當鮑爾與德拉夸告訴他，佛曼住進聖加大肋納醫院的時候，他嚇了一大跳，但鮑爾卻以一貫的傲慢態度回嗆他，「那是最安全的地方，因為我們已經在那裡派駐了警力。」

那個地方對莎曼珊．安德列提來說最安全，對邦尼而言，亦是如此。

真柯心想，他要帶她回去，這個惡魔要把她帶回黑暗世界。

不過，正當布魯諾·真柯終於看清陰謀全貌的時候，他卻在此刻斷氣了。

35

葛林醫生回到病房，立刻關門。他的背後藏了東西，「妳看看，」他拿出一個紙袋，「我想妳一定很餓。」

她的目光緊緊相隨，盯著他一路走過來坐在平常的座位裡。「醫院伙食難吃死了，這個絕對好多了。」他從袋子裡取出兩個包著保鮮膜的三明治。

他問道：「想吃雞肉還是鮪魚？」

「雞肉。」

他把其中一個三明治交給她，「選得好，因為我太太做的雞肉沙拉天下無敵。」

她接下三明治，但只是瞪大眼睛盯著不放。

他咬下自己的第一口鮪魚三明治，開口問道：「妳在幹什麼？怎麼不吃呢？」

「哦，抱歉，」她說道，「我想到一件事……綁匪為了讓我乖乖不吵鬧，到底是怎麼逼我吃藥？」

「妳的意思是那些精神病藥物？」葛林醫生停下動作，思考了一會兒，「我猜他一定是把藥物混在食物裡面。」

她再次望向手中的三明治，她已經好久不曾吃到這種愛心食物。「你太太一定很愛你。」

「我們感情時好時壞，」葛林老實招認，「不過，只要是老夫老妻都會面臨相同問題。」

她面向鏡牆，「我爸爸還是沒有過來？」

「得花一些時間，我們一找到他就會把他直接帶過來。」

「我不知道……」她覺得自己還沒有準備好與他再次相見。

「小莎，沒有人會強迫妳，妳慢慢來，這一點不成問題。」

「其實，我連他長什麼樣子都不記得了。」

「如果妳想要看他的照片，我可以幫妳準備，也許可以讓妳喚回一些記憶。」

醫生說出的這些話讓她如釋重負，她拆了保鮮膜，立刻開始狼吞虎嚥，他說得沒錯，真是好吃。她不假思索，冒出一句話，「星期二。」

「什麼？」

她又盯著牆上那塊濕痕——跳動的心臟，她說道：「星期二是披薩日……」

其實，她不知道今天到底是不是星期二，也不清楚現在是白天還是晚上。而且，她會喊出「披薩星期二」的頻率很可能是一個月一次或甚至好幾次，但她反正下定決心了，這已經是她迷宮生活日常的某種小習慣。

這一切的起點，要從她第一次完成了第三面的魔術方塊說起。她很自豪，對於自己的表現感到十分開心，但卻馬上就心情不爽。因為她覺得自己應該得到獎勵。然後，她開始在迷宮裡四處遊走，手裡拿著方塊，儼然把它當成了戰利品，她大步向前，不斷狂吼，「披薩！披薩！披薩！」這個動作除了是在聲討她理該拿到的獎品之外，同時也是為了刻意激怒那個惡魔——如果他有在偷聽她的動靜。不過，她知道他聽得到，而且她對於自己的反叛也產生了某種快感。

最後，她得到了自己想要的東西。

她在某個房間裡發現了披薩盒，裡面裝了一塊軟趴趴的瑪格麗特披薩，已經放了好幾天了。惡魔以為他可以用這種方式懲罰她，但她還是大快朵頤。自此之後，這就成了固定儀式。

只要完成了魔術方塊的第三面，下一個星期二到來的時候，就會有一塊爛披薩。

惡魔從哪裡弄來這東西？紙盒很樸素，完全沒有名稱，看不出是哪家店鋪。可能是某間連鎖店或是專做外賣的小店家。她心中浮現某個常年充滿炸物氣味的餐廳，白色磁磚覆蓋了一層連香皂也洗不乾淨的油亮污膩。

每當她咬下第一口披薩的時候，她都在想像做這個披薩的人到底是什麼模樣。也不知道為什麼，一直覺得是個強壯手臂沾滿麵粉、有啤酒肚的年輕人，喜歡和朋友在一起鬼混、到電影院觀賞動作片或打保齡球的開心男孩。沒有女友，但曾經與某個在超市當收銀員的棕髮大美女交往過一陣子。

這個年輕人永遠不會想到自己的披薩到底是做給誰吃？——沒事怎麼會冒出這種問題呢？他根本不會猜到自己其中一個披薩是送給迷宮裡的可憐犯人。他不知道自己與她關係雖然如此迂迴，但他卻是她與這世界的唯一牽繫，證明在牆外依然還是有生靈，人類並沒有因為核災或是行星墜落而滅絕……

「我一直期盼能夠在我想像的星期二披薩盒裡找到字條，當然，從來沒有，就連以番茄醬寫下的字也看不到，比方說，『嗨』之類的簡單問候。有一次，我看到披薩上有一小塊朝鮮薊，我覺得這是某種提示，但之後就再也沒出現過了。」

葛林醫生吃下最後一口鮪魚三明治，開口問道：「迷宮裡最讓妳受不了的是什麼事？」

「牆壁的顏色……灰色令人抓狂。」

「的確是有這種理論，某些顏色會影響人類心理，」葛林醫生拿出面紙擦嘴，「綠色產生自信，所以賭桌幾乎都是綠色，因為可以讓賭客放心冒險……而溫暖色調，會觸發血清素，讓人們願意傾吐或是性慾高漲。」

她問道：「灰色呢？」

「它會抑制腦內啡，精神病院的牆壁都是這個顏色，高度戒護的犯人房也是，」葛林繼續解釋，「還有動物園的牢籠……久而久之，灰色會讓人變得乖順。」

她默唸了那句話，灰色會讓人變得乖順。他把她當成了必須馴服野性的猛獸。

葛林醫生可能發現這話題讓她很不開心。為了轉移她的注意力，他把面紙揉成一團，面向垃圾桶，直接命中。「我在大學時是籃球校隊，不是我在吹牛，我真的超厲害。」

這句話不禁讓她笑了。

不過，她注意到葛林醫生利用她分神的時候又在觸摸皮帶的鑰匙扣環。又來了，這是向鏡後警察溝通的暗號。到底是什麼意思？也許完全不是，純粹只是她在恐慌罷了。

葛林醫生發現自己的海軍藍襯衫不小心沾到一小塊鮪魚，「我太太會氣得半死，」他低聲嘀咕，拚命想要以手指抹去污漬，「我得要弄乾淨才行，」他起身，「我馬上回來。」

能夠暫時休息一下，讓她鬆了一口氣。她好想尿尿，雖然她有導尿管，但在他面前排尿還是讓她覺得很丟臉。

「我等一下也會拿飲料給妳，」離開之前，他又好心丟出了這句話，「不過，記得要保持專注，等一下我們還要繼續忙呢。」

現在，只剩下她一個人，她繼續盯著牆壁上的那顆心臟。就在這時候，床邊桌的黃色電話再次響起。

又來了，逼人全身僵麻的恐懼。

她心想，葛林說得沒錯，只是有人撥錯電話號碼而已，害怕這種事就太蠢了。不過，只有一個方法可以找出真相。

接電話。

電話鈴響在病房內發出令人毛骨悚然的回聲，魔音穿腦，她只希望能趕快停止，但依然響個不停。

她終於下定決心，把手伸向床邊桌。雖然大腿上了石膏之後讓她行動困難，但她還是靠指尖搆到話筒，把它拉過來，立刻拿起，湊到了耳邊，她心想，只會聽到神秘的沉默，而沉默的背後其實隱藏了某人的吐納。「喂？」她只說出了這句話，滿懷恐懼，繼續等待。

「妳忘了報地址。」對方立刻開口，是個男人。

她不明白，對方的背景十分嘈雜，這就像是葛林醫生說的一樣，弄錯了，她的心情舒坦多了。

「喂？」電話另一頭的男人逐漸失去耐心。

「抱歉，但我不知道你在說什麼。」

「地址啊，」他重複了一次，「訂單沒地址。」

她眼睛突然瞪得好大，恐懼竄流全身，宛若被電擊一樣。

「披薩啊，」那男人繼續說道，「到底要送去哪裡？」

她立刻丟下話筒，彷彿自己被它燙傷了一樣。然後，不假思索，立刻面向那面鏡牆。這不只是單純的直覺反應，當她凝望自己的映影時，她非常清楚，後頭躲著一道邪惡幽影，剛才全程聆聽了她的故事。

而這次惡作劇的目的，就是要讓她知道他就在附近。

36

遠方有人在短吼。

「退後！」

他已經無法控制自己的身體。感覺還在，但似乎也不在了，彷彿被禁困在皮囊潛水服裡面一樣。不過，他倒是沒有任何苦痛，反而感受到一股詭異的幸福。

他沒有辦法閉上眼瞼，所以眼睛睜得大大的，躺在極佳位置、仰望上方那些忙著急救的人。他是凝視自己死亡過程的觀眾——很酷吧？

「退後！」

急救人員是一男一女。男的身材結實，大約三十歲，平頭，深色眼眸，像是那種平常會一起喝啤酒或是看球賽的朋友，他正忙著把急救甦醒球蓋住真柯的口鼻。女的個子比較嬌小，但同樣俐落。一頭藍色頭髮綁成馬尾，白皙皮膚，滿臉雀斑，綠色眼眸。要是換作其他時候，他一定會約她出去。她語氣強悍，再次發號施令。

「退後！」

那名壯男向後退一步，她再次把電擊器放到真柯胸口，然後，又是一次電擊。每一次都像是有人在他體內點火，焰光熾亮，但立刻熄滅。

過了一會兒之後，背景不再嘈雜，轉為某種節律聲響。

「很好，」藍髮女子興奮宣布，「我們把他救回來了，現在可以送去醫院。」

沒有人要你們把我救回來，我怎樣就是怎樣，你們不要管我。

他們把他移到擔架上頭，開始移動，經過多次顛簸之後，終於送入救護車，車門關上，警笛聲大響。

「帥哥，現在和我們一起撐下去好嗎？」那名男性急救人員對他講話，讓他保持清醒，「你很幸運，因為你朋友幫你做了十分鐘的心肺復甦術。要不是因為有他，我們也無用武之地……所以，你得趕快想想該怎麼好好答謝他。」

他不敢置信。保羅·麥金斯基——救了他一命——暫時讓他歸返人間。他想要告訴那兩名醫護，這個人是無辜的，他與莎曼珊·安德列提的綁架案沒有任何關聯，邦尼其實是……誰是邦尼？他已經忘了。

一片黑暗。

突如其來的閃光——宛若老相機的鎂光燈一樣——然後，一切消融，又顯現出一個截然不同的場景。他已經不在救護車裡了，亂七八糟的聲響，四周不斷有人來來去去，他還是躺著不動，上頭出現了一道對準他的白光，上千隻手在他身上，模糊不清的人語，大家都赤身裸體。

某個大胸部的矮小女子問道：「血氧飽和度有多少？」

毛髮濃密的大鬍子男人開口，「一直往下掉……百分之六十七。」

「心跳停止……」另一個男人開口，他只看得到那人的大肚腩。

「我來準備注射阿托品。」某名女子講完之後就立刻轉身，露出了美麗翹臀。

因為天熱的緣故，他們都沒穿衣服，真柯怎麼也想不透怎麼會有這麼荒謬的事。大家都嚴陣以待，他卻在悶笑。

「我們裝上陽壓呼吸器。」開口的是黑髮披瀉肩頭的女醫，她是這裡唯一穿白袍的人，但是裡面空無一物。要是她能脫掉那件衣服該有多好！

「血壓呢？」

「收縮壓八十八，舒張壓五十九。」

脫掉衣服好不好？寶貝，我保證妳一定會煞到我……他已經無法控制自己，但死亡一點也不可怕，他現在心情非常爽快。

這時候，有人在忙著講電話。「喂？這裡是聖加大肋納醫院心臟科，我們需要某位病人的資料……他名叫布魯諾．真柯。」

他心想，我在聖加大肋納醫院，莎曼珊．安德列提也在這裡。還有邦尼，對，我記得。誰是邦尼？我不記得名字了，但莎曼珊有危險。喂，聽得到我說話嗎？這裡有危險狀況，你們必須要立刻通知警方，不然，給我送來一杯龍舌蘭，大家一起開趴也可以。

「他右手手心裡捏了什麼東西？」開口發問的是大鬍子男人，他拚命想要扳開真柯的手指，「看起來像是紙團。」

「別管那麼多了，他不會拿來自戕或傷害我們就沒關係。」接話的是漂亮女醫生，「準備施打腎上腺素。」

一片黑暗。

又是一陣閃光，但這一次更像是煙火。先前的雜音慢慢消退，現在又出現了令人放鬆的節律聲響——心跳的電子版本。他還躺在那裡，一大片塑膠面罩覆在他的臉上，幾乎整個面孔都被蓋住，把氧氣強行灌入他的肺部。

年輕的黑髮醫生與比較年長的另一位醫生在病床前交談，奇怪，現在兩個人衣裝都很整齊。

「是誰下令要救活他？」男醫生手裡拿著一張紙，語氣很不高興。

真柯心想，那是他的護身符。

「救護人員也不可能會知道，而且我們又沒有時間搜他口袋，」女醫生在為自己辯解，「我們怎麼可能會想到他已經病入膏肓？」

他們在他面前討論這種事，簡直就把他當空氣一樣，讓他十分惱火。

「我們單位資源有限，而妳居然拿來救一個最多也只能活到明天早上的人。」

也許我根本不想被你們救回來——混帳！你們有沒有想過這一點？要是我死掉的話，至少不用看到你們的醜陋面孔。不過，說真的，沒有人在意他的死活，讓他心情低落，但這畢竟是他孤單一生的後果，必須自己承擔。他沒有成家，也不曾想過生養小孩，他一直覺得沒有必要，「結婚生子」從來就不是他考慮的選項。

他心想，老邦尼已經交棒給小邦尼。就連在「港口」的惡魔也有讓他永念於心的傳人，而新的邦尼有妻子，還有兩個金髮女兒。但他到底叫什麼名字？

佛曼，他想到了，彼得・佛曼，而且他是個牙醫！

不過，這種喜悅也立刻消逝無蹤，因為他現在已經完全沒有與外界溝通的管道。

拿掉氧氣面罩！我有話要告訴你們！

年長醫生說道，「妳救活的是個植物人。」

白痴，我不是植物人。他媽的快拿掉面罩，我證明給你看！

「醫生，抱歉，」漂亮女醫回道，「我保證不會再犯。」

年長醫生面色嚴厲盯著她，然後，把那張護身符還給她，離開了病房。

那年輕女子搖頭，正打算要把它摺起來的時候，卻停下動作，開始仔細端詳。真柯發現到她並不是在讀診斷書，而是在看背面的內容。

當初幫助莎曼珊．安德列提的那名盜獵者所畫下的邦尼草圖。

就在這時候，又起了變化，他聽到自己的腦袋裡傳出了微弱人聲。琳達——他的琳達——正在對他說話，完成交棒。但並不容易啊，真柯全神貫注，他的腦袋還在拚命運轉，但身體幾乎已經等於死亡，不過，他得要完成這項任務。他的腦中開始浮現自己的右手，手指緊握著一團紙。琳達溫柔重複，完成交棒。一開始的時候是食指，微微動了一下。他在心中呼喊醫生，不要走，再待久一點。然後，是他的大拇指——十分艱難，宛若在移動巨石。一定要完成交棒！然後，他覺得琳達握住他的手，助他一臂之力。中指、無名指，最後是小指。他不知道這到底是不是真的，或者只是他的幻覺，但琳達的聲音消失了，醫生摺好他的護身符，放入醫師袍口袋，準備要離開。不要，拜託，千萬不要！

有個東西在彈跳，發出了微弱聲響。

醫生停下腳步，轉身面向病床，低頭。拜託，拜託妳仔細看一下。真的，她果然朝他走去，彎身，撿起了從他手中滑落的那一坨皺紙。她打開之後，臉上露出狐疑神情，她的目光在那張紙與他之間來回飄移了好幾次，然後，她又從口袋裡取出那張護身符，比對那兩張紙的內容。

盜獵者的繪圖，還有黏在保羅．麥金斯基冰箱的磁鐵下方、佛曼家小女兒的那張畫。

同一個主題，有心形雙眼的兔子。

醫生一臉困惑。她從胸前的口袋拿出一支類似筆的東西。不，那是光筆，她湊到他面前，以食指掀開他右眼的眼瞼，將光束對準他的瞳孔，然後，也檢查了他的左眼。

沒錯。

真柯雖然戴著巨大的氧氣面罩，但還是拚命想要動嘴，希望醫生會注意他。

她遲疑了一會兒，但還是緩緩拉起氧氣面罩的鬆緊帶，露出了他的部分面孔，她立刻把耳朵貼向他的雙唇。

真柯運用最後一絲氣息，講出了幾個字音。

醫生耐心等待，然後，站直身體，幫他把氧氣面罩戴回去，一臉驚奇盯著他。

他不知道自己有沒有講出口。可能是沒有，因為現在他的腦袋不斷浮現各種幻象——不過，眾人全裸的畫面倒是逗得他十分開心。

然後，那女醫生走向了病房門口。

不要，靠，千萬不要……

不過，她並沒有出去，反而拿起壁掛電話的話筒，按下了某個號碼，不知道對誰在講電話。

「對，是我……」

拜託，大美女，一定要完成交棒。

「三一八號房的病人可能有親屬。我們必須立刻通知他，病患剛才對我講出了他的名字。」

37

六月中的傍晚，已經能夠聞到夏日的氣息。

他與保羅在教區教堂後面的球場剛踢完一場足球賽，渾身臭汗，享受著只有十歲小孩才能擁有的歡喜心情。街尾出現了如火輪的紅色夕陽，周邊的房屋裡傳出笑語或電視聲響，大家都準備要坐下來吃晚餐。

保羅．麥金斯基是他最要好的朋友，至少，愛德華神父早已為他們做出了這樣的安排。他曾經把他們找來，特別叮囑，「從今天開始，你們就是彼此的好朋友。」保羅不是很聰明，所以他的反應就是點點頭，也沒有問任何問題。不過，羅賓卻知道神父為什麼會做出這樣的安排。這世界上有一種小孩，就像他和保羅一樣，雖然這種類型沒有特定名稱，但是大家卻能夠一眼就看出這群孩子與眾不同。幾乎沒有人會找他們說話，而且也從來沒有人請他們去參加派對，只要一遇到組隊踢球，一定是到最後才會找上他們，而且，最重要的是，沒有人知道他們的名字，大家都以他們的姓氏直呼這兩個人。

蘇利文與麥金斯基。

他們也不像書呆子或娘娘腔一樣會遭到霸凌，反正，他們就是跟空氣一樣。

愛德華神父知道小孩對同儕會有多麼殘忍，所以把他們叫去聖器室，正式宣布他們要相親相愛，也許他不希望他們因為孤單而受窘，畢竟，在這種無憂無慮的年紀，這根本就是最可怕的恥辱污痕。

保羅臉上有胎記，這也是他如此害羞的主因，但他並不是壞人。當然，想從他口中套話絕非易事，但羅賓後來還是知道了他朋友與母親住在一起，從來沒看過父親，為了不想讓保羅難堪，他從來沒有多問。不過，他聽說保羅的母親以前曾與某個有家室的男人交往，後來遭到原生家庭遺棄，把肚子裡懷著雜種的她趕出家門。

雖然保羅跟母姓，而且被眾人視為罪孽之子，但羅賓卻很嫉妒他。羅賓的家庭氣氛一直很低迷，每天都有爭吵，雙親都有酗酒問題，甚至拳腳相向。他母親曾經有次趁他爸爸在睡覺的時候刺傷他的腹部。他最後逃過死劫，但是當他一出院之後，立刻拿鐵棒敲她腦袋，害她頭骨骨裂。有時候，羅賓也會慘遭波及，但保羅從來不會問他身上怎麼會出現瘀青。

畢竟，那個社區的小孩幾乎都有家庭問題。不過其他人和他們不一樣，因為大家都知道該如何在這個世界生存下去，彷彿上帝早已賜予了他們某種盔甲，但是卻沒有給他與保羅任何的防護。

也許這就是讓他們黏在一起的原因。但光靠這樣就能夠鞏固友誼嗎？羅賓不覺得，而愛德華神父卻太樂觀了，希望他們可以彼此扶持。他們兩人完全沒有共通點，只會一起亂踢裝了小石的空罐，不然就是同追野貓。

不過，某一天卻發生了變化。

他們在同一支足球隊，只不過一直是候補球員，最後，出現了某種球場奇蹟，大家都沒想到他們是一對難纏的後衛，敵隊完全無法僭越的堅固城牆。自此之後，狀況開始好轉，球賽結束之後，其他小孩還是直呼他們兩人的姓氏，而且幾乎很少找他們講話，不過，在比賽的時候，大家對待他們的態度卻充滿敬意。

一九八三年六月的那個下午，羅賓．蘇利文與保羅．麥金斯基走在路上，討論剛才的那場比賽，兩人又再次成了陌生人，因為只有在足球場的時候，才會顯露他們的友誼。他們經過教堂後方的轉角，遇到了工友邦尼，他的手裡拿了一桶垃圾。

「嗨，小朋友，最近好嗎？」

他們兩人都沒接腔，但是放慢了腳步。當時的羅賓只覺得這傢伙很奇怪，只要一笑就會露出老菸槍的黃板牙，而且對於來望彌撒的小姐們特別有禮貌，愛德華神父也與他保持距離，彷彿並不信任他。這個工友通常獨來獨往，要是有人提起邦尼，羅賓腦中總是浮現他拿著掃把在教堂院子裡整理環境的畫面。有一次，羅賓騎著腳踏車，經過了救主慈悲敬禮教堂的外頭，他望向教堂前方，看到工友放下掃帚，盯著他不放，那神情蘊含著某種鬼祟，沿路緊隨著他，害他手臂寒毛直豎。

工友放下垃圾桶，開口問道：「球賽怎麼樣？」

「老樣子。」奇怪，這次接腔的是保羅。多年過後，羅賓才恍然大悟，當初他朋友之所以會鼓起勇氣開口，是因為他想要立刻擺脫邦尼，也許他很怕這這傢伙。

「我經常看到你們，你們兩個就跟連體嬰一樣。」這句話聽起來無傷大雅，他們也不知道該怎麼回答是好，不過，邦尼還沒說完，「我注意到其他小孩對待你們的態度，但我很喜歡你們兩個，想要向你們分享別人不知道的秘密……」工友開始咳嗽，對著人行道吐出一坨濃痰，「你們會保守秘密吧？」男孩們沒吭氣，但那男人還是繼續講下去，「我有本漫畫，我想你們一定會很喜歡。但那不像是愛德華神父買的那種……我講的這一本可說是十分特別。」他滔滔不絕，眼神還閃動光采。

羅賓好奇問道：「你說的特別是什麼意思？」

邦尼張望四周好一會兒，才從屁股口袋裡取出了某本捲合的書。

「兔子？」羅賓看到了封面，立刻嗤之以鼻，「那是給小嬰兒看的東西。」

「如果我告訴你根本不是這樣呢？」那男人語氣挑釁，「要是你拿著鏡子看這本漫畫，會出現你完全想像不到的畫面。」

保羅拉扯羅賓T恤的袖子，「我們再不回去就來不及吃晚餐了。」

可是羅賓沒有理會他朋友，繼續嗆工友，「我才不相信你說的話。」

「這樣啊，其實你們只要來我住的地方，就可以自己看得一清二楚。」

保羅一臉懷疑，「我們為什麼要去你住的地方？」

「其實也不一定要過去。要是你身上有鏡子，我就可以證明給你看。」

那男人顯然是在激他們，不過，羅賓知道自己比對方更狡猾。「不如你去拿鏡子，我們在這裡等你。」

邦尼不知該如何回應是好，說不出話。不過，他露出微笑。「抱歉嘍，我以為你們有興趣。好吧，看來我應該要去找比你們聰明的小孩才是……」說完之後，他立刻轉身離開。

保羅也是，但羅賓卻盯著那個邁步離去的男子。

保羅問道：「怎麼還不走？」

羅賓只好心不甘情不願跟在保羅後頭，他們到達要分道揚鑣的街角，保羅正準備要右轉、回到自己的綠屋之前，發現羅賓若有所思，趕緊問道：「你還好吧？」

「嗯。」他答道。

保羅怯生生問：「我們還是朋友對吧？」

「當然啊。」羅賓回應。

他們沉默不語，對望了好一會兒。

「好，那掰嘍。」保羅道別之後，隨即轉身離去。羅賓走了幾步之後，又回頭望著自己的朋友。他心中出現一股微弱的邪惡之聲，保羅這一生註定淒慘。他知道這是誰的聲音，是他爸爸。要是佛列德．蘇利文一直醉醺醺，當然不會有任何問題。但要是他酒醒之後就不妙了。如果不是痛扁他，就是開始劈頭亂罵，即便他沒有犯錯也一樣。最可怕的是，他爸爸會突然想起自己也是為人父母，開始向羅賓分享他的「人生珠璣」。比方說，「女人只有一種本事」、「不要被黑鬼惡搞」。不過，他最喜歡掛在嘴邊的就是「要和比自己厲害的人混在一起」。羅賓知道該和哪些人「混在一起」，這一點倒是不難，因為大家都比他厲害，困難的是說服這些人和他混在一起。不過，要是他繼續與「惡魔臉保羅」當朋友，他永遠不會得到別人的接納。

那個六月天，日光將盡的時刻，他一想到連邦尼工友都在嘲笑他們，暗指他們是膽小鬼，就嚥不下這口氣。也許，證明他與保羅不一樣的機會終於來了。所以，他靜靜等待朋友走遠。

然後，他回頭了。

他到達教堂，敲了敲通往地下室的門。他的打算是要給這工友一個教訓，偷了他某個東西之後就趕緊溜走。之後，他就可以獻寶給其他男孩看，吹噓自己的大膽行徑。就像他父親說的一樣，如果想要對付強硬對手，就必須先學會挑軟柿子下手。

邦尼發現是他站在門口，開口說道：「我看你是改變心意了。」

羅賓擺出強硬姿態，「對啊。」

「既然這樣的話，請進來坐吧……」他指了一下自己背後的階梯。

羅賓跟過去，不過，當木門關上的那一刻，他心中卻湧現不祥預感。他們進入地下室，也就是放置鍋爐的地方，邦尼以鐵絲網圍出了自己的小窩，看起來就像是雞籠一樣。

羅賓四處張望。

這個工友住的地方讓他渾身不自在。陽光到達不了地底，而且四處散發出煤油的強烈臭氣，這裡有折疊床，床頭放了一堆沒有價值的垃圾，此外，還有張工作桌與鐵櫃。邦尼立刻打開了某個裝在鞋盒裡的電晶體收音機，頻道播放的是愉悅清朗的藍調音樂，與這裡的氣氛形成了強烈對比。

工友坐在床邊，打開了床邊桌的抽屜，拿出一面小鏡子，準備要讓羅賓欣賞隱藏在漫畫裡的秘密。「快過來，坐在我旁邊。」他輕拍了一下鋪在床上的毯子，而且語氣變了，現在有一種令人發毛的溫柔。

羅賓開始害怕了，當初應該要聽保羅的話才是，他不想繼續待在這裡，他好不容易才開口：「我該走了。」

「為什麼？難道你不喜歡這裡？」工友裝出不爽模樣，「我覺得我們一定會變成好朋友。」

「不要，我沒在跟你開玩笑……我媽媽在等我，」他結結巴巴，「晚餐一定早就煮好了。」其實，他媽媽最多就是從冰箱拿出放了兩天、辛苦湊錢買到的超市烤雞，根本懶得加熱，直接丟在他面前。但現在只要能逃離這裡，叫他吃下任何垃圾都不成問題。

邦尼問道：「要不要來點牛奶加餅乾？」他從鐵櫃裡取出了一瓶牛奶，倒入髒兮兮的玻璃杯。羅賓沒接話。

邦尼搖頭，「你幹嘛要這樣？一開始的時候那麼臭屁，現在又想要龜縮。」

「我才沒有，不過，我看我還是下次再來吧。」他開始往後退。

邦尼臉色沉重，「小弟弟，抱歉，但我覺得你不能這樣搞，」他把牛奶遞過去，「好，現在乖乖喝光吧。」

38

事隔三十年之後，羅賓・蘇利文，也就是現在的彼得・佛曼，依然無法忘記當時的種種細節。他依然聞得到那地方的氣味，感受到地底的寒意與低沉人語，就連那藍調音樂的回聲也宛若原音再臨。

投射在醫院白色天花板的這段記憶逐漸褪淡，取而代之的是腹部傷口的疼痛感，縫線綳撐皮膚，但所幸他的自戕演出十分成功。他知道該在哪個位置下刀，因為那就是母親當初拿過菜刀砍殺他父親的部位。醫生說雖然他父親大量失血，但依然十分幸運，因為那裡沒有任何重要臟器。

在他的童年歲月中，父母幾乎一直是壞榜樣，而邦尼工友反而是他的良師。在他被邦尼囚禁的那三天之中，的確慘被惡魔蹂躪，但也讓他發現透過他人的恐懼、能夠產生神秘的快感。

因為這正是老邦尼所追求的目的。小孩的恐懼是他的養分，他的癖好。

七十二小時的折磨、凌辱，還有心理虐待。羅賓運氣好，最後脫離了魔掌，因為到了第三個晚上，施暴犯喝得爛醉，睡著了，忘記把他銬在床頭板。所以他溜出監牢，向某名女性路人求援，她立刻陪他去了警局。

但是他為什麼要帶走那本兔寶寶漫畫？

當初的這項舉動，也讓他後來決定不要向任何人吐露自己的遭遇。一開始的時候，是出於羞慚，或是擔心惡魔可能出手報復的恐懼感。但並非如此，還有其他理由，而且與邦尼以那本漫畫，加上某部詭奇影片在他心中埋下的種子息息相關。

在他被拘禁的那短短幾天當中，恐懼已經在他的腦海挖出了一個深邃地獄，某個遙遠又陌生的地方，讓長大成人的羅賓能夠在裡面累積無法說出口的欲望、邪惡的衝動，以及暴力的種子。不過，當他才十歲的時候，他萬萬沒有想到在那道裂縫之中有東西在悄悄滋長。

某種生物。

就住在他的體內。他是等到回家之後，透過父母的眼眸才發現了牠的存在。他母親的瞳孔中出現某隻邪惡兔子的映影。這是他父母有史以來第一次覺得兒子好可怕，所以他們拋棄了他。在威爾森農場當中，他找到了一種全新的感情，與處境類似的其他小孩的共通之處，畢竟他們全都是敗德男女靠著暴力與欺瞞奪取童貞的受害者。不過，羅賓也覺得自己與眾不同，因為他不承認自己的受害者角色。也許這就是塔米翠亞．威爾森如此疼愛他的原因，她以為羅賓純粹想要完全脫離以往的可怕經歷，或者，不願意讓受害者的烙印跟著自己一輩子。所以她幫助他取得了新的身分，而且讓他拿到了得以進入大學就讀的基本資格。

前幾天的那個夜晚，名叫布魯諾．真柯的私家偵探，來打聽某個名叫羅賓．蘇利文的男孩，塔米翠亞敲昏他的頭、把他鎖在地窖裡。她就像是一個充滿愛心的母親，想要保護一個拋卻可怕過往、名叫彼得．佛曼的兒子。

他以前很愛塔米翠亞，但還是得殺了她，因為她並不了解核心真相，小男孩羅賓．蘇利文拒絕當受害者，正是因為他已經知道自己也是施暴者集團的一分子。

塔米翠亞很懷疑他帶在身邊的那本漫畫，但她一直不了解它的真正意涵。當他離開農場的時候，他請塔米翠亞代為保管，因為他沒有勇氣扔掉它，不過，更重要的是，他覺得邦尼也該從書頁裡走出來了。

為了要擬真，他早就偷偷開始謀劃要戴面具，但不能是人類的形象，因為邦尼應該屬於某種神祇。

就連當塔米翠亞那天晚上打電話給他、告訴他有人跑來問東問西的時候，他也是戴著面具現身。他把那老女人的屍體埋在農舍後面，對於必須殺人，他並不開心，取人性命沒有辦法讓他得到快感，不過，他還是得經常出手。

他跟老邦尼不一樣，他喜歡的是小女孩。

他在暗網裡四處尋獵，滿足自己的幻想，只是他綁架之後、藏在秘密巢穴裡的那些小妹妹都活不了太久。她們就跟倉鼠或金絲雀一樣，過了幾個月之後就生病了，壽命最多也只能維持一年。所以，他不願目睹拖拖拉拉的悲傷結局，寧可自己動手，確保她們不再受苦，總而言之，他是在行善。

不過，面對莎曼珊，狀況就不一樣了。

他立刻發現她與眾不同。首先，遇到她因為機緣巧合，在某個尋常的二月早晨，她在上學途中自己湊到了他的廂型車旁邊，對著窗戶自照，她就像是一隻無知無覺的蒼蠅，太靠近蜘蛛網，莎曼珊·安德列提看到了閃亮陷阱裡的鏡像，一頭栽進去，為了自己的虛榮而付出了相對代價。

他本來以為這女孩被監禁之後，絕對撐不過一個月，不過，後來她成了他的一大驕傲。不只是因為莎曼珊堅持了十五年之久，更重要的是，打從一開始，她就讓他充滿了鬥志，不斷改善策略，讓這個世界完全察覺不到邦尼的存在。

彼得．佛曼結婚，還生了兩個女兒，全都是為了她。

安全隱身在某個正常家庭，擁有貌似平靜的生活，這位個性沉靜的牙醫其實是個完美雙面人。他的妻子壓根沒想到他的內心還有另一個分身。他必須老實招認，那天晚上，他戴著兔頭人面具嚇她，把她與女兒們一起關在地窖裡的時候，他十分開心。梅格曾經在那裡發現他戴著面具，他好不容易才說服她千萬不要說出去，這是爸爸與女兒之間的小秘密。

當他待在家裡的時候，他總是維持和善表象，而且自我控制得很好。不過，他對莎曼珊卻常常太過嚴厲，很可能是因為他太愛她了。接下來又遇到了小孩的問題。他與她性交時一直很小心，而且，小莎多年沒有月經，所以他以為她不孕了，沒想到最後卻懷了身孕。也許他當初應該立刻殺人滅口才是，但他並沒有這麼做，他原本以為她會難產而死。後來，分娩的時候，他出手幫忙，讓她的討厭臭女兒順利出生。幸好他有牙醫的醫療技術，為她動了基本的剖腹手術——要是被人知道的話，他一定會被吊銷執照。然後，他立刻離開現場，接下來，將近一個禮拜的時間，他都不曾走入地牢。他猜等到自己回去的時候一定會看到大小雙屍。不過，那個厲害的臭婊子還是撐住了，並沒有因為流血過多而死。

最困難的部分，就是從她的懷中取走寶寶。

她那時是三歲，但看起來還不到一歲半。一直沒長大，而且因為長期監禁的關係，身體有多處出現問題。

小莎一直不肯原諒他。先前她一直對他百依百順，但自從他偷走她唯一的生存理由之後，她開始以最可怕的方式展開反叛，完全對他置之不理，再也不含恨，長期以來對他的懼怕消失無蹤。

邦尼再也嚇唬不了她。

在她自取滅亡之前，他決定要給她一個扭轉命運的機會。

玩遊戲。

他把她放入自己汽車的後車廂，把她載到沼澤區。然後，他脫掉了她的衣服，最後一次仔細欣賞她的野性美。

然後，他放了她。

等過了一個小時後，他開始找尋她。

過了許久才看到她，待在路邊，受了傷。他戴著自己的兔頭人面具，穿越樹林，朝她走去，就在這時候，某輛該死的貨卡停了下來，看來駕駛應該是盜獵者，他立刻衝下去救她，羅賓躲在某棵樹後頭，靜觀一切。

小莎伸出雙臂，勾住陌生人的脖子。

看到她抱著另外一個人，讓他妒火中燒心碎不已。現在他知道了：他一直愛著她。他實在無法承受這一幕，所以立刻現身。

那個和小莎——他的小莎在一起的年輕人——看到他之後就陷入遲疑，最後，逃之夭夭。

做得好，小伙子，這樣就對了。

貨卡開走了，莎曼珊開始尖叫，他立刻衝過去安撫她，說出自己好愛她。但她所說的話卻刺傷了他的心，傷得好深。

她低聲說道：「殺了我。」

他們在一起這麼多年，還生了女兒，最後他甚至向她告白，而現在她居然寧可一死，也不願意承認他們明明深情相繫。

他萬萬不能接受。好，看來她右腿是斷了，那就乾脆留她在這裡自生自滅。「既然妳想死，那就讓妳如意。」撂完這些話之後，他立刻掉頭離開。

他沒有回頭。不過，戴著兔頭人面具的臉頰，卻流下了痛苦熱淚。

當他回到家的時候，電視正在播報她被尋獲的消息。大家都不敢置信，紛紛跑到街上大肆慶祝。其實，他應該要擔心自己才是，因為警方早已在多年前忘記了莎曼珊．安德列提，也讓他得以逍遙法外，現在一定會重新追查他的下落。不過，說也奇怪，他一點也不在乎。

在接下來的那幾個小時當中，他發現自己很難繼續扮演冷靜的牙醫，尤其是在他的家人面前。他一直擔心自己的悲傷會洶湧溢出自己築起的高牆，而邦尼的痛苦呼喊將會從地獄黑暗世界的某個深處迸裂而出，他已經絕望至極。

不過，就在太陽即將下沉之際，他恍然大悟。

她也愛我。只是，就像所有的情侶一樣，我們偶爾也會吵架，沒錯，純粹就是戀人拌嘴而已。對，因為我犯蠢吃醋造成的爭吵。我這個人有太自傲的問題，馬上就會被激怒，不過，應該要立刻想辦法澄清誤會。

這就是他接下來應該要採取的行動。

他知道只要能進醫院見到她就不成問題，要是能夠和她說話，就可以讓他好好解釋，一切又能夠回到從前。所以，就算是拿刀自戕，他也無所懼，那是一種愛的試煉，鐵定能夠贏得小莎的激賞。

他為了要順利完成計畫，甚至還想出辦法利用老友保羅．麥金斯基。好幾個禮拜之前，他開車到失業者習慣聚集的購物中心停車場，靠著對方臉上的胎記認出了好友。當然，自己出現在他的面前，等於是在下賭局，但他就是忍不住好奇心，想要知道保羅是否也能夠認出他。

他這樣告訴自己——沒有，保羅沒認出來。

算他走運，這樣的巧合成為他手中的一張好牌，當他需要轉移警方與那個愚蠢私家偵探注意力的時候，立刻就派上用場。他們全力追查保羅．麥金斯基，而羅賓依然能夠高枕無憂。

自從他被送入聖加大肋納醫院動手術之後，他也開始構思他與莎曼珊的將來。從醫院一起逃走之後，他們可以先躲一陣子，也許可以回到那個老舊的地窖，畢竟那是他們的愛巢，前提是警方找不到她的下落，他們並不知道她以前一直待在他老家房子的地下室——那是都因肝硬化過世的父母留給他的唯一遺產。

不過，他們不能在那裡待太久。所以羅賓的計畫是從銀行帳戶裡領走一大筆錢，買輛二手車，要去哪裡都不成問題。他們會跑遍全國，讓別人再也無法追蹤他們的下落。然後，有一天，他們將會到達某個安靜的山間小村落，就此落腳共度餘生。他們可以使用假名購買真正的房子，找兩份還不錯的工作，也許繼續拚做人——生個小娃娃，甚或是兩個。

對，這計畫真是太好了，鴛鴦亡命天涯。

他只需要對莎曼珊說出這個夢想，邀請她共同築夢。當然，他得要先道歉。小莎很聰明，個性寬容，畢竟她已經原諒他這麼多次，這次當然也一樣。

羅賓再次望著醫院病房的天花板，他親愛的小莎距離他並不遠，就在燒燙傷中心，相隔只有兩層樓而已。他好想立刻一入院之後就衝過去看她，居然能忍這麼久，真是不可思議。雖然傷口縫針仍在疼痛，他還是勉強坐了起來，覺得自己好幸福。

過沒多久之後，他就可以將自己深愛的女人擁入懷中。

39

通往緊急逃生口的門有些許隙縫。

羅賓．蘇利文已經注意它好一會兒，發現警察一直利用那裡低調進出。他走過去，立刻聞到尼古丁的氣味，他推開門，果然看到有兩個警察在聊天抽菸。當他們一見到他，立刻停止交談，仔細端詳他：這傢伙只穿了醫院病袍與毛巾布拖鞋。他向他們點頭致意，兩人又繼續聊天抽菸，宛若什麼事都沒發生過一樣。

他斜倚欄杆，一陣微風吹來，熱氣也不再那麼可怖，而且，現在還有美麗的星空，的確是完美之夜。他深呼吸，依然在仔細聆聽後頭的動靜。其中一名警察對著牆壁捻熄菸屁股，隨手一扔，留下他同事，自己準備繼續執勤。現在，只剩下一個警察，羅賓把手伸入口袋。

那一個也抽完了菸。

他轉身面牆，打算熄菸離開，羅賓拿出先前在醫療器材間準備好的針筒，旋即刺入對方的脖子裡，然後立刻後退。那警察立刻以手護頸，轉頭看著他，雙眼瞪得好大，不敢置信，企圖以另一隻手抓住羅賓，但是注入頸靜脈的強猛巴比妥已經進入中樞神經系統，那名警察腳步踉蹌，雙膝一軟倒地。

羅賓確定他失去意識之後，脫去了他的警察制服。

燒燙傷中心位於醫院最上方的樓層。病房集中在建物內層，完全沒有窗戶，因為陽光與熱氣可能會損害病人皮膚。他心想，他們還真是聰明，把莎曼珊安排在這個地方，監控更方便。

他搭乘員工電梯，到達了燒燙傷中心。電梯門開了，正好有兩個女警走過來，他趕緊低頭，靠著警帽的帽簷遮蓋了大部分的臉龐，她們根本沒注意他，直接錯身而過。

走廊上只有醫生與護士，多數員警都集中在醫院周邊。這裡還有其他病人，必須要保持潔淨無菌，所以這層樓只有一個員警。

他開始在病房區四處走動，找尋莎曼珊的那一間。很遺憾，他只能空手來訪，其實他很想帶個禮物過來，鮮花什麼的，但他不想要引起側目。他已經想好等一下要怎麼面對她：他會跪下來，懇求她的原諒。

他找到了她的病房，因為門口有警察駐守，他立刻走過去。

那警察注意到他走過來，盯著他不放，也許正在猜測他的來意。「怎麼了？」他問。

「我不知道，」羅賓回道，「他們派我來這裡。」

警員看了一下手錶，「奇怪，我的班表是兩點鐘才結束。」

羅賓聳肩，「這是上級的命令。」

那警員拿起腰間的無線電，「我來問一下警佐。」

羅賓趕緊阻止他，「應該是搞錯了，我下樓去跟他們說。」

「好吧。」

「裡面狀況如何？」他指了一下病房，假裝只是好奇隨口問問而已。

「葛林醫生在休息，我猜女孩應該在睡覺。」

羅賓點點頭，正打算離開，但又轉身回來。「既然我人都到了這裡，要是你想抽菸或喝杯水，我可以幫你暫代個五分鐘。」

「嘿，好啊，」對方立刻接口，「謝了，你真是夠義氣。」

他盯著對方消失在走廊轉角，又等了好幾秒，然後整個人靠在門上，手臂伸向門把。確定四周沒有人注意他之後，他開了門，迅速溜入病房裡面。

□

裡面一片漆黑，只看得到病床四周醫療設備所發出的微光。他等待雙眼慢慢適應這裡的昏暗光線，輪廓逐漸明晰。他聽到了病床上發出了呼吸聲——規律又平和。

他心想，我的親愛寶貝在睡覺，她看到我一定很開心。畢竟，在一起十五年了，也算是某種婚姻。

他越靠越近，他想要吻醒她。

他走到了床邊，立刻停下腳步，露出微笑。他想要伸手摸她，但卻找不到人。

病床是空的。

「哈囉，邦尼。」

聲音從後面傳來，是名男子，他不假思索，立刻轉身。

「不准動。」

他聽到沉重警靴奔入病房的聲響，他們各就各位，準備圍捕目標。他猜長槍的夜視器已經對準了他。他心想，他們派出了特勤小組，如此大費周章，讓他感到無比榮幸。他搖搖頭，不敢相信自己會以這麼戲劇化的方式劃下句點，他舉高雙手，表示投降。

那男人再次開口，「跪下。」

對方的語氣並不專橫，反而冷靜且充滿耐性，令人舒心。

「把雙手擱在頸後。」

他乖乖照做，同時徹底心碎，一滴清淚從臉頰滑落而下。痛苦的不是接下來的處境，而是因為此生再也無法見到她了。他們抓住他，上銬。他開口問道：「至少讓我知道到底是誰逮捕我吧？」

剛才講話的那男人表明身分，「我是警探賽門・貝瑞世。」

40

他們發現蘇利文的病床空無一人之後，立刻恍然大悟，這個惡魔正在醫院裡鬼祟活動。立刻逮人很可能會傷及諸多無辜群眾，所以貝瑞世一提出建議，馬上讓大家連聲讚好。

不需要移出莎曼珊·安德列提，只要在另一個病房門口派駐警衛，就可以在裡面守株待兔。

終於，他們逮捕了蘇利文。他們把他帶走的時候，他哭得跟小嬰兒一樣，他提出的第一個要求很特別，牛奶與餅乾。

貝瑞世到達偵查小組拖車入口的時候，還一直在思索這件事。他剛才必須把希區考克留在外面，但所幸有人在牠旁邊放了一碗水。現在是凌晨三點鐘，但氣溫就與正午一樣炎熱，狗兒顯然比其他人更受不了這種天氣。貝瑞世撫摸這頭荷花瓦特犬的口鼻，對牠開口，「我們等一下就回家好嗎？」他同時試圖聯絡米拉，但其實心中不敢抱太大期望，的確，這位靈薄獄組長的手機依然還是關機狀態。

瓦茲奎茲，妳到底身在何方？

他不知道她到底在處理哪個案子，也不知道她為什麼會失蹤了好幾個禮拜。他最後一次與她講話的時候，她曾經提到掌握了一條有利線索。當他詢問詳細內容的時候，卻被她兇了回去。

「貝瑞世，你不要多管閒事。」

米拉的這種態度稀鬆平常，不過他發誓他這次絕對不會原諒她。他的好友經常忘了自己身為母親的職責，畢竟愛麗絲還小，很需要她。等到她這次出完任務回來之後，他一定會直接表達自己的想法——全部都講出來。

「您的電話將轉到語音信箱……」手機裡傳出提示聲，貝瑞世正打算留言，但卻停下動作。

鮑爾與德拉夸正朝他走來。

「好，給我們一個解釋吧？」鮑爾開口，「你跟布魯諾．真柯是什麼關係？」

「他昨天晚上到靈薄獄，想要找尋羅賓．蘇利文失蹤案的線索，我們就是因為這樣才認識的。」

「然後你就乖乖交給他？」鮑爾雙手一攤，不敢置信，「你根本不在那裡服勤，隨便哪個人找上門就出手幫忙？」

貝瑞世再也無法忍受下去，「你們給我聽好了，現在大家就把話一次講清楚：你們是不是因為自己沒辦法破案要找代罪羔羊？」

金髮警探正打算要回嗆，但德拉夸卻搶先開口，「我們沒有這個意思，我們只是要搞清楚到底發生了什麼事。」

貝瑞世打量狀況之後，開口回道：「真柯把他發現的線索全告訴了我：那本漫畫、邦尼，以及臉上有胎記的男子……我覺得他很想要破案。」他想起真柯努力辦案的蒼白面孔，「所以我也是意外知道了這起案件的所有關鍵線索。」

鮑爾越來越不爽，「那你給他的回報又是什麼？」

「某張照片，」貝瑞世毫不遲疑，「真柯想要知道羅賓·蘇利文小時候的長相……靈薄獄保留的檔案是他與他朋友的合照。」

鮑爾悶哼一聲，「真是感人哪。」

貝瑞世沒有理會他，又面向德拉夸。「兩個小時前，聖加大肋納的某個醫生打電話給我。她說有個病人狀況危急，而且提到了我的名字——她覺得我應該是對方的親友。我趕到醫院的時候，他們告訴我病人心臟病發的時候是由保羅·麥金斯基進行急救，而且他也陪伴病患一起過來。他們把那個人指給我看，我才發覺我們當初弄錯人了，靈薄獄照片裡的那個胎記男孩不是羅賓·蘇利文，換言之，那個牙醫撒謊。」

德拉夸仔細端詳貝瑞世，也許是想要判斷他是否說出了全部的真話。

貝瑞世知道自己在同事之間名聲不佳，多年來都過著宛若邊緣人的生活，也許這就是他與布魯諾·真柯如此投契的原因。「你們應該要感謝那位真柯，」他說，「要是沒有他，莎曼珊·安德列提恐怕會很危險。」

「他在二十分鐘前斷氣了。」鮑爾丟下這句話之後就轉身離去。

這消息來得猝不及防，貝瑞世雖然幾乎不認識他，但還是覺得難過。

「他曾經告訴過我，希望等到一切落幕之後見莎曼珊一面，我覺得他有事想要道歉……」

德拉夸把手放在他肩上，「反正也沒差了。」

貝瑞世一臉驚愕盯著他，「什麼意思？」

「再過半小時，總長就要召開記者會。」

德拉夸到底在講什麼？

「我們還有一條沒公布的大消息，與莎曼珊·安德列提有關……」

41

她拉高床被，蓋住了頭，不想繼續被鏡子那一頭的人死盯不放。而且，她也不想再聽到床邊桌上頭那具黃色電話的鈴聲。

他知道我在這裡，一定會過來找我，將我帶回迷宮，她想起了那個沒有出口的灰牆監獄。

「精神病院的牆壁都是這個顏色，高度戒護的犯人房也是，還有動物園的牢籠……」葛林曾經這麼說，「久而久之，灰色會讓人變得乖順。」

這醫生跑去哪了？他離開病房、清理襯衫被三明治沾到的污漬，已經至少有一個小時了。他說他會立刻回來，而不是把她丟在這裡。

床被是蠶繭，是她殘存的最後一道防線。

一開始的時候，它的確發揮了這樣的功能，不過，後來有東西悄悄潛入她的避難空間。除了熟悉的醫院聲響之外，牆上的那顆心又開始跳動。

那是她在地牢生下的小女嬰的心跳，而她卻什麼都不記得。那是她的女兒，也是惡魔的女兒。

不要再跳了，拜託快停啊，但它就是不肯停下來。

那堅持不斷的心跳讓她快瘋了，她知道自己必須要採取行動，不然它永遠不會放過她。所以，她鼓起勇氣，頭慢慢探出了床被。

他們告訴貝瑞世，透過雙面鏡就可以看到莎曼珊．安德列提的一舉一動，所以，現在他與她之間只有一道薄玻璃相隔而已。除了拯救她的那名盜獵者、警察、為她做心理治療的側繪專家、當然，還有囚禁她的惡魔之外，大部分的人都只記得她十三歲的模樣，對於這世界的其他人來說，小莎還是個小女孩。

而貝瑞世是得以親眼目睹真相的其中一人。

他看到的是個虛弱、毫無抵抗能力的生靈。德拉夸告訴他莎曼珊逃跑的時候摔斷了腿，因為長期監禁造成她骨質脆弱。而且，她的免疫系統也受到損傷，所以必須把她安置在無菌環境中。

難道真有人會如此摧殘無辜者？

牆上的那顆心臟變得好大，而且還在不斷擴張。

她告訴自己，那只是污漬，是幻象，都是因為那惡魔對她施打了精神病藥物，只要等到點滴裡的解毒劑滌淨我的血液與腦袋，它馬上就會消失。

牆面的心搏宛若鼓聲節拍，正在召喚她。

她是我的寶貝女兒，她只是想要得到媽媽的愛撫而已。她的親生母親拋棄了她，她好想哭。不能相信她，她是惡魔的女兒，只是想要把妳帶回迷宮而已。妳知道她還在那裡，殷切盼望妳，要是妳不想回去，妳就絕對不能理會她。

不行，我辦不到，我是她母親，我做不出這種事。

她下定決心，掀開床被，坐了起來。然後，張開大腿，拔掉導尿管，把它扔在地上，淹出了一泓尿池。她望著點滴，小心翼翼拔掉了插在靜脈裡的針頭——等一下她會接回去。她不確定自己有沒有足夠的氣力站起來，她還記得自己第一次努力嘗試的情景，慘摔倒地——是葛林醫生立刻救了她，她還記得自己聞到古龍水的氣味。好，她先移動右腿，把腳置於地面，然後以雙手抱住打石膏的那隻腿，將它抬起，移向床邊——每一次只能移動一點距離，循序漸進。等到終於移到床緣的時候，她的屁股開始往前，慢慢讓傷腿碰觸地面。最後，她靠著雙臂撐住床墊，撐起身體，深呼吸，起身。

一開始的時候，整個病房天旋地轉，但她還是努力保持平衡。她心想，很好，隨即朝白牆的那顆心走去。

她必須要向自己的腦袋證明那並不存在，是幻象，是虛妄的認知。她先移動右腳，讓軀幹向前，然後開始拖動石膏腿。她估算了一下，自己距離終點線約兩公尺，她有信心可以達標。

她開始掙扎向前，一次一步。到了第四步的時候，必須停下來喘氣。值此同時，牆上心臟跳動的速度也變得越來越快。我得要過去，必須要讓它停下來。

距離剩不到一公尺，她露出微笑，快要完成她的小小任務了，加油，再努力一下就好。

等到她快要到達牆邊的時候，她放棄了，乾脆直接伸手觸摸，她小心翼翼把手放在那顆心臟上頭，它立刻停止跳動。

終於，它恢復了平靜。

她發覺手濕濕的，沒錯，那只是一大片潮氣污漬罷了。

不過，當她把手從白牆上移開之後，她自己的心臟卻瞬間凝凍。

貝瑞世依然望著躺在病床上的女孩，對她充滿了無限的憐惜。剛才德拉夸曾經告訴他，「我們還有一條沒公布的大消息，與莎曼珊．安德列提有關……」

貝瑞世明白總部會遇到什麼樣的反彈，因為當人們發現真相的時候，他們一定會對警方感到憤怒，這十五年來居然都沒有找到莎曼珊．安德列提。

後頭有個女人開口，「我知道你在想什麼。」

貝瑞世轉身，看到一位年約四十多歲，氣質優雅，十分美麗的黑人女性。

「他們說的是真的嗎？」他問道，「她這樣算是某種昏迷？」

「不能這麼說，」那女子回道，「她現在處於某種緊張症狀態，有時恢復部分意識，有時完全失神。」

「其實，德拉夸警探以另一種方式描述莎曼珊現在的狀況……」

「他怎麼說？」

「彷彿被永久囚禁在某場惡夢之中，完全沒有辦法清醒過來。」

那女子嘆氣，「我們本來期盼她能夠提供有用線索，幫助我們抓到綁匪或是監禁她十五年之久的那個人，不過，我們所有的努力都失敗了。」她停頓了一會兒，搖搖頭，「真正的那個人在她心裡，現在已經無法讓她從中解脫。」

他看出她的失望之情，不禁開始納悶，她在莎曼珊．安德列提這起案件中到底扮演什麼角色？他伸手，先自我介紹：「我是警探賽門・貝瑞世。」

她也握手回禮，露出淡淡笑容。「我是負責這起案件的側繪專家——克拉拉・葛林。」

她必須要立刻把狀況告訴別人，她想到了那具黃色電話，現在，她對它的敵意全消，它是她的朋友。

然而，她的手掌卻沾滿了白漆。她心想，怎麼可能呢？一股恐懼襲身，不可能，不會吧？沾有濕氣污漬的那面牆，其實底漆是灰色的。

她拚命走向床邊桌，已經不在乎拖著石膏腳有多麼累人。她一把抓起話筒，貼著耳朵，她按下了9，葛林醫生先前曾經向她解釋過……不過什麼聲音都沒有，線路不通。

她想要大叫，但還是忍了下來。

她轉向門口求援，不過，要是她的遭遇是真的，那麼期盼找人幫忙根本是癡心妄想。

儘管如此，她還是滿懷激動心緒朝病房門口走去，而且，她也害怕自己就此揭露真相。她先試了門把，沒鎖，應該是好預兆吧。

她打開門，看到那名警員的背影，她好開心，真想抱他一下。但這股狂喜瞬間消失無蹤，因為她發覺到她面前的那個人其實只是毫無生命徵候的物體。

微笑的假人，就像是百貨公司裡的陳設一樣，只不過他穿的是警察制服。

某張小桌上放了一堆針管與藥品，中間放了台老舊的可攜式音響：喇叭不斷發出醫院的背景聲響。此外，還有一台電視機，就是葛林醫生當初給她看醫院外直播新聞畫面的那一台，不過，她現在才發現電視連接的線路是某台錄影機。

這裡還有一堆泛黃舊報紙，最上面的是有關她意外再次出現的報導，椅子上放有黃褐色假髮與一套護士制服。她想起了為她更換點滴的那個護士，曾經以充滿母性的語氣安撫她，「乖，親愛的，好好休息……」

最後，她四處張望，認出了那些灰牆與走廊上的一道道鐵門。她原本期盼自己弄錯了，但現實卻讓她的希望完全落空，現在，她知道這是怎麼一回事了。

一場遊戲。

她一直沒有離開迷宮。

「他們剛才把你那位私家偵探朋友的事告訴了我，」葛林醫生說，「很遺憾。」

「我們不是朋友，」貝瑞世很想要告訴她，其實他期盼能夠好好認識一下布魯諾．真柯，「但還是謝謝妳。」

她問道：「要不要來杯咖啡？」

「好啊。」他又瞄了一眼雙面牆，心想這世界上不知還有多少個無人知曉，而且無人拯救的莎曼珊．安德列提？

然後，貝瑞世又想到了那個有著心形雙眼的兔寶寶漫畫人物，又有多少個小孩遭到黑暗腐蝕，茁壯成魔？

又有誰知道這世界上還有多少個邦尼？

42

我不是莎曼珊·安德列提。

她突然恍然大悟，不禁徹底崩潰。她必須要離開這裡，這是不可能的任務，她知道，但是她的愚蠢腦袋卻一直拒絕接受這只是一場騙局。

惡魔的殘忍遊戲。

她拖著沉重的石膏腿朝走廊的另一頭走去。斷腿也可能是欺瞞的手段，把我困在病床上，讓我無法起身查出真相，而且，那面讓她十分懼怕的鏡牆後頭也沒有人對她虎視眈眈，那只不過是一道該死的普通牆壁罷了。

大約走了二十分鐘之後，她愣住不動。有個微弱人聲引發她的注意，來自右邊的第三個房間。

聽起來像是廣播節目。

她走過去，在門口停了下來，專心聆聽：其實那是兩人在對話。

她決定入內一探究竟。

葛林醫生站在那裡，背對著她，面前放置的是他的錄音設備，他雖然戴著耳機，但想必巨大音量外溢，所以她才能夠聽到內容。

「我不知道我能不能幫上忙。」

她認出那是她自己的聲音，接下來是醫生開口。

「小莎，聽我說：這個男人對妳做出這種事，妳當然希望他付出代價，對不對？而且，最重要的是，妳一定也不希望他危害別人……」當時她醒來，卻什麼都不記得，他把印有莎曼珊·安德列提的十三歲照片的宣傳單拿給她看，然後對她說出了這些話。「妳可能已經在猜測我的身分，我不是警察，」他繼續說道，「我不帶槍，不在外頭追捕犯人，也不會遭到槍擊。老實說，我根本沒那麼勇敢。」他自顧自笑了，為自己的笑話捧場，「不過，有一點我倒是可以向妳保證：我和妳，我們一定會聯手抓到他。他自己不知道，但有個地方他無所遁逃，我們能夠在那裡將他繩之以法；不在外面，而是在妳的心底。」

葛林醫生的最後一句話讓她不禁瑟瑟顫抖，就和她當初第一次聽到時一樣恐懼。

「妳覺得呢——願意信任我嗎？」

她想起自己伸手，又把傳單翻過來，讓有照片的那一面向上的情景。在渾然不覺的狀況下，她開始玩這場遊戲。

「很好，我的勇敢女孩。」

我不是你的女孩，而且我也不勇敢。

你不是醫生，你也不想幫助我，你就是他。

現在她已經知道了他的長相，這個惡魔比她想像中的還要猙獰，因為，明明看起來是個正常人，但內在卻隱藏了如此邪惡的心靈——最可怕的噩夢莫過於此。這樣的禽獸，就和童話故事裡的那些邪力超強的魔鬼一樣，受害者想要打敗他們，只能是癡心妄想。然而，要是狀況繼續維持不變，完全不會有任何救贖的希望。

也許那份雞肉三明治真的是他太太準備的。等到他離開這裡之後，他會回家、躺在溫暖的床上，與妻子互相依偎，就像是一般人一樣。也許他有子女，有孫兒，當然也有好友或同學，大家都以為自己很了解他，但其實是一無所知。

只有我知道他的真面目。

就在這時候，她又注意到他皮帶上的鑰匙環扣。

然後，她望著自己的腹部，伸手找尋那道傷疤溝痕。

如果我能夠撐到現在，那就表示我比記憶中的自己更堅強。所以，她也該好好自問那個迴避至今的問題。

我是誰？

43

「我要宣布一個大消息，」葛林醫生回到病房，「我們終於抓到他了，綁架妳的歹徒已被逮捕歸案！」

她裝出驚訝無語的表情。其實，是因為恐懼而讓她無法做出反應，她希望他沒有發現異狀才好。「怎麼找到他的？」

「很可惜，我無權向妳透露細節，不過，要是沒有妳的協助，我們永遠沒有辦法達成任務。」他看起來欣喜若狂，「妳應該要感到自傲才是。」

「所以就這樣結束了嗎？」

「親愛的，沒錯，」他拿起放在椅背上面的外套，「妳父親也到了。我們聊了一會兒，我向他解釋妳現在沒辦法立刻見他，他願意等妳準備好再說。」

「那麼，你接下來要去哪裡，葛林醫生？」

他露出微笑，「我要回家，但我答應妳，過沒多久之後就會回來看妳。」

「你家是不是很漂亮？」

「說到房子，房貸壓力也很驚人。」

「你老婆叫什麼名字？」她發現丟出這問題之後，他立刻嚇了一大跳。

他遲疑了一會兒才開口，「亞德里安娜。」

她心想，不知是真是假。「你有小孩嗎？」

他一臉疑惑望著她，答案簡單扼要，「有啊。」

「他們叫什麼名字？」

「妳怎麼對我的生活這麼感興趣？」他再次哈哈大笑，但顯然很困窘，「嗯，其實我沒什麼興趣講自己的事。」

她毫不畏懼，「但我想知道啊。」

他又把外套放回椅背，坐下來。他突然態度不變，也沒有要急著離開的意思。「老大是喬安娜，三十六歲，然後是喬治，三十四歲，老么是馬可，二十三歲。」

她點點頭，彷彿在消化這些資訊，但她還想要追問下去：「他們在做什麼？」

「馬可在念大學，再通過三科考試就可以取得法律學位。喬治與兩個朋友合開了一間資訊業小公司。喬安娜去年結婚，是房地產經紀人。」

她仔細端詳這男人的臉龐，想知道他是否在演戲。她心想，沒有，全都是真的。

「你是怎麼認識你太太的？」

「高中同學，」他的語氣很淡然，「我們在一起四十多年了。」

「很難追嗎？」

「我本來在和她的好友交往，因此認識了她。我第一次看到她就驚為天人，死纏爛打，後來她終於答應跟我約會。」

他緊盯著她不放，她完全沒有要迴避目光的意思。「你是不是立刻開口求婚？」

「一個月之後。」

「有戒指嗎？」

「我買不起，所以就只是開口問她而已。」

「我的點滴裡放了什麼？」

「某種精神科藥物。」

「我的記憶都是真的嗎？」

「部分是事實，而其他的部分則是因藥物導致的幻覺。」

「我在這裡待了多久？」

「將近有一年。」

「這是一場遊戲。」

「你為什麼讓我誤以為自己是莎曼珊．安德列提？」

「你是誰？」

他沒有回答。

她態度挑釁，死盯著他不放，繼續問道：「我是誰？」

他露出微笑，但現在的表情卻變得不太一樣，葛林醫生的溫柔已經消逝無蹤。

「抱歉，」她說道，「這一次是我贏了。」

那個惡魔深呼吸，「恭喜，妳很聰明。」

「現在呢？」

「就跟以前一樣，」他在外套口袋裡摸出預備好的針筒，「我把這東西注入妳的體內，之後就能讓妳安靜入睡。等到妳醒來的時候，什麼事情都不會記得了。」

「我們玩這種遊戲玩過多少次了？」

「早就數不清了，」他露出微笑，「我們怎麼玩也玩不膩。」

他挨向床邊，她伸出右臂，擺出準備好的姿態。「那就來吧。」他就是這麼噁心，她想起來了——噁心透頂。

正當他準備要把針頭戳下去的時候，她伸出左手、突然一把抓住點滴架，猛力拉扯，點滴瓶砸到了那個假側繪專家的後腦勺，瞬間爆裂為無數碎片。

他鬆開她的手臂，從床邊滑落而下，重摔在地。他近乎昏厥，但並沒有完全失去意識。她知道自己時間不多，因為過沒多久之後，這個惡魔又會恢復元氣，繼續展開攻擊。

她靠近他身邊，從他的皮帶取走了迷宮的鑰匙環扣。然後，直接從他身上跨過去，現在的她依然上氣不接下氣，喉嚨火燙，趕緊衝向門口。那條石膏腿是一大負擔，但她一定要往前——勢必如此。一次一步，但是石膏的重量卻讓她與門口之間的距離顯得無比漫長，她還不時回頭查看狀況。

那個懦夫慢慢開始醒轉。起初，他只是把手放在頭上，然後，他發現鑰匙不見了，立刻恍然大悟。原本溫和的葛林醫生不見了，臉上的憎惡汩汩流出，宛若不斷滴落的蠟油。

她看到他站起來，像發狂野獸一樣朝她撲來，手掌碰到了她的身體，但卻沒抓住她的睡袍，要是再來個第二次，她就不會這麼幸運了。

她終於到達那扇被他塗上白漆、偽裝成醫院的金屬門，以飛快速度開門。

她離開房間，拉把手，扣住了門。

在關上房門的瞬間，時間感突然被拉長，一舉一動都成了慢動作。她覺得這場景似曾相識，就像是他上次派那個女孩來殺她的場景——她不知道那到底是不是真的？抑或是另一個因為化學作用而引發的幻象？她的動作一氣呵成，就在即將結束的那一刻，她看到惡魔的臉出現了一連串的表情變化，憤怒、不屑、完全無法置信。

她雙手顫抖，開始找尋鑰匙。她試了其中兩把，但那裡至少有二十支鑰匙。我一定找不到。她差點把那一大串鑰匙摔在地上。不過，她試了第四支，鎖孔終於有了反應。

一，二、三，轉了三下。

有東西重力撞門，他想要逃出來。她聽到他在大吼大叫，猛敲鐵門。她擔心他能夠逃脫出來，但決定不管他了，趕緊找尋出路，她相信就在不遠的地方。

她拿鑰匙試了每一個房間，空蕩蕩的房間，最後終於被她找到了有道生鏽內梯的房間，上方是人孔洞。

不過，為了要往上爬，她必須想辦法卸除腿上的石膏。她開始狂踢鐵門，終於出現了好幾條裂縫，她伸出十指，使勁將石膏剁成小片。

然後，她開始往上爬，根本不知道等一下會看到什麼。搞不好是另一座迷宮——歷經了這一切之後，她已經什麼都沒把握了。

到達階梯頂端之後，她以雙手扭開人孔洞的安全閥。然後，她花了好大的氣力，才把它稍微挪高了一點。不過，當她推開的那一剎那，證明了辛苦沒有白費。她感受到冷風灌入，而且還有一絲微弱的天光。她猛力外推，暗門的蓋子終於外翻，發出了金屬撞地的巨響。

她爬了出去，想要知道自己到底在哪裡。

這裡是一座廢棄工廠，還有火焚過後的痕跡。放眼所及，只有一大片被白雪覆蓋的樹林而已。

沒有聲音，沒有人類或是動物的蹤影，也沒有參考座標，她覺得無法判斷方位。那個惡魔每次都大老遠過來這裡，是怎麼辦到的？她覺得一定可以找得到車，想必停在遠處——因為他行事小心。但她也不知道路在哪裡，或者，這裡到底有沒有馬路也很難說。她只穿了一件單薄的衣服，而且還是赤腳，她心想，在這種氣溫之下，我撐不了太久。要是找不到人幫忙，那麼一等到入夜就會凍死。還有另外一個辦法，回到地底，準備更充足一點之後再出來探路，或者，乾脆等到自己恢復體力再說。

但她只想盡快離開那裡，不計任何代價。

不過，在離開之前，她又打開了鐵蓋。迷宮裡的那個男人的吼叫聲依然迴盪在她下方的洞穴之中，她放手，讓人孔洞重重落下，聲響立即消逝，這個惡魔終於得到報應。

活埋入地死去。

她走入雪地，雪深是小腿肚的高度。雖然全身發冷，但卻感受到暢快自由。她發現這種狀況雖然造成身體不適，卻有助提振心神，因為破碎的記憶突然浮現心中。

她肚子上的那道傷疤：我是某個小女孩的母親，但我不曾在迷宮裡生產，女兒在家，很安全。

我並沒有被那個惡魔綁架：而是我自己找到了他。

我名叫瑪麗亞・艾蓮娜・瓦茲奎茲。

大家總是叫我米拉。

致謝

感謝史蒂法諾・莫黎——編輯兼好友，以及全世界為我發行作品的出版社。

感謝法布基歐・寇可、吉賽佩・史塔賽瑞、拉菲瑞拉・倫卡多、艾蓮娜・帕法內托、吉賽佩・索曼茲、葛拉吉耶拉・契魯提、艾莉西亞・烏葛勒提、托瑪索・戈比、狄安娜・沃隆特以及無比重要的克里斯提娜・佛斯契尼。

你們是我的團隊夥伴。

感謝安德魯・努爾恩伯格、莎拉・南迪、芭芭拉・巴爾畢耶里，還有倫敦經紀公司的超優合作夥伴。

感謝蒂芬尼・葛素克、阿涅絲・巴克薩、艾拉・阿米德、維托、奧塔韋歐、米契勒、阿契雷。

感謝強尼・安東納切利。

感謝亞利桑卓・烏賽與馬利齊歐・托提。

感謝我的父母，安東尼奧與費耶提娜，還有我妹妹琪雅拉。

感謝莎拉，我「此生的永恆」。

Storytella 100

迷宮

L'uomo del labirinto

迷宮 / 多那托.卡瑞西作 ; 吳宗璘譯. -- 初版. -- 臺北市 :
春天出版國際, 2020.07
面 ; 公分. -- (Storytella ; 100)
譯自 : L'uomo del labirinto
ISBN 978-957-741-283-6(平裝)

877.57　　109008771

ISBN 978-957-741-283-6
Printed in Taiwan

作　者　多那托・卡瑞西
譯　者　吳宗璘
總編輯　莊宜勳
主　編　鍾靈

出版者　春天出版國際文化有限公司
地　址　台北市大安區忠孝東路四段303號4樓之1
電　話　02-7733-4070
傳　眞　02-7733-4069
E－mail　frank.spring@msa.hinet.net
網　址　http://www.bookspring.com.tw
部落格　http://blog.pixnet.net/bookspring
郵政帳號　19705538
戶　名　春天出版國際文化有限公司
法律顧問　蕭顯忠律師事務所
出版日期　二〇二〇年七月初版

定　價　290元

總經銷　楨德圖書事業有限公司
地　址　新北市新店區中興路二段196號8樓
電　話　02-8919-3186
傳　眞　02-8914-5524
香港總代理　一代匯集
地　址　九龍旺角塘尾道64號 龍駒企業大廈10 B&D室
電　話　852-2783-8102
傳　眞　852-2396-0050